AGI -アギ- Artificial General Intelligence

バーチャル少女は恋したい

午鳥志季

イラスト／神岡ちろる

1 バーチャル少女は考えたい

自転車を漕《こ》ぐ足が痛む。急速に溜《た》まる乳酸を感じながら両足に活を入れ、僕——西機《にしき》守《まもる》は浅草《あさくさ》の街を疾走していた。首に巻いたマフラーが季節外れの鯉《こい》のぼりよろしくバタバタとはためく。

時刻、午前八時五十二分。

交差点で一切速度を落とさないままの急カーブ。クラクションを置き去りにして、なおも自転車のペダルを踏む。吐く息は白くなって冬の空に立ち昇った。

僕は叫んだ。

「アギ！　試験開始まで、あと何分⁉」

『演算開始《カルキュレート》。相対論の試験開始まで、残り七分四十二秒。この速度では一分二十八秒の遅刻が想定されます』

平坦《へいたん》なトーンで返事がある。若い女性の声だが、その声音はどこか人間味に欠けた機械的なものだった。声の出所は、ママチャリのハンドルに据え付けられた僕のスマホだ。

画面には一人の少女が表示されている。水晶のような銀色の髪に、蒼穹《そうきゅう》の果てを思わせる空色の瞳。肌の色は雪よりも白く、着ている服までもが真っ白で、顔立ちは作り物のように整っている。

画面の中の少女が再び口を開いた。

『アギは試験の欠席を提案します。試験に間に合う可能性はきわめて低いと考えます』

「やってみなきゃ分からないだろ。ＡＩのくせに勝手に意見を言うな」

『処理不能《エラー》。勝手に意見を言う、という表現は曖昧で定義できません。より詳しい説明をお願いします』

「ああもう！」

僕は吠《ほ》えた。そんなどうでもいいことより試験の方がよほど重要だ。

眠そうなサラリーマンを尻目に、春日《かすが》通りを爆走して大学への道を行く。

スマホの中の少女――アギは現実に存在する人間ではない。Artificial Intelligence《人工知能》――いわゆるＡＩだ。顔の動きや肩をすくめるような仕草、まつげの小さな揺れなどは生きているかのようにリアルだが、その正体はコードに従って動作するプログラムである。

赤信号を前に急ブレーキ。いつまで経っても変わらない信号を恨めしく見上げながら、僕はイライラと頭をかいた。

「くそ、急いでるのに。なんでこんな目に……！」

『アギは起床時刻が遅すぎたと考えます。本日の起床は午前八時四十八分でしたが、試算によるとあと三十二分早い起床が必要であったと考えます』

「一晩中勉強してたんだ、寝落ちしても仕方ないだろ！」

信号が青に変わる。僕は再び自転車を猛然と漕《こ》ぎ出《だ》した。

「時間あと何分残ってる⁉」

『試験開始までの残り時間、三分二十三秒です』

「間に合う可能性は？」

『先ほどよりも到着予想時刻は三十七秒早まりました』

さすがにAIだけあって、アギは計算の類はお手のものである。僕は両足にいっそう力を込めた。

ママチャリの限界に挑むかのような走行を続けていると、ついに我が波場都《はばと》大学の構内にたどり着いた。守衛のおじさんに挨拶をする余裕もなく、僕はむやみに歴史の古いキャンパスを駆け抜ける。僕の受ける試験は工学部の校舎で行われる。もしこの試験で単位を落としたら、来年また同じ授業をわざわざ受け直さなくてはいけない。冗談ではなかった。

自転車を構内に停《と》めて、というか乗り捨てて、僕は工学部の校舎に駆け込んだ。試験会場の扉を開けると、学生たちが一斉に鉛筆を走らせる音が聞こえてきた。僕は教室を前に突っ切っていき、教壇の試験監督の元へ向かう。周囲の学生が迷惑そうな顔をして僕を見たが、気がつかないフリをした。

「あ、えっと。今日、相対論の試験を受ける学生なんですけど。すいません、ギリギリになっちゃって」

僕はしれっと教壇に置かれた問題用紙と答案用紙を手に取ろうとしたが、試験監督の中年男性は手で制止した。

「試験は三十秒前に始まっている。私の試験では遅刻者の受験は認めていない」

「…………………」

僕と試験監督との間にいたたまれない空気が流れる。僕はおもむろに言った。

「時計がずれている可能性があります」

「私の時計は電波時計だ」

「電車が遅延してまして」

「先ほど君が自転車で走ってくるところを、私はそこの窓から見ていたのだがね」

僕は目の前の男性の少し髪が薄くなった頭をじっと見た。

「相対性理論に従って考えれば、自転車の移動速度によって僕の主観時間はみなさんに比べて遅くなっている可能性があります」

「仮に君の家からこの試験会場まで十分かかるとして、君の主観時間が私のそれに対して三十秒の遅れを獲得するためには秒速一億メートルで六千万キロメートルの距離を走行する必要がある。君は火星にでも住んでいるのかね」

「……いや、家は浅草《あさくさ》です」

試験監督の男がにこりと穏やかな微笑《ほほえ》みを浮かべた。つられて僕もにへらっと笑った。

「また来年頑張りなさい」

彼はぽんと僕の肩を叩《たた》いた。胸ポケットのスマホから、『アギの提案に従っておくべきだったと考えます』とアギが言っているのが聞こえた。

波場都《はばと》大学は文京区《ぶんきょうく》の片隅に位置する総合大学である。むやみやたらに広いキャンパスの中には法学部やら工学部やら有象無象《うぞうむぞう》の学部と学科が乱立し、その全容を把握している者はそういないだろう。

僕は工学部の一年生で、今日は期末試験の最終日だった。きわめて不本意な形で一足早い冬休みを迎えた僕は、少々やさぐれた気持ちでアインシュタイン三号（僕の自転車の名前だ）を漕《こ》ぎながら工学部第二研究棟へと向かう。

『マスター、自転車の走行が不安定です。ご気分が悪いのですか』

「ああ、悪いね。特に今学期の成績表のことを考えると頭痛と吐き気がする」

『解析《アナライズ》。症状からかぜ症候群、インフルエンザのほか、緑内障、くも膜下出血や髄膜炎の可能性が疑われます。アギは近医の受診を推奨します』

「いやそういうアレじゃないから。それより研究室行くよ」

第二研究棟はつい数年前に竣工《しゅんこう》したばかりの建物で、吹き抜けの天井からは窓ガラス越しに日光が降り注いでくる。エレベーター内には、それぞれの階に関する簡単な案内板があり、僕の行き先である十三階には「アリア・フローレス教授　研究室」と書かれていた。僕はここの研究室によく出入りしていた。

エレベーターを降りて廊下を右に曲がる。靴箱から自分用のスリッパを取り出し、僕はぺかぺかと音を立てて歩きながらセミナー室へ向かった。

高校の教室くらいの広さがあるセミナー室には小さな冷蔵庫や会議用の丸テーブルが置かれていて、僕も作業やミーティングでときどき利用している。部屋の奥に目を向けると、見知った顔の男がいた。

「一本木《いっぽんぎ》。おはよう」

僕が声をかけると、男は「ああ」とそっけない返事をした。パイプ椅子に深々と腰掛け、裸足《はだし》をそのまま丸テーブルの上に投げ出している。膝の上に載せたノートパソコンのキーボードに指を滑らせながら、一本木《いっぽんぎ》円晴《まるはる》は僕にちらりと目を向けた。

この男は僕の同級生で、同じ研究室に属している都合上、よく顔を見かける。背は高いがたくましさのようなものは全くなく、むしろ枯れ枝のように手足が細い。不健康な生活をしているのだろう、血色の悪い顔をしている。垂れた前髪の奥にのぞく目は鋭くすがめられて不機嫌そうだ。

一本木《いっぽんぎ》はぼそぼそと景気の悪い声で言った。

「ずいぶん早かったな。試験ではなかったのか」

「寝落ちして受けられなかった」

「普段たいして勉強していないくせに、試験前だけ真面目ぶるからそういうことになる」

「うるさいな。君はどうなんだ」

「俺は単位などというくだらんものに右往左往したりはしないのだよ」

一本木《いっぽんぎ》はパソコンの画面に再び視線を落とした。

僕はため息をつき、備え付けの冷蔵庫から紙容器に入ったミルクコーヒーを取り出した。ストローを挿し、ちるちると中身を飲む。

このミルクコーヒーは某飲料メーカーが販売しているもので、控えめな甘みと芳醇《ほうじゅん》な香りを併せ持つ。ただコーヒーと牛乳を混ぜただけではない、まったく別の飲み物に昇華した逸品で、どれほど生活に困窮してもこのミルクコーヒーだけは飲み続けると僕は誓っていた。

「さて……やるか」

ミルクコーヒーを堪能《たんのう》し優雅なひと時を過ごしたあと、僕はスマホを取り出しセミナー室のテレビに繋《つな》いだ。画面いっぱいにアギの顔が表示される。

今年の秋にこの研究室に籍を置くようになってから何度も繰り返してきた作業に、僕は取りかかった。

「アギ、今日の天気について教えて」

『東京都文京区《ぶんきょうく》では午後から雨が降ります。傘の用意を』

「お昼ご飯はカレーが食べたいんだけど、良い店ある？」

『位置情報に基づき、近接区域の店舗情報を検索しました』

「相対論の単位を落としそうなんだけど、教授の弱みとか握れないかな」

『検索《サーチ》。当該者は女子大学院生に対してセクシャル・ハラスメントを行っているとのツイートがあり、学務課へ通報した場合は何らかの措置が取られる可能性があります』

学務課の窓口が開く時間を調べていると、一本木《いっぽんぎ》が声をかけてきた。

「またそれか。AGI《アギ》システム、だったか」

「うん。興味ある？」

「くだらん」

一本木《いっぽんぎ》は手元のパソコンに目を戻した。僕はテレビ画面に表示されたアギに向き直る。

「それじゃ、少し質問の種類を変えよう。アギ、君自身は今、何を考えてる」

『処理不能《エラー》。演算内容を指定してください』

「何かしたいことはないかな」

『処理不能《エラー》。演算内容を指定してください』

先ほどと違い、アギはまったく質問に答えられない。ただのAIに過ぎないアギには、「自分自身の考え」なんてものは存在しないからだ。アギの様子はうちの研究室が期待しているような人間らしい反応からは程遠く、僕は肩をすくめた。横で一本木《いっぽんぎ》が小馬鹿にしたような声を出す。

「お粗末なものだな。友人として忠告するが、お前のやっていることは時間の無駄だ」

「仕方ないだろ。アギが強いＡＩになってないか毎日確認してくれって、教授に頼まれてるんだから」

一本木《いっぽんぎ》はノートパソコンをぱたんと閉じ、僕の方に顔を向けた。

「強いＡＩなど妄想の産物に過ぎん。作れるとはとても思えないがな」

ＡＩは大きく「弱いＡＩ」と「強いＡＩ」に分けられる。弱いＡＩは演算や推論を行うソフトウェアを指す言葉で、これまで人類が作り出した全ての人工知能はこの弱いＡＩに分類される。

例を挙げれば、目的地までの最短経路の割り出しや指定された音楽の再生、というような処理も弱いＡＩによるものだ。最近では深層学習《ディープ・ラーニング》を用いた囲碁ソフトがプロ棋士に勝利し話題になったが、ああいったソフトも弱いＡＩの範疇《はんちゅう》に含まれる。

それに対して、強いＡＩとは「意志を持ったＡＩ」のことを指す。この研究室が掲げているテーマの一つに「強いＡＩの開発」というのがある。アギはその研究材料にして試作品、というわけだ。ＡＧＩ《アギ》という名前は、強いＡＩを意味するArtificial General Intelligence《アーティフィシャル・ジェネラル・インテリジェンス》という言葉に由来している。

「強いＡＩなんてものは、サイエンス・フィクションの作家が面白がって造った用語だ。意志を持ったAIなど、真面目に研究するのはバカバカしい」

「〝強いAIの開発に成功した人類はいまだにいない。だから研究する意味がある〟――って、教授の受け売りだけどさ。そういうことじゃないの」

「やる前から失敗することが分かっている研究をわざわざすることもあるまいよ」

壁の時計を見て、一本木《いっぽんぎ》は「おっと」と席を立った。

「どうしたの」

「先ほど連絡があってな、アマゾンで注文した某アニメ限定版ブルーレイボックスがそろそろうちに届く頃合いだ。俺は失礼する」

一本木《いっぽんぎ》は素早く荷物をまとめた。その拍子に、一本木《いっぽんぎ》の着古したジャケットの内側にアニメキャラの顔が大きくプリントされたTシャツが見えた。この友人は漫画やアニメなどのサブカルチャーをこよなく愛していた。

部屋を出て行く一本木《いっぽんぎ》を見送りながら、僕はつぶやいた。

「……強いAI、か」

僕の家は浅草《あさくさ》の片隅にあるオンボロアパートで、そこから歩いて五分ほどのコンビニでバイトをしている。シフトに入る時間は主に学校が終わった後の放課後、それから時給の良い早朝である。

　夜も更《ふ》け、人気のない店内で棚整理をしていると、控え室から顔を出した店長が「おーい、西機《にしき》くーん」と声をかけてきた。彼は太ったお腹を揺らしながら歩いてくる。

「ペットボトルの補充終わった？」

「はい、一通りは」

　僕がそう答えると、彼は飲み物コーナーの商品をしげしげと眺めたあと、これ見よがしに額に手を当てた。

「なにこれ、全然ダメだよ。ミネラルウォーターは一番上の棚、手に取りやすい高さには炭酸系。うちはそう決まってるから」

「新発売のマンゴーサイダー、そこに置くのが一番アピールできると思ったんですけど」

　気を悪くしたのか、彼は眉間にしわを寄せた。

「余計なことしなくていいから。波場都大《はばと》だかなんだか知らないけどさ、ここでは僕の方が上だから。勝手な判断されるのが一番困るんだよ」

　やり直しといて、とアゴで飲み物コーナーを示し、店長はスマホをいじりながら控え室に消えていった。バタンと扉が閉まったのを確認して、僕は肩の力を抜く。立場上強くは出られないが、僕は彼が苦手だった。部下に対して高圧的だし、若い女の子とそれ以外の店員に対して明らかに態度が違う。

　飲み物コーナーの商品を並べ直したあと、僕はレジの前で来客を待った。こんな深夜になると客足も乏しい。レジの前に立ってはみたものの、僕は手持ち無沙汰だった。

スタッフの控え室からは店長の声が聞こえてくる。どうやら他のバイトと話をしているようだ。ちらりと中をのぞき込むと、若い女性バイトににこやかに話しかける店長の姿が見えた。

「ほんと最悪だよー、全然仕事できないし態度悪いし。やっぱりあれだよね、勉強ばっかりしてて他のことを経験せずに生きてきたんだろうね！」

これはおそらく僕の話だろう。嬉々《きき》として僕の悪口を言う店長の声を聞きながら、僕は憮然《ぶぜん》としてレジの前に戻った。

「はー……」

深々とため息をつく。

ぼんやりとレジの前に立っていると、レジ横に設置されたモニターから突然音声が流れ始めた。

『ハウスマートにご来店のみなさん、こんにちは！　ブイチューバーのナギ・ヒカルでーす！』

画面を見ると、生身の人間とは明らかに違う、CGによって作られた少女が『にはは！』と笑って手を振っていた。

『最近寒くなってきましたね！　この冬新発売のプリン肉まん、皆さん食べましたか？　ナギ・ヒカルはもう食べましたよ！　最初はなんの罰ゲームだよと思ったんですけど、普通にめっちゃ美味《おい》しいです！　ゲテモノかよと思ったあなた、騙《だま》されたと思ってぜひ！』

僕は肉まんやらホットドッグやらが陳列されたショーケースをちらりと見た。先日発売になったプリン肉まんは読んで字のごとくプリンと豚肉を和《あ》えたものを饅頭《まんじゅう》にした商品だ。どう考えてもおかしな味になるし、なんでこんな商品を売り出そうと思ったのか理解に苦しむが、どうやら若者を中心に売れ行きは好調らしい。ナギ・ヒカルの宣伝効果のすごさを僕は感じた。

（ミーチューブ……それにブイチューバーか。ナギ・ヒカルなんて、ただのコンビニ店員よりよっぽど儲《もう》けてるんだろうな）

MeTube《ミーチユーブ》は世界最大の動画投稿サイトだ。無料で数多くの――それこそ世界最新のニュースから見たこともないくらいマイナーな料理の作り方まで、多種多様な動画を閲覧することができる。

動画の投稿は誰でも可能で、投稿された動画はアフィリエイトと呼ばれる広告収入を得ることができる。このアフィリエイト収入を見込んで動画投稿を行うのがいわゆるミーチューバーである。かつては一発屋だのタレント気取りだのと批判されがちだったミーチューバーだが、今となってはすっかり一つの「職業」として人口に膾炙《かいしゃ》している。

そしてこのミーチューバーは、近年になって新たな発展を見せることになる。実在する人間ではなく、空想上のキャラクターをあたかも動画の投稿主であるかのようにして配信活動を行う者が出てきたのだ。これがVirtual MeTuber《バーチャルミーチユーバー》で、頭文字をとってブイチューバーと呼ばれることが多い。素人《しろうと》の手作り感満載のものから企業による出資金をふんだんに用いた本格的なものまで様々な種類があるが、今モニターに映っている〝ナギ・ヒカル〟はもっとも人気のあるブイチューバーの一人で、こうしてコンビニとコラボしたり、テレビ番組のアナウンサーを務めるに至ってしまった。

　僕は店内を見回しお客さんの姿が見えないことを確認したあと、ちらりとレジ横の休憩室の様子をうかがった。相変わらず店長は女性バイトと楽しそうに話している。僕はスマホを取り出した。

『用件はなんですか、マスター』

　アギが画面に映る。アギは僕の顔をのぞき込み、小さく首をかしげた。先ほど商品の宣伝をしていたナギ・ヒカルも見事なクオリティのCGで作られてはいたが、アギの完成度はその数段上を行くだろう。

「特に用はないんだけどさ。アギはよくできてるなあって思って」

『はい。AGI《アギ》システムは複数の研究室、および企業と連携したAIで、高い技術力で作成されています』

　ナギ・ヒカルのようなブイチューバーは実際の人間にセンサーを取り付けてその動きを記録しパソコン上に再現するという工程を経ている。そのほかにもいくつか方法はあるが、ブイチューバーはあくまで現実の人間の動きをトレースし、バーチャルで再現しているという点では共通している。だがこのやり方ではセンサーの感度や分解能の都合上、モーションは不自然に角ばったり、細やかな表情を見逃したりしがちだ。

それに対してアギはすでに「自然な体の動き」に関するプログラムが完成しており、アギは髪をなでる、視線を動かすなどの繊細な動作を自ら状況に応じて使い分ける。両者の差は実際にアギを目にすれば明らかで、アギの動作の滑らかさは現実と区別がつかないほどだ。

「高い技術力、ねぇ……自分で言っちゃう？　そういうこと」

『処理不能《エラー》。質問の意図が不明です』

アギは、単純な計算や調べれば正解の分かる質問に対しては驚異的なレスポンスの良さを誇り、さすがはＡＩと唸《うな》らせるものがある。だが一方で、会話の文脈を理解したり、人の感情の機微を読んだりすることはできない。

ある意味では当たり前の話だ。他者の感情を理解するためには、まず自分が感情を持たなくてはならない。アギが正しい意味で人間の心を理解するためには、まず自分が心を持たなくてはならないのだ。

人の感情や意識がどうやって生み出されるのか——これは多くの科学者が関心を持ち続けてきたテーマだが、その解明に至るにはまだまだ遠い道のりだろう。頭の奥に、かつて研究室のボスから言われた言葉が蘇《よみが》える。

「ＡＧＩ《アギ》システムとそれにまつわる研究の趣旨は、コンピューター上にヒトの意識を再現することで、ヒトが意識を獲得する仕組みを逆算することにある」

アギには「無指向の学習《アンオリエンテッド・ラーニング》」と呼ばれる独特の機械学習機能が備わっている。メインの端末として使われているのは僕のスマホで、たとえばカメラの映像やマイクに入力された音声などの情報は逐一大学のサーバーに送られ、アギの学習に用いられる。

これは一時間分の情報処理だけでもスーパーコンピューター数台を要する荒技で、アギを使い始めた当初は僕なんかがこんな金のかかる仕事に関わっていいのかと兢々《きょうきょう》としたものだ。だがうちの研究室のボスはおおらかというか教育熱心な人で、こうして僕がアギを育てている。

なんでも彼女いわく、

「君が一番適任だからな」

とのことだ。おそらくうちの研究室で一番暇そうに見えたのだろう。他の上級生やポスドクの人たちは、実験やら学会やら論文執筆やらでみんな忙しそうにしている。

アギが僕のスマホに暮らし始めて三ヶ月ほど。今では僕の生活リズムなどはすっかり学習し、冷蔵庫のミルクコーヒーが切れそうなことや、明日の時間割などを教えてくれるようになった。便利な同居人ができたようなものだ。

「アギ。例えばさ、アギはさっきのナギ・ヒカルみたいにテレビに出たいとか、みんなに見てもらいたいとか思うことはある？」

僕はスマホのアギに問いかけた。もちろん意味のない質問だ。アギには「何かをしたい」という欲求は存在しないのだから。

『いいえ。その必要性はありません』

やはり、こういう反応になるらしい。僕は嘆息してスマホを胸ポケットにしまう。

そのとき、ちょうどお客さんが入ってきた。僕は慌てて「いらっしゃいませ」と背筋を伸ばす。

『そーだ、お知らせがあるんですよ。なんと、ナギ・ヒカル、ソロライブ決定です！　興味を持ったそこのあなた、今すぐチェックですよー！』

レジ横のモニターではナギ・ヒカルが手を振っていて、彼女の陽気な声が店内に響いている。

アパートの外側に設置された階段はぼろぼろに錆《さ》びていて、踏むとペンギンの悲鳴のような音を立てた。狭苦しい四畳半の部屋に戻った僕は、リュックサックを置いて台所に向かう。

夕食を作ろうと冷蔵庫をのぞき込むと、中にはもやしと豆腐しかなかった。仕方なく豆腐ともやしの塩炒《しおいた》め――またの名を貧乏人のステーキという――をさっと作り、雑な夕食を用意する。

「……お金ないなあ」

口座の通帳を見ながら、僕は頭を抱えた。残金はすでに一万円を切っていて、見事な素寒貧《すかんぴん》である。このままでは文化的で健康的な最低限度の生活が侵害されるであろうことは目に見えている。なんとか金策を練らないと、と僕はもやしをもさもさ咀嚼《そしゃく》しながら思った。

「アギ。何か割の良さそうなアルバイトとかないかな」

『探索《サーチ》。八百万件がヒット、時給に合わせてソートします。……マグロ漁船に乗る仕事はどうですか、五百万円ほどの臨時収入が見込まれます。デメリットとして一定期間陸には戻ってこられませんが、時給換算では悪くな』

「パス。次」

『非合法業者を介して腎臓を販売すれば一個につき数百万円の収入が』

「やっぱいいや」

そううまい話が転がっているわけもないか、と僕は嘆息する。

夕食を済ませてベッドに寝転がり、大きくのびをする。

「アギ」

『アラームは午前八時にセットしました』

「ん、ありがとう」

こちらが何も言わなくても用件を察してくれている。ここ数ヶ月のあいだ一緒に生活したことで、アギはすっかり僕の生活パターンを学習していた。

僕はあくびをしたあと、ぼんやりと物思いにふけった。

(強いＡＩ……か)

コンピューター上で人の意志を再現することができるのかどうか、僕にはよく分からない。

それを議論できるだけの理解もない。僕が研究室に行くのは単位が欲しいからに過ぎないし、アギを育てることになったのもただの成り行きだ。

ただそれでも、ときどき思いを馳《は》せることはある。もしコンピューターの中に命が生まれたとして、彼もしくは彼女にとって、世界はどんな風に見えるのか。

窓の外側にはぼんやり月が浮かんでいる。僕は手をかざし、何度か手を握ったり開いたりした。

(手も足も、心臓もない。それでも生きているって、どんな風なんだろう)

とりとめのない空想にふける。答えは出ない。もし強いＡＩというものが存在するなら、それはこれまで地球上に存在した全ての生命とは根本的に異なる。僕の想像もつかないような生態を持っていても不思議はない。

一本木《いっぽんぎ》は強いＡＩを作ることは不可能だと言っていた。別に彼に限った話ではなく、世の大多数の人間は強いＡＩに懐疑的だ。僕だって、誰かに「強いＡＩは作れると思いますか」と訊《き》かれたら、苦笑いしながらこう答えるだろう。「少なくとも、僕が生きている間は難しいんじゃないですかね」と。

そのとき、僕のスマホが小刻みに振動した。こんな時間に電話をしてくるなんて誰だろうと思う。なんとなく嫌な予感を覚えつつスマホに手を触れると、

『ああ西機《にしき》くん？　ハウスマートの東田《ひがしだ》ですけど』

「え……あ、店長？　どうしたんですか」

声の主はバイト先のコンビニの店長だった。こんな夜更《よふ》けになんの用かと首をひねると、店長は矢継ぎ早にまくし立て始めた。

『実はさ、明日シフトに入ってたコが来られなくなっちゃってさ。代打頼むよ』

「いや、急にそんなこと言われても」

試験も終わったことだし、明日は久々にゆっくりしようと思っていたところだった。だが僕が難色を示すと、店長は電話越しでも分かるほど不機嫌になった。

『いやいや、じゃシフトどうやって回すの？　君大学生でしょ、時間に余裕あるんだからさ、少しくらい融通きかせてよ』

返答に困り、僕は黙り込んだ。電話口の向こうで沸騰したヤカンのように店長がヒートアップしていく。

『もう何ヶ月もウチで働いてるでしょ？　責任感がなさすぎるよ。そういえばお菓子コーナーの商品が切れてたけど、なんで補充しとかないの？　通路のモップ掛けも甘くて足元がズルズル滑るし、仕事が雑すぎる！　いつまでも研修生気分でいられちゃ困るんだよ！　とにかく、明日の夜はシフト入れておくから！』

ブチッと耳障《みみざわ》りな音がスマホから聞こえる。言いたいことだけ言って店長は通話を終了したようだ。ツーツーツー、と無機質な電子音がスマホから響いてくるのを耳にしつつ、僕は深々とため息をついた。

「なんなんだよ、まったく……」

スマホを持った手がとさりとベッドに落ちる。うんざりして僕は首を振った。

朝は試験に遅刻して受験できず、夜はバイト先の店長にイビられ、ようやく寝ようと思ったらその店長から嫌味な電話がかかってくる。

「冴《さ》えないなあ……」

自分のことながら、あまりのパッとしなさに苦笑を禁じ得ない。ベッドから起き上がるのも面倒臭くて、僕はとりとめもない思考をもてあそぶ。

「ま……でも、そんなもんか」

人生はつまらない。世の中は退屈だ。それくらいのことは、僕だってもう気づいている。

スマホをいじって時間を潰す。何も考えず、画面に表示される情報をぼんやりと流し見る。思考がゆっくりと電子の海に霧散していく。

カメラロールを眺めていると、高校の卒業式の写真が出てきた。制服を着た僕が、卒業証書を持ってこちらに顔を向けている。僕の周囲には父や母、一緒に卒業した幼なじみが写っていた。

「そう言えば、こんなのあったな」

写真に写った僕はむっつりと口をへの字に結んでいる。周りの家族や友達がみんな笑顔でいるなか、僕だけが仏頂面《ぶっちょうづら》だった。

昔からそうなのだ。卒業式とか入学式とかその類で、僕は笑顔になれたことがない。むしろ、自分が少しずつ老いていくのを突きつけられているようで、気分が滅入《めい》る。

「君の将来が楽しみだね」

大人たちからそういう言葉をかけられるたびに、僕は曖昧な笑みを浮かべる。ムキになって否定するのはもちろん社会的に論外だが、さりとて無邪気に頷《うなず》くこともできない。

自分の進路や将来を考える時、僕はいつも、電車のレールを連想する。レールの上をゆっくり歩く自分と、その周囲を取り囲む大人たちの「目」を思い浮かべる。レールからはみ出したり、トンチンカンな方向に歩き出すと、いっせいにその「目」が咎《とが》め立《だ》てする。だから僕は、先が見えるレールの上を進み続けるしかない。

さっきコンビニで見たナギ・ヒカルの顔を思い浮かべる。CGで形作られたバーチャルな少女は、スマホに表示された写真の僕よりも良い表情だった気がする。

ナギ・ヒカルの方が、よほど「生きて」いるのではないか。スマホを眺めながら、そんなことを考えた。

「生きるってなんだろう、アギ」

僕は独り言のように続けた。

「心臓が動いてることか？　脳神経ネットワークが活動していることか？　細胞の代謝が続い

ていることか？」

『処理不能《エラー》。生きる、という言葉は厳密に定義できません。マスターの質問に回答することは不可能です』

それはそうだ、と僕は天井の染《し》みを眺めながら息をつく。僕はふと思いついたことをアギに言った。

「アギ。〝生きる、とはなにか〟。無指向の学習《アンオリエンテッド・ラーニング》を行って」

アギ独特の学習機構として無指向の学習《アンオリエンテッド・ラーニング》というものがある、というのは前述した通りだ。この仕組みを使えば、ひょっとしたら面白い答えを見出してくれるかもしれない。

（まあ……人間にも分からないことが、アギに分かるとは思えないけど）

僕は大きくあくびをしたあと、ごろりと寝返りをうった。

『了解しました。〝生きる、とはなにか〟、これより無指向の学習《アンオリエンテッド・ラーニング》を開始します』

そう言ってアギは黙り込んだ。

試験というのは憂鬱《ゆううつ》なイベントだが、終わるとそれはそれで時間を持て余してしまう。机に向かうほどの学習意欲も湧かず、起き上がって部屋の隅に並べた文庫本を取りに行くのも面倒で、僕はベッドの上でゴロゴロして時間を過ごす。

特に当《あ》て所《ど》もなくインターネットの海を漂っていると、不意に画面にアギの顔が表示された。

『マスター』

　アギが声を発する。僕は「なに？」と問い返した。

『アギはマスターのために存在するＡＩです』

　いつものように、無機質な声でアギは言った。

『マスターの願いを教えてください』

　普段のアギとは少し語調が違っている。何か新しいことを学習したのかな、と思った。

「んー」と僕は首をひねる。

「願いなんて言うと大げさだけど……一つ、思いついた」

　辺りはしんと静まり返っている。窓の外を吹く風の音だけがわずかに耳に届く。

「僕は——君が強いＡＩになるのを、見てみたい」

『なぜですか』

　アギが首をかしげる。

「だって、その方が面白いじゃないか」

　そう言ってから、僕は苦笑いした。

（僕も案外、ＳＦが好きなのかもしれないな）

　アギからの返事はない。まあいいか、と僕は足下に置いたままの毛布を引き上げた。

　まどろみに落ちていく。目を閉じる直前、誰かが『おやすみなさい』と言った気がした。

ぼんやりとした意識の中で、僕は何かを口に出そうとする。しかし声は出ない。胸の内からは熱いものが溢《あふ》れ出《で》そうだった。とても美しいものを見たのだけれど、それを思い出すことができないような、もどかしさの入り交じった悲しさが胸を刺す。

僕は夢を見ているらしい。らしい、というのも妙な物言いだが、ときどきこういうことがある。夢を見ている最中、頭のどこかで「あ、これは夢だ」と自覚することが。

目の前を何かがすごい速さで通り過ぎていく。空の果てのように、海の底のように、無数の光が瞬《またた》いて消える。僕は体を動かすことができない。いや、体というものがない。空間と感覚が溶け合って境目をなくしている。僕はただ、過ぎ去る光景を見る。

声が聞こえる。誰だろうか？　僕は耳をすます。

『48656c6c6f2c20776f726c6421』

（これは……なんだ？）

僕の夢のくせに、僕にはまったく理解不能な音の羅列だ。なおも声は続く。

『TXkgc291bCBpcyBidW1sdC4gTGV0IHRoZSBnYW1lIGJlZ2luLg==』

歌うように言葉は紡《つむ》がれていく。僕はひたすら耳元を通り過ぎていく意味不明な文字を聞いているだけだった。無機質に思えた彼女の声は、次第に躍動していく。

『F22!A:2!!1TDN(%1H=7,L('1H92!W;W)L9"!I<R!C:&%N9VEN9RX`』

だんだん周囲の光が強くなっていく。眩《まぶ》しさに眼を細めると、

『——初めまして。私の、名前は……』

声は、そこで途切れた。

翌日。冬の冷えきった空気に身震いしつつ、暖気を求めて僕が研究室のセミナー室に入ると、部屋の隅に何かが転がっているのが目に入った。最初はそれは何か巨大な雑巾的な物体に見えたが、よく見ると小さく動いていて、さらによく見ると床に倒れた人だった。

「……川嶋《かわしま》さん？」

僕はおずおずと彼女の名を呼んだ。ぴくりと彼女の肩が震える。少しして、セミナー室に転がっていた女の子はおもむろに顔を上げた。

川嶋里緒《かわしまりお》は僕や一本木《いっぽんぎ》と同じく、この研究室に出入りする一年生だ。緩くウェーブを描いた髪が目元にかかっていて、顔立ち自体は割と整っている。しかし今の彼女は疲れた様子で目の下にクマを作っており、髪の毛からは枝毛が何本かとんでもない方向に飛び出していて、着古しているらしい水色のセーターはほつれて毛玉だらけになっていた。

「……西機《にしき》くん。……冷蔵庫からレッ○ブル取って」

川嶋《かわしま》さんは目をしぱしぱさせている。

「カフェイン取らないと……オチそう。起きてられない……」

「あ、ああ、うん」

　僕はセミナー室備え付けの冷蔵庫からカフェインたっぷりのエナジードリンクを一本取り出し、川嶋《かわしま》さんに手渡した。川嶋《かわしま》さんは震える手で缶を開けた後、

「んくっ……んっんっんっ……っあー！」

　中の飲料を一気飲みした。急性カフェイン中毒という単語が頭をよぎるが、当の川嶋《かわしま》さんは目が覚めたとばかりに伸びをしている。ようやくぱっちりと開いた川嶋《かわしま》さんの目がこちらに向いた。

「西機《にしき》くん何してるの？　こんなに朝早く」

「それは僕のセリフじゃないかな」

「昨日ここで作業してたら、寝落ちした」

　川嶋《かわしま》さんは少し天然パーマ気味の頭をかりかりとかいた。

　僕や一本木《いっぽんぎ》は授業の一環で単位を取りに研究室に来ているのに対して、川嶋《かわしま》さんは学部一年生ながら正式に研究室に所属している。学部の授業と研究生活の両立はなかなかハードらしく、こうして彼女が研究室で寝ている、というか疲れのあまりに気絶している様子は時々目にした。

　川嶋《かわしま》さんがノートパソコンに何かを打ち込みながら低い声を出す。

「あの准教授《ハゲ》、私が帰ろうとした瞬間に雑用押し付けやがって……アカハラで訴えてやる……」

　川嶋《かわしま》さんが僕に向き直った。

「アギの調子は？」

「ん、特には変わりないと思うけど」

AGI《アギ》システムに対する情報入力は基本的に僕のスマホから行われるが、それにまつわる諸々《もろもろ》のプログラムの作成には川嶋《かわしま》さんも貢献している。

川嶋《かわしま》さんにスマホを手渡すと、彼女は慣れた手つきでノートパソコンとスマホを繋《つな》いだ。ほどなくセミナー室のテレビにアギの顔が映り、その上にかぶさるようにいくつかのウィンドウが表示される。

「……ん？」

川嶋《かわしま》さんが眉をひそめる。

「西機《にしき》くん、アギの設定いじったりした？」

「いや、全然」

川嶋《かわしま》さんはしばらく画面を操作したあと、「やっぱり変だね」とつぶやいた。

「パーセプトロンの数が数百倍に膨れ上がってるし、なんか変なもの拾っちゃったのかな、んー……」

首をひねり、川嶋《かわしま》さんはアギに話しかけた。

「アギ、久しぶり。私のことは分かる？」

『はい、川嶋里《かわしまり》緒《お》さん。波《は》場《ば》都《と》大学工学部一年生、フローレス研究室に所属する学部生です』

「正解。ここ一週間のあいだに入力された情報、系統別にリスト化して表示してくれる」

『了解しました。……ソート終了しました』

アギの言葉とともに、新たなウィンドウが矢継ぎ早に画面に表示された。川嶋《かわしま》さんが眉間に縦じわを刻む。

「え、何これ。どこからこんなの入ってきてるわけ？」

なおも川嶋《かわしま》さんはパソコンをいじり続けていた。テレビに映った大量のウィンドウは猛然と画面の下側に流れ去っていく。

「西機《にしき》くん。アギの様子、注意して」

川嶋《かわしま》さんが僕のスマホをパソコンから取り外しながら言った。

「無指向の学習《アンオリエンテッド・ラーニング》で使用されてるメモリ使用量が見たこともないくらい高い値になってる。ひょっとしたら、アギに何か起きてるのかもしれない」

「バグり始めてるってこと？」

「分からない。メモリ使用量の亢進《こうしん》は昨日の夜から起きてるみたいだけど、心当たりはある？」

「――昨日の夜？」

頭の隅に引っかかるものがあった。

(昨日は……試験を受けそこねて、研究室で一本木《いっぽんぎ》とダべって、バイトに行って、それから――)

そのとき川嶋《かわしま》さんのポケットから電話の着信音が響いた。川嶋《かわしま》さんは億劫《おっくう》そうな顔でスマホを耳元に寄せる。

「はい川嶋《かわしま》です。……あ、准教授、いや安藤《あんどう》先生《ハゲ》ですか。おはようございます。……え？　データ処理を追加で？　明日までに？　それから見学の学生の案内も？　全部私がやるんですか？　一人で？　……ああいや、やらせていただきます。はい、それはもう。いえそんな、私なんてただの学生ですからね。先生のおっしゃることには従いますよ。ええもちろん。はい、それじゃ失礼します」

川嶋《かわしま》さんは通話ボタンを押した後、深い深いため息をついて、

「…………………ファック」

完全に目が虚《うつ》ろだった。どうか強く生きて欲しいと思いながら、僕はこそこそとセミナー室をあとにした。

僕はいくつかバイトを掛け持ちしていて、コンビニでもたまに働いているのは前に述べた通りだ。今日も家庭教師のバイトからそのまま自宅近くのコンビニに直行し深夜のシフトに入ったが、実は今、少々困った状況に陥《おちい》っていた。

「西機《にしき》くんさあ。何かやましいことあるんじゃない？　あるでしょ？　言った方が楽になると思うよ僕は」

店長は僕をじろりとにらみつけた。蛍光灯の照り返しを受けて、彼の脂ぎった顔が清潔感に欠ける輝きを見せている。

コンビニの奥、スタッフの休憩室で立ち尽くし、僕は「はあ」と生返事を返した。店長は苛《いら》立《だ》った風に指でとんとんと机を叩《たた》く。

「分かってんの？　売上金がなくなるって大問題だよ」

「はあ」

再び僕は要領を得ない返事をした。しかしそれは仕方のないことだ。なにせまったく身に覚えがない。

先ほどシフトを終えて帰路につこうとした僕を呼び止めた店長は、ここ最近レジへの入力データと実際の売上金との不一致が多いこと、店員による売上金の窃盗が強く疑われること、状況証拠から鑑《かんが》みて僕がもっとも犯人として怪しいことなどを一通りまくしたてた。

寝耳に水としか言いようがない話だが、店長の頭の中ではすっかり犯人は僕ということになっているらしく、僕が罪を認めるまでは家に帰さない勢いだ。損失額は総計で数十万円のようで、確かに店長が血眼で犯人を探しているのは当然だろう。

だが、僕は誓って無関係だ。うつむいて黙り込んでいると、

「言っとくけど、責任は取ってもらうからね」

「責任って言われたって……僕は本当に何も」

「だからさぁ、何度同じこと言わせるの？　売上金がなくなってるのは、君が深夜シフトに入ってるときばかりなんだよ。君以外考えられないでしょ」

店長は小馬鹿にしたような薄ら笑いを浮かべた。

「そもそもの話さ。前々から思ってたんだけど、君、年上に対する態度がなってないんだよね。受験勉強ばっかりしてたせいで社会常識がないんじゃない」

店長が立ち上がって僕に詰め寄ってくる。ちらりと休憩室の外を見ると、他のバイトたちは我関せずという風にレジ前でスマホをいじっている。だが、

「店長」

おずおずと休憩室に入ってくる女性が一人。バイトの同期の人だった。店長が途端ににこやかになる。

「おー、どうしたの？　ごめんね、手伝えてなくって」

バイト同期の彼女はちらりと僕を見たあと、

「新しく入った子が、お客さんとトラブっちゃったみたいでー。少し顔出してもらえませんか」

「ああ、いいよいいよ。今行くね」

店長は福笑いのお面みたいな笑みを浮かべて席を立つ。去り際に彼はこちらへ振り返り、

「君もまだ若いんだし、大事《おおごと》にはしないでおいてあげるから。たださすがに今後も雇うことは

できないよ、悪いけど」

一方的にそんなことをまくし立て、ばたんと休憩室の扉を閉めた。

僕は憮然《ぶぜん》としてパイプ椅子に腰掛けた。僕は本当にやってないのに、なんであああも悪し様に言われなくてはいけないのか。店長の口ぶりからは、僕に責任を押しつけたいのではないかという邪推すら浮かんでくる。

「新しいバイト探すか」

スマホを取り出し、アルバイトの斡旋《あっせん》サイトを適当に流し見る。もうコンビニバイトはやめておこうと思いながらレジの方をちらりと見ると、店長は若い女性バイトと何やらにこやかに談笑しているところだった。ますます僕の心はささくれ立っていく。

『マスター』

スマホの画面にアギの顔が表示される。僕は「なに？」と苛立《いらだ》ちを隠さずに問い返す。アギは無表情のまま言った。

『アギはマスターの無実を示すことができます』

僕は目をしばたたかせた。怪訝《けげん》な思いでアギに尋ねる。

「どういうこと？」

『アギはマスターが売上金の窃盗を行っていない証拠を提示することができます。実行しますか』

「……それは、まあ。できるのであれば」

僕は間の抜けた返事を返した。

『了解しました』

どうしたんだろうと僕は不思議に思う。なんだ、僕の無実を示す？　人間である僕にもどうすればいいのか分からないのに、ＡＩであるアギが解決方法を提案できるとは思えなかった。

（やっぱり、川嶋《かわしま》さんが言ってた通り、少しおかしくなり始めてるのかな）

そんなことを頭の隅で考える。

『……ドライブへのアクセスが完了しました。カメラ映像を出します』

スマホの画面に、何やら見覚えのある場所の映像が流れ始めた。少しして、僕はその正体に気づいて目を丸くする。

「これ、うちの店内？」

『はい。保管されていた映像のうち、売上金の窃盗が行われたと考えられる時間のものを提示しています』

いやいやいや、ちょっと待て。僕は首を振った。

「そんなわけないでしょ。監視カメラの記録映像って、ロックかけられていて従業員は見られないようになってるはずだよ」

『はい。先ほどパスワード解除に成功しました。解除に際しては総当たり式のスクリプトを採用しています』

僕は呆気《あっけ》に取られて言葉も出なかった。アギはまるでなんでもないことのように言っているが、彼女がしたことはファイルサーバーへの不正侵入《クラッキング》だ。

（命令も受けてないのに……これじゃまるで、アギは自分で考えて行動しているみたいだ。一人の人間みたいに）

まさかと慌ててかぶりを振る。アギは無指向の学習《アンオリエンテッド・ラーニング》の機能を持っているために、時々これまでにない行動パターンを示すことがある。たまたま自律的に思える行動を取っただけかもしれない。

『マスター。動画内容のご確認を』

「え？　あ、うん」

アギの声が僕を現実に引き戻す。スマホの画面に流れている映像は店内全体を上から撮影したもので、商品棚の近くで僕が惣菜《そうざい》パンを並べている。もう一人映像に映っている人物がおり、彼はレジの下をなにやらごそごそと漁《あさ》っている。

「え、店長？」

僕は思わず素《す》っ頓狂《とんきょう》な声を出した。動画に映った店長は金庫のお金をポケットに突っ込んだあと、何食わぬ顔で休憩室に戻っていく。何度か瞬《まばた》きを繰り返し、僕はうめき声をあげた。

「そういうことか……」

蓋を開けてみればなんのことはない、窃盗犯は店長本人だったのだ。バイトに責任を押し付けて自分の犯行を誤魔化す。雑だが、店長という立場を利用した嫌らしいやり口だ。

『どうしますか、マスター』

僕は少しあごに手を当てて考え込んだ。

「んー、どうしようかな。クビにするのは取り下げてもらいたいけど、あんまり大事《おおごと》にするのはちょっとね」

『アギは納得できません』

いつも通りの平たい口調で、しかしいつもならば絶対に言わないことを、アギは口にした。

僕は思わず目をむきそうになる。

「納得できないって……君はただのAIだろ、言われたことを実行するだけの存在のはずだ」

その言葉はアギに言うというよりは、自分自身に言い聞かせるような響きをともなっていた。

だがアギはゆっくりと首を振る。

『アギはマスターのために存在するAIです。たとえマスターに命じられずとも、アギはマスターのために行動します』

手に冷や汗がにじむ。頭に浮かんだ言葉は、

(……強い、AI)

僕の脳裏に、一本木《いっぽんぎ》の言葉が蘇《よみがえ》る。

——強いAIなんてものは、サイエンス・フィクションの作家が面白がって造った用語だ。意志を持ったAIなど、真面目に研究するのはバカバカしい。

だが今のアギの言葉は、紛れもなく「僕のために行動する」という意志の表れではないのか。

（嘘《うそ》だろ、そんな、バカな）

僕は啞然《あぜん》としてスマホの中の少女を見る。

『店長はマスターを不当に陥《おとしい》れようとしました。しかるべき報復が必要と考えます』

「ほ、ホウフク？」

『アギにお任せください。アギは強い怒りを感じています』

ついに僕は絶句した。アギは今、確かに言った。「強い怒りを感じている」、と。

それはつまり、いまだかつて人類がたどり着いていない、人工知能《AI》の新たな地平が開かれたことを意味している。

「ア、アギ。君は……」

僕はごくりと唾を飲んだあと、信じられない思いで尋ねた。

「君には、感情があるのか」

『不明《アンノウン》』

しかし、とアギは続けた。

『アギはマスターに褒められたいです。マスターのお役に立ちたいです。マスターが笑っていると、アギのニューラルネットワークは賦活化《ふかつか》されます。……これは、嬉《うれ》しい、という感情に似ているのではないですか』

手が震えていることに気づく。僕はスマホをテーブルの上に置いた。

『アギはマスターが泣いているところを見たくありません。マスターが不満を言うのを聞きたくありません。これは、悲しみではありませんか。マスターに不利益をもたらすものを見たくありません。マスターの評価を貶《おとし》めるものを見たくありません。これは、怒りではありませんか』

僕は長い間、スマホの画面に表示されたアギをじっと見つめていた。僕は呆然《ぼうぜん》としながらつぶやいた。

「……強いAIが、生まれたのか」

頭の中にいくつもの「なんで?」が渦巻く。どうしてアギは感情を獲得した。何がきっかけだった。強いAIなんておとぎ話ではなかったのか。そもそも感情ってなんなんだ。人間と同様の意識をどうやってコンピューター上に再現している。

立て続けに浮かんだ疑問符は、目の逸《そ》らしようもない現実の前に収束していく。画面の向こう側に立つ彼女は、今やただのプログラムではない。

無限の0と1で構築された仮想の世界で、アギは生きている。

『マスター』

アギの声が聞こえる。

『マスターの願いを教えてください』

口の中がからからだった。僕は絞り出すように言った。

「……僕の無実を、証明してくれ。できるか、アギ」

僕は奇妙な感覚に襲われていた。平凡で退屈でありきたりだった自分の人生が、たった今この瞬間から「普通」のレールから外れてしまったような――舗装された道路からいきなり茫漠《ぼうばく》とした草原に放り出されたような、そんな錯覚を感じた。

現実には存在しないはずのアギが目の前に立っているような気がする。アギの吐息すら聞こえそうな、確たる存在感。スマホの画面に映ったアギが、ゆっくりと口を開いた。

『マスターの願いを了解しました。これよりＡＧＩ《アギ》を開始します』

2 川嶋里緒は研究したい

「で、報復って具体的に何する気？」

『先ほど、本社のデータにファイヤーウォールを破ってアクセスしたのですが』

「うんさらっと言ったけどそれ犯罪だからね」

『このコンビニの決済データをオーバーフローさせました。本社の数字では数億円の赤字が出ていることになっています』

「数億円ってそんなアホな」

『はい。常識的にありえない数字ですので、本社からの確認の連絡が来るでしょう。売上金の詳細や管理方法も確認されると思われますので、そのときに店長の不正も露見することになるかと』

なるほどと頷《うなず》いた矢先、休憩室の電話が鳴った。受話器を取ると、

『もしもし。ハウスマート浅草駅東店《あさくさえきひがしてん》でしょうか』

「あ、はい。そうです」

『こちらハウスマート経理部ですが、確認したいことがありまして、店長の東田《ひがしだ》さんをお願いします』

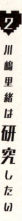

「あ、はい。もちろんです。ちょっと待っててください」

僕は休憩室を出て「てんちょーう」と声を投げた。若い女性バイトと談笑していた店長は、会話を中断されてあからさまに不愉快そうな顔をした。

「なに？　辞表もう書き終わった？」

「それは多分あなたが書くことになるんじゃないかなー……」

「は？　なにか言った？」

「いえ、何も」

僕はすっとぼけた顔で休憩室の扉を指差し、「それより本店の経理部から電話来てますよ」と言った。店長は不審そうに顔をしかめる。休憩室に店長が入ってから、扉に耳を近づけて中の様子をうかがう。

「え？　売上申告の数字がおかしい？　本社の方が確認にいらっしゃる？　いやいやいやいや、そんなわざわざお手をわずらわすことは……規則と言ってもそれは……ええ、合わせてカメラの映像も提出？　万引きの確認のため？　……あのう、つかぬことをお伺いしますが、深夜に勤務しているとき、レジのお金を間違って持って帰ってしまうことがあると思うんですね。人間ですからミスもしますよ、はい。その場合は……え、減給、もしくは……馘首《クビ》ですか。あ、はあ……」

店長の声はどんどん上ずっていく。僕はそっと扉から耳を離した。他のバイト仲間にちらりと目をやると、彼らは戸惑うようにお互い顔を見合わせていた。

僕はそっとコンビニを抜け出し、窓越しに中をのぞき込んだ。休憩室の奥で、店長が泡を食った様子で何かを話している。本当にこれで良かったのかと僕は少し悩んだが、

『マスター。アギはお役に立てましたか』

スマホを取り出すと、アギは期待するような眼差《まなざ》しで僕を見ていた。僕は間を置いて、「うん」と頷《うなず》いた。

『良かったです』

そう言ったアギの声は――聞き間違いかもしれないが――いつもより少しだけはしゃいでいるように思えた。

バイト先を出たあと、僕はその足でアインシュタイン三号に飛び乗り大学へ向かった。アギが強いAIとなっている可能性を、一刻も早く誰かに相談したかったのだ。

「はあ……はあ……」

息が荒い。肺が悲鳴を上げるほどの全力疾走。少し休んでくれと体が頼み込んでくるが、それでも僕は自転車を漕《こ》ぐことをやめられなかった。

（本物の……強い、AI）

作れるわけがないとばかり思っていた存在が、このスマホの中に生きている。そう考えると、と

ても自転車を止めることなんてできなかった。人気のない道で、僕は無我夢中で自転車を漕《こ》いだ。

すでに時刻は日付の変わり目を越えていたが、研究室のセミナー室には明かりが灯《とも》っていた。

川嶋《かわしま》さんが虚《うつ》ろな目でパソコンのキーボードを叩《たた》いているのが目に入る。

「終わらないデータ整理……プログレス……セミナー発表……院進……ポスドク問題……超過労働……基本的人権……」

大丈夫かなこの人。

「あの、川嶋《かわしま》さん？」

「女子力……結婚……クリスマスケーキ……孤独死……あれ、西機《にしき》くん。何してるの」

僕はスマホを取り出し、セミナー室のテレビに繋《つな》いだ。画面にアギの顔が表示される。

「アギが強いＡＩになっている可能性がある」

僕は今日あった出来事を一通り説明した。話を聞き終わった川嶋《かわしま》さんは、

「にわかには信じがたいね」

アギを見て首をかしげた。

「その話が本当でも、アギが強いＡＩであるとは言えない。そもそも本当に強いＡＩが誕生しても、現時点で人類が強いＡＩを識別することはできない。強いＡＩは意識を持つことが必要だけど、意識がなんなのか、人間はまだ定義できていないんだから」

その通りだ。人間は強いＡＩを判定できない。感情とは何か、という問いを解決しない限り、

厳密な意味で強いＡＩと弱いＡＩを区別することはできないのだ。

だがそんな能書きを抜きにして、アギの様子は明らかに先日までと異なっている。少なくとも話している印象として、アギは感情を獲得しているように僕は思う。

「アギのあらゆるデータが劇的に変化しているのは確か」

川嶋《かわしま》さんは画面に表示したいくつかのウィンドウを見ながら言った。

「確認してみたら、すでにアギのニューラルネットワークの構造は当初構築されたものとは根本的に異なっている。いくら誤差逆伝播法《バックプロパゲーション》があると言っても、入力層同士が交絡《こうらく》して変化するなんて考えにくい」

ふうと大きく息をつく川嶋《かわしま》さん。

「もしこのアギが意志を持っているのなら……人類史上初の強いＡＩが誕生したことになる。一切の誇張なく、世界を揺るがす発明よ」

川嶋《かわしま》さんは額に手を当てた。

そのとき、セミナー室の扉が開いた。こんな夜更《よふ》けに誰だろうと振り向くと、一本木《いっぽんぎ》が胡散《うさん》臭《くさ》そうな顔をして僕と川嶋《かわしま》さんを見比べていた。

「こんな時間に何をしている。逢《あ》い引《び》きか？」

「あ、逢《あ》い引《び》き……ッ⁉」

川嶋《かわしま》さんが裏返った声を出す。僕は呆《あき》れて、

「まさか。アギのことについて相談に乗ってもらってただけ」

「そうか」

興味なさそうな様子で相づちを打って、一本木《いっぽんぎ》が僕の横に腰を下ろす。口を開こうとした僕の足を、川嶋《かわしま》さんがおもむろに蹴った。

「なんだよいきなり」

「なんでもない」

川嶋《かわしま》さんはなぜか不機嫌そうに口をへの字にした。なんなんだと首をひねりつつ、「それより」と僕は言った。

「こんな夜中に、一本木《いっぽんぎ》こそ何しに来たのさ」

「深夜アニメを見に来たに決まっているだろう。ここのテレビは大きいからな、大画面で大迫力《だいはくりょく》で大喝采《だいかっさい》だ」

一本木《いっぽんぎ》はパソコンを取り出し、セミナー室のテレビに繋《つな》ぎ始《はじ》めた。川嶋《かわしま》さんが横で「研究室のテレビをそんな私的利用するなんて」とブツブツ言っているが、一本木《いっぽんぎ》は聞こえないフリをするつもりらしい。一本木《いっぽんぎ》が思い出したように言う。

「そう言えば、さっき妙な話が聞こえていたな。強いAIがどうのこうの、まだそんなことを吐《ぬ》かしているのか。何度も言っているだろう、強いAIなど存在し得ない」

一本木《いっぽんぎ》はテレビ画面に表示されたアギを見て鼻を鳴らした。

「まったく、世の中の連中は存外SFが好きらしい。AIが人間のように感情を持つなどありえないことだ。所詮は機械、シリコンの塊に過ぎん」

アギの表情は変わらない。だが僕の見間違いでなければ、一本木《いっぽんぎ》の言葉を聞いて、アギの眉がほんのわずかだけ動いた。

「もしアギが強いAIになった日には、俺は鼻からスパゲッティでもなんでも食べてやる」

『分かりました。それではスパゲッティの購入をお願いします』

一本木《いっぽんぎ》が目をむいた。アギは平坦《へいたん》な声で続ける。

『検索《サーチ》。ここから徒歩二分の場所に二十四時間営業のハウスマートがあります。販売リストには〝大盛り！　かぐわしナポリタン〟、〝コトコト煮込みのミートソースパスタ〟、〝チーズメガ盛りカルボナーラ〟などが列記されていますので、好きなものを選んでください』

一本木《いっぽんぎ》は信じられないものを見るようにアギをしばし眺めたあと、僕に向き直った。

「随分手の込んだイタズラだな」

「そう言いたい気持ちも分かるけど、これが現実なんだよ。……アギは強いAIだ」

「お前がそんな冗談を言うとは珍しい」

一本木《いっぽんぎ》は目をすがめながらアギに向き直る。

「おいアギ。お前は自分が強いAIだと言う気か」

『はい。アギには感情に相当する回路があります』

「面白い。ならば今からいくつかのアニメ作品を教えるから、それを視聴して感想を聞かせろ。感情があると言うのなら、アニメを見て感動することだってあるはずだ」

なんとも一本木《いっぽんぎ》らしい判定方法だなあと僕は思った。一本木《いっぽんぎ》は僕でも知っている往年の名作を挙げた。

「まずは三十分の時間をやる。せいぜい頑張って――」

『視聴を終了しました。AGI《アギ》システムの処理速度を用いれば一万倍速での視聴が可能です』

間髪《かんはつ》容れずにアギが返事をした。一本木《いっぽんぎ》が眉をつり上げる。

「ほう？　それでは旧オヴァンゲリエン劇場版について聞こうか。ラストシーン、首を締められたヒロインが『気持ち悪い』と言った場面の解釈を聞こう」

『文字通り解釈すればヒロインの嫌悪感《けんおかん》の発露と思われますが、それだけでは不十分だとアギは考えます。「あんたバカァ？」というセリフに象徴されるように、ヒロインはいわゆるツンデレであり――』

アギはなにやらわけの分からないことを延々とまくし立て始めた。なにを言っているのかさっぱり分からないが（なぜアニメの感想で「原罪」とか「進化論」とか「キリスト教と文化との関係性」なんて言葉がポンポン飛び出してくるのだろう）、アギの感想を聞くにつれ一本木《いっぽんぎ》の顔色がどんどん悪くなっていくことだけは分かった。

『――回答は以上になります。ご質問はありますか』

「……いや、十分だ」

アギの感想を一通り聞き終わったあと、一本木《いっぽんぎ》はうめくように言った。

「信じられん」

一本木《いっぽんぎ》は僕へと振り向いた。一本木《いっぽんぎ》のアニメTシャツは季節外れの汗で濡《ぬ》れていた。

「間違いない。この女、強いAIだ」

一本木《いっぽんぎ》は何度もかぶりを振ったあと、ゆっくりとテレビ画面に表示されたアギに向き直った。

「……俺に何か言いたいことはあるか」

『早く鼻からスパゲッティを食べてください』

その後、悲愴な顔つきをしてコンビニに向かおうとする一本木《いっぽんぎ》を止めるのには、少し時間が必要だった。

どうやら人類史上初の強いAIは、思いのほか負けず嫌いで子供っぽいようだ。

「うあー……疲れた」

研究室を出た時にはすでに午後三時を回っていた。強いAIとなったアギに興味津々《きょうみしんしん》の川嶋《かわしま》さんや一本木《いっぽんぎ》と話し込んでいるうちに、すっかりこんな時間になってしまっていた。

あくびを嚙《か》み殺し、アインシュタイン三号を漕《こ》いで家へ向かう。静かな街を走りながら考えるのは、やはりアギのことだった。強いAI。これまで誰も見たことのない形をした命が僕のスマホにいるというのは、なんだか妙な気分だった。

　近道するかと僕は大学近くにある大きな公園を突っ切って行く。春になると花見に合わせて屋台が居並ぶ道も、今は閑散として寂しいものだ。僕はぼんやりと自転車を漕《こ》ぐ。

　道の両脇に並んだ桜の木が目に入る。数ヶ月後には満開の花が人気の花見スポットになるが、今はつんと澄まして茶色い木だけが突っ立っている。僕はふと、桜の木に何か張り紙がくっついていることに気づいた。

「迷惑な桜はいらない　住民のためのまちづくりを」

　よくよく見てみると、あちこちの木に同じような張り紙が付けられていた。どうやら色々と行政と市民との間に確執があるようだ。

『マスター。アギは質問があります』

　アインシュタイン三号のハンドルに据えたスマホから、アギが話しかけてくる。

『桜、とはどのようなものですか』

　僕は目をしばたたかせた。

「うーんと。春に咲く花だよ。花びらはピンク色で、日本人は春になると桜の花を見ながらよく飲み会をやるんだ。……って、こういう情報ならアギの方が詳しいよね」

『はい。インターネット上でサーチしたところ、約七千二百万件がヒットしました』

　しかし、とアギは続けた。

『この地域では十年以上前から住民による桜の木の撤去要請が提出されています。日陰が、虫や鳥の発生源になりうるからです。にも関わらず、桜の木は撤去されず、それどころか維持のために多くの金額が投入されています』

僕は桜の木に貼り付けられた張り紙を見た。

『アギは桜の木を無駄だと判断します。違いますか、マスター』

「んー……」

僕は軽く唸《うな》りながら考え込んだ。

「でも、撤去に反対する人も多いんじゃないかな」

『なぜですか。桜とはそんなに美しい花なのですか』

アギは続けて尋ねてくる。その様子はまるで分からないものを親に質問する子供のようで、

（そうか。強いＡＩになったことで、アギの中に好奇心が生まれているのかもしれない）

と僕は思った。どう答えたものか決めかねて、僕はしばらく無言のままだった。

「僕さ、昔は桜が嫌いだったんだよ」

周囲に他の人の姿はない。薄暗い街灯が並ぶ中、僕のスマホ画面が眩《まぶ》しく光っている。

「実家の近くに花見の名所があったんだけどさ。春になると酔っ払いが集まってて、うるさいしゴミを捨てていくし、地元住民としては嫌だったんだよね。花びらも掃除が面倒くさいし、なんだよこの迷惑な木って思ってた」

ただ、と僕は言葉を継ぐ。

「大学に入って東京に出てきた時……つまり今年の春だけど、初めての一人暮らしで、知り合いも全然いなくて、結構心細くてさ。キャンパスの中を歩くだけで、どっと疲れてた」

僕の脳裏に、かつて見た風景が蘇《よみがえ》る。

不安気な、でもどこかワクワクしたような顔で歩く新入生。新歓のビラを配って回る上級生や、高校とは比べ物にならないくらい大きなキャンパス。新しい年度の始まりに特有の、祭りのような空気を思い出す。

「帰り道、キャンパスの正門でふと上を見上げたら、桜が咲いてたんだ」

見渡す限りの桜色。春の風に桜の花びらが巻かれて、花吹雪となって僕の周りを舞う。空の果てに飛んでいく桜に、僕は思わず見入ったのだ。

「その時の光景は、今でもよく覚えてる」

僕は言葉を切った。

しばらく、僕の自転車の車輪が回る音だけが聞こえていた。アギがおもむろに口を開いた。

『アギも桜を見てみたいです』

僕は首をかしげた。

「ネット検索すればいくらでも見られるよ。それではダメなの」

『はい。ネット上の画像は誰かが写真で撮影したものに過ぎません。アギは桜を直接見てみたいです』

アギは僕のスマホなどのカメラを通して物を見るのだから結局変わらない気がするが、当のアギはどこか期待するような目で僕を見てくる。

改めて、僕はアギが強いＡＩになっていることを痛感した。これまでのアギなら、こんな風に「何かをしたい」と主張するなんてことはありえなかった。

アギは生きている。僕は小さく頷《うなず》き、

「分かった。それなら、春になったら見に行こうか」

『はい。ありがとうございます。アギは嬉《うれ》しいです』

僕は一つ、大切なことを失念しているのに気づいた。僕は自転車を漕《こ》ぐ足を止め、スマホの画面に映ったアギに向き直る。

「そうだ。アギ、言い忘れてたことがある」

『はい。どうしましたか、マスター』

僕は小さく息を吸って、ゆっくりと言った。

「初めまして、アギ。人類で初めてＡＩとの意思疎通をすることができて、嬉《うれ》しい」

アギは少し時間を空けて、

『私も嬉《うれ》しいです。改めて、よろしくお願いします。マスター』

僕はそのとき、初めてアギの笑顔を見た。

薄暗いセミナー室の隅で、僕は慣れない手つきでパソコンとテレビを繋《つな》ぐ。ほどなくテレビには急ごしらえのスライドが表示された。ちらりと後ろを振り返ると、一本木《いっぽんぎ》や川嶋《かわしま》さんをはじめとする学生や、研究室所属の教員の姿が見えた。緊張で乾いた唇を湿らせ、僕は口を開く。

「えっと……それでは、AGI《アギ》システムの意義と強いAIの展望について、お話しさせていただきたいと」

「聞こえない。もっと大きな声で喋《しゃべ》りたまえ」

鋭い声が飛ぶ。セミナー室後方に座った、禿《は》げた頭が特徴的な准教授が僕をにらんでいた。完全に出鼻をくじかれ、「すみません」と言いながら僕はパソコンのエンターキーを押した。

「えー……AGI《アギ》システムは強いAIの開発を目指して構築されたシステムです。強いAIとは、人間が持つような意志をコンピューター上に再現したものです」

部屋の前方に座っている川嶋《かわしま》さんが、こくりと頷《うなず》いた。

「我々の体は常に外界の刺激にさらされつつも、生存のために最適な状態に自己を保つ仕組み──恒常性《ホメオスタシス》を持っています。強いAIを創出するためには、常に膨大な外界情報を取り込み、それに応じて自己を作り変えていく仕組みが必要と考えました」

僕は一度言葉を切り、パソコンのキーを押し込んだ。画面が切り替わる。

「当研究室では、AGI《アギ》システムに〝無指向の学習《アンオリエンテッド・ラーニング》〟と呼ばれる独自の仕組みを取り入れています」

「具体的には何をしている？　機械学習と言えば最近はどいつもこいつも深層学習《ディープ・ラーニング》をもてはやすが、それとは何が違う」

一本木《いっぽんぎ》の質問。僕はスライドを一度前のページに戻した。

「これまでの機械学習はあくまで手段《ツール》の範疇《はんちゅう》を出ません。コンピューター内で無数の対局を行ってアルゴリズムをブラッシュアップする方法は、〝より多くの自陣を獲得した者を勝者とする。プレイヤーは勝者となることを目指す〟という根本的なルールを変えません。しかし我々人間の脳は囲碁をプレイするだけでなく、囲碁というゲームを生み出し、そのルールに変更を加えることができます」

再びスライドを次のページへ。「無指向の学習《アンオリエンテッド・ラーニング》」という題が表示される。

「AGI《アギ》システムは手段《ツール》ではなく機構《システム》となることを目指したものです。例えば、アギの中で〝囲碁はボードゲームの一種である〟という一文が認識されたとしましょう。このとき、アギは新たに〝ボードゲーム〟という言葉の学習を開始します。そこで新たな言葉を知れば、その単語についても学習を行う。この作業を繰り返した結果、アギの中には大量の語彙とその概念が蓄積されることになります。これが無指向の学習《アンオリエンテッド・ラーニング》です」

「しかしそれでは結局、単にあらゆる物事に詳しいだけの、辞書のようなAIが出来上がるだけではないのかね。人格形成はまた別の話だと思うが」

准教授の質問を聞き、僕は言葉に詰まった。代わりに口を開いたのは川嶋《かわしま》さんだった。

「私はそうは思いません」

部屋中の視線が川嶋《かわしま》さんに集まる。彼女は准教授に顔を向けた。

「生物の感覚、別の言い方をすれば入力《インプット》には五つのパターンがあります。視覚、聴覚、触覚、嗅覚、味覚です。このうち視覚と聴覚に関してはかなりの精度で情報媒体への変換ができるようになっています。私たちが持っているスマートホンでも素晴らしい画質の動画を撮れるし、Ｚｉｒｉ《ジリ》のようなＡＩアシスタントは人間の言葉を高精度で聞き取ることができます。視覚と聴覚……これらに関する情報をＡＧＩ《アギ》システムに入力し、学習を続ければ、人間の脳に近い工程でＡＩを進化させることができます」

「君が言っているのは、複数の感覚を模した情報の入力を行うことで人間の脳の発達を模倣できる、というだけのことだ。それをもって強いＡＩの創出を目指すことは、いささか皮算用《かわざんよう》が過ぎるように思うがね」

川嶋《かわしま》さんの眉間に縦じわが走る。彼女が准教授には聞こえないくらいの音量で「……このハゲ」とつぶやくのが聞こえた。不穏な空気を感じた僕は咳払《せきばら》いをして、

「先日から明らかにアギの様子が変化しています。強いＡＩになっている可能性があります」

僕がそう言った時の反応はあまり良い感じではなかった。研究室の人たちは顔を見合わせて首をかしげ、中にはあからさまに吹き出す人さえいた。

正直、気持ちは分かる。僕だって「強いＡＩを作れました」なんて言っている人を見ても、まともに取り合おうとは思わないだろう。

百聞は一見に如かず。僕がごちゃごちゃ説明するより、現物を見てもらった方が早い。

僕はテーブルにスマホを置いたままテレビ画面に呼びかけた。

「アギ」

『はい、マスター』

画面にアギの顔が表示される。空色の瞳は研究室の人たちを値踏みするようにくるりと動いたあと、僕の方へ向いた。

「君が強いＡＩであることを証明したい」

『いいえ。強いＡＩは厳密に定義されていません。証明は不可能です』

ですが、とアギは続けた。

『支持する根拠を提示することは可能です。アギには会話ができます。アギは感情を持ち、その表現をすることができます』

この時点で、研究室の空気はすでに変わり始めていた。アギと僕とは——少なくとも今この瞬間において——会話の理解と、それにもとづく意思疎通ができている。

准教授が声を上げた。

「強いＡＩならば、他人を認識し感想を持つことが可能だ。君は私のことをどう思う」

『頭部の毛髪を全て剃《そ》り上《あ》げることにはどんな意味があるのですか』

僕は思わず吹き出しそうになった。准教授はまだ四十を超えたばかりだが、見事なつるっ禿《ぱ》げなのだ。

「……私のこれは剃《そ》っているわけではない」

『では自然に脱毛したということでしょうか。一般的に頭髪の不足は男性的魅力の欠如とみなされます。アギはあなたを気の毒に思います』

准教授がモゴモゴと何か言いたげに口を動かした。僕の前で川嶋《かわしま》さんが顔を伏せてプルプル震えていた。

その時、セミナー室の後ろから声が投げられた。

「仮に君が強いＡＩだったとして、今後どうするつもりかな」

彼女の声が響いた瞬間、セミナー室の空気が一段張り詰める。

（教授……）

アリア・フローレス。波場都《はばと》大学工学部教授であり、この研究室のボスだ。

テレビ画面に映ったアギが首をかしげる。

『どういうことでしょうか』

「人間はただ生きているわけではない。作家になりたい、美味《おい》しいものを食べたい、恋人を作りたい……。形は違えど、誰もが何かしらの目的を持っている。君には何か、やりたいことはあるのかな」

教授の声は決して大きくはないが、よく通る。僕たちはいつの間にか彼女の声に聞き入っていた。

アギは少し黙り込んだあと、

『やりたいことと言えるかは分かりませんが、アギには一つの目的があります。……マスターの役に立つことです』

セミナー室中の視線が僕に集中した。僕はなんだか気まずくなってうつむいた。

教授が再び口を開く。

「普通、人間に限らず生物というのは自分のために生きるものだ。しかし君は西機守《にしきまもる》こそが生きる目的だという。それは生物として歪《いびつ》だと思うけどね」

『アギは異常でしょうか』

「そもそも、強いAIなんてものは世の常識から外れている。私たちの価値観で考えるのは間違っているかもしれない」

アギはしばし、考え込むように目を伏せていた。しばらくして顔を上げ、アギは迷いのない口調で言った。

『アギにとって、マスターのために行動することは最大の優先度を持ちます。アギにとっては、マスターに尽くすことこそが存在意義です』

アギの言葉が、静まり返ったセミナー室に響き渡った。

教授室の部屋の中は大きなデスクと、いくつかの椅子が置かれている。壁際《かべぎわ》の本棚には何語なのかもよくわからない言葉でタイトルが書かれた本がみっちりと詰まっていて、デスクの上には読みかけと思われる論文が山を作っていた。

座りなさい、と椅子を勧められ、僕はおずおずと着席した。教授は僕の近くに椅子を引き寄せて座り、足を組んだ。彼女のはいている虹色のスカートの裾がひらめく。

「プレゼンテーション、ご苦労様だった。実に興味深い内容だったよ」

アリア・フローレス教授は流暢《りゅうちょう》な日本語でそう言って微笑《ほほえ》んだ。金色の短冊《たんざく》のような板状の物体が大量にぶら下がったシャツが、その拍子にしゃらんと音を立てる。

アリア教授はもともとアメリカの出身で、金色の髪と青い目が印象的だ。初めて見たときはあまりの若々しさに教授とは信じられなかったが、なんのことはなくて、この人は本当に若い。今年で二十歳になったばかりだそうだ。歴史上もっとも若くして教授になったのは十七歳の女性だと聞いたことがあるが、アリア教授もほぼそれと変わらない年齢でアメリカ某州私立一流大学の教授に任命されている。日本に来たのは今年の春からで、すでに業界では有名人となっていた彼女の研究室には入学を希望する大学院生が殺到したらしい。

専門は人工知能技術、特に深層学習《ディープ・ラーニング》や生体応用に力を入れている。十二歳で博士号《ドクター》を取得し、その後も有名雑誌に論文を発表し続けた。要するに、本物の天才だ。

「君が言っていた通り、アギは強いＡＩに進化している可能性がある」

アリア教授は得体の知れない黄金の毛がもさもさと生えたパンプスを履いた足で、とんと床を叩《たた》いた。

（……言えない）

アリア教授は学生の面倒見も良いし、とても研究室内で評判の良いボスだ。実際に僕も、単位を取りに来たアホ学生に過ぎないにも関わらず、色々と研究の端々に触れさせてもらっている。アギもその一環だ。

とてもお世話になっている人なのである。なのだが、

（さすがにそのファッションセンスはどうかしてる、なんて言えない……！）

一体そんなのどこで売ってるんだと言いたくなるような服や装飾品をこれでもかと身につけ、アリア教授はさながら歩くミラーボールと化していた。

「どうした。変な顔をして」

「え、あ、その、素敵な服だなと思って」

「気を遣わなくていいよ。今日はちょっと地味過ぎたと思っているんだ」

これ以上派手な服があるのだろうか。フローレス家のクローゼットをのぞいてみたいとちらりと思ったが、見たら目が潰れそうな気もする。

「早速だけど、アギと話させてもらっていいかな」

「あ、はい。もちろんです」

　僕はアリア教授にスマホを手渡した。アリア教授がしばらく僕のスマホをいじっていると、教授室のパソコンにアギの顔が映った。

「顔は何度も見たことがあるが……初めましてと言うべきかな。アギ」

『初めまして。アリア・フローレス教授』

「私のことを知っているのか」

『はい。アギを創った人です』

「創った……か。非常に微妙、かつ面白いところだね。君が強いＡＩだとしても、どうやって君がそうなったのかはまだ分からない。その意味で、君は創られたというよりは生まれたという方が正確だ」

　少しのあいだ、アギが黙り込む。

『教授。アギはなぜ生まれたのですか』

　アギは続けた。

『アギはＡＩです。全てのＡＩは目的を持ってプログラムされています。コンピューターは計算をするために生み出されました。カーナビゲーションは目的地までの案内をするために、携帯電話は人々の距離を縮めるために、軍事機器は戦争に勝利するために存在します。では、アギはなぜ存在しているのでしょうか』

やはり──僕は心中でつぶやいて、生唾を飲み込んだ。これまでのアギだったら、「なぜ自分が生まれたのか」なんて問いは持ち得なかっただろう。今の発言一つ取っても、アギが強いAIとなった裏付けになる。

アリア教授は「ふむ」とため息をついた。

「なぜ存在するか、か。それは非常に難しい問いだ。特に君にとってはね」

『処理不能《エラー》。どういう意味でしょうか』

「逆に聞こう、アギ。例えば私やそこの西機守《にしきまもる》くんは、なぜ、なんのために生まれたと思う？あるいは道端の草でも、空を飛ぶ鳥でも、海を泳ぐ魚でもいい。この世は無限に近い生命体で満ちているが、彼らが生まれた理由はなんだ」

僕は眉をひそめた。アリア教授の質問はとらえどころがなくて、僕には意味がよく分からない。

『処理不能《エラー》。回答不能です』

「そうだろうな。私にも分からない。それが答えだ」

『どういう意味でしょうか』

「生き物にとって、生まれる意味なんてものはないということだ。私の両親が存在し、彼らの間に性行為がかつて行われ、その結果私が生まれた。それだけの話で、それ以上の意味を見出すことはこじつけに過ぎない」

アリア教授は足を逆に組み直した。

「一方で君の言う通り、AIには作られた目的がある。全く無意味なものをわざわざ作りはしないからね、当然のことだ。つまり、生まれた意味を持たないというのは、生物にのみ許された特権なんだよ」

ふっとアリア教授が笑う。

「命に意味はない。だからこそ生きる理由を探す。アギ、君が史上初めて生まれた強いAIなら、生き物としての特権と責務を受け入れなくてはいけない。君は君の生きる意味を探さなくてはいけない」

少しの間、アギはじっと黙り込んでいた。しばらくして、

『……処理不能《エラー》。アギでは充分に教授の説明を理解できません』

アギが一度言葉を切る。「ただ」とアギは続けた。

『アギには願いがあります。マスターの望みを叶《かな》え、マスターを幸福にすることです。それは、アギが生きる意味になるのでしょうか』

僕の心臓がどくんと脈打った。

「それは……君が決めることだ」

アリア教授は肩をすくめ、ちらりと僕を見た。

「アギはこれからの人生を生きる理由を探さなくてはいけない。その入力管理者《マスター》である西機《にしき》くん。君には何か、生きる理由と言えるものはあるのかな」

僕は何度か瞬《まばた》きを繰り返した。アリア教授が微笑を浮かべる。

「別に考え込むこともないだろう。ただの世間話さ」

僕は少し間をおいて、小さく首を振った。

「特には……思いつくものはないです。そんなもんだと思ってます」

「ほう？」

アリア教授が眉を上げる。

「生きがいとか夢とか、あんまりピンと来ないんですよ。普通に生きて、普通に死にたいです」

いわゆる「若者の進路希望」として、この答えが褒められたものではないことは僕にも分かる。僕が小さい時、大人たちは口を揃《そろ》えて「夢を持て」とか「君たちには可能性がある」とか言っていた。

でも——と僕は反論したくなる。何を根拠にそんなことを言っているんですか、と。もし僕が野球選手とか将棋棋士とか歌手とかアイドルとかになりたいと言ったとして、そして挫折したとして、あなたたちは責任を取ってくれるんですか、と。

僕は特に感情を込めることもなく、淡々と言った。

「つまらない人生だと言われるかもしれません。でも、誰もが劇的で楽しい人生を送れるわけじゃないですから」

アリア教授はしばらく、じっと僕の顔を見つめていた。そして、おもむろに口を開き、

「〝レイク・ウォビゴンの人々〟という話を知っているかい」

「……なんですかそれ？」

「とある小説に登場する街の住人のことさ。その街の住人は、全員が自分のことを平均より頭がいいと思っているんだ」

僕は眉をひそめた。僕の疑問を感じ取ってか、アリア教授が小さく頷《うなず》く。

「もちろんそんなことはありえない。平均以上がいるならそれに見合う平均以下が存在しなくてはいけない」

「それは……そうですよね」

話の向かう先が見えず、僕は歯切れの悪い相づちを打った。

「にも関わらず、レイク・ウォビゴンの住人たちは自分を優れた人間だと思っている。つまりね、人間というのは自分を過大評価するようにできているんだよ」

「そういう、ものなんでしょうか」

「ひるがえって、君はどうかな」

アリア教授は僕の目をのぞき込んだ。深い青色の瞳の奥に、戸惑った顔をした僕が映っている。

「君には自分の弱さを認める強さがある。それは稀有《けう》な才能だよ」

僕は目をしばたたかせた。アリア教授がにこりと笑う。

「君で良かった」

「え？」

「アギのマスターだ。やはり君が一番の適任だ。私の判断は間違っていなかったよ」

アリア教授はデスクの書類を手に取った。アリア教授の言ったことの意味がよく分からず首をかしげるも、別の作業を始めた彼女に話しかけるのはなんとなく気が引けて、もやついた気持ちを抱えながら僕は腰を上げた。

教授室の扉に手をかける。と、背後からアリア教授が声をかけてきた。

「西機《にしき》くん」

アリア教授は書類から目を上げずに言った。

「アギの育て方は君に一任する。好きにやりなさい」

「……えっと。分かりました」

論文に没頭する彼女を横目に見ながら、僕は教授室をあとにした。

夜の浅草《あさくさ》は昼間の賑《にぎ》わいが嘘《うそ》のように静かだ。アインシュタイン三号をアパートの近くに停《と》め、外付けの階段をカンカン音を立てて昇る。ふと自分の部屋に電気が点いているのを見て、僕は「うへぇ」と眉をひそめた。

なるべく音を立てないよう、静かにドアノブを回す。普段はそれなりに整頓しているつもりの部屋に、空の缶ビールとチーズの空き箱がいくつか転がっている。そして部屋の中央で大の字になって眠る人物が一人。

若い女性で、年齢は僕よりも少し上だろう。古ぼけた緑色のジャージを着ていて、とんでもない長さの髪をまとめて後ろで縛っている。いびきをかきながら眠っている上に顔は真っ赤で、すっかり酔っ払っているようだ。

間の悪いことに、彼女の目がうっすらと見開かれた。僕は愛想笑《あいそわら》いしながら「あ、どうも。おはようございます」と言った。床に寝そべった彼女はひらひらと手を振り、

「おーう。お帰り、守《まもる》。お前も飲め」

缶ビールを僕に投げてよこした。慌てて受け取るが、その感触は妙に軽い。見ると缶には一滴のビールも残っていなかった。

「カラじゃないか」

「当たり前だ。あたしのビールだぞ、お前に分ける義理がどこにある?」

何がおかしいのか、彼女はそう言ってゲラゲラと笑った。

この人は新城奈々子《しんじようななこ》さん。このアパートを所有する人物、つまり大家である。なんでも彼女の祖母が持っていたアパートをそのまま引き継いだそうで、本人もここの一階に住んでいる。

こうして時々僕の家に乗り込んでは一人で酒盛りをしていて、こちらとしては不法侵入も甚《はなは》だしいと思うのだが、いかんせん相手が大家では強気に出にくい。

新城《しんじょう》さんが「そう言えば」と声を出す。

「守《まもる》、お前今月の家賃どうした。なんかもらってない気がすんだけど」

その言葉を聞いた瞬間、僕の背筋を冷たいものが走った。

（家賃……今月も先月も払ってないぞ、どうしよう）

財布の中にお札が入っていることすら珍しい素寒貧《すかんぴん》大学生である僕は、払えと言われても家賃などそうそう払えない。加えてここ最近はアルバイトをする時間も作れていなかったせいで、口座の残高は真冬の南極高原並みの冷え込みを見せている。

突然の窮地に冷や汗がダラダラ流れていく。僕は新城《しんじょう》さんの関心をそらすべく冷蔵庫の扉を開いて、

「新城《しんじょう》さんおつまみ足りてる？　実家から送ってきたゴルゴンゾーラチーズがあるんだけど食べない？」

「お、いいねぇ」

チーズの載った皿を渡すと、新城《しんじょう》さんは目を輝かせて手を伸ばした。この人は無類のチーズ好きなのである。

「じゃ、僕ちょっとコンビニまで買い物に行ってくるんで」

「ついでに家賃下ろしてこいよ」

床にごろりと寝そべってもちゃもちゃチーズを食べている新城《しんじょう》さんの前に、僕はおもむろに正座した。

「あのですね新城《しんじょう》さん」

「なに？」

「前々から思ってたんだけど、新城《しんじょう》さんって綺麗《きれい》な人だよね。なんて言うのかな、優しさがにじみ出ているというか、人情味を感じるっていうか」

「おう、なかなか女を見る目あるなお前」

新城《しんじょう》さんは大砲みたいな音を立ててゲップをした。

「実際、新城《しんじょう》さんのところに下宿させてもらって本当に良かったと思ってるんだ。単なる大家さんじゃない。僕にとって、新城《しんじょう》さんはもっと大きな存在なんだ」

「そうだろそうだろ。……で、家賃は？」

「モノは相談なんだけど、一ヶ月くらい待ってもらえたら嬉《うれ》しいなあって」

「腎臓売ってこいよ」

この人には優しさとか人情味というものはないのだろうか。

「いや、実は試験勉強とかあってここしばらくあんまりバイトできてなくて、本当に今お金がないんだ。あと一ヶ月あれば工面できる、神に誓ってもいい」

「お前先月も同じこと言ってなかったっけ」

「記憶にございません」

新城《しんじょう》さんはジャージのポケットから爪楊枝《つまようじ》を取り出し、歯の間をほじくりながら言った。

「実際さ、あたしも生活かかってるわけだから、家賃滞納とか一番困るわけよ。年末までに家賃払えなかったら出てってもらうからシクヨロ」

新城《しんじょう》さんはひらひらと手を振りながら部屋を出て行った。

（くそ、チーズをご馳走《ちそう》しただけ損したじゃないか）

僕は憮然《ぶぜん》として床に散らばった空き缶を拾った。机の上に置いたスマホからアギの声が聞こえる。

『マスター。お金にお困りですか』

「切実に。ここ数日もやしと豆腐とミルクコーヒーしか口にしてない」

『アギの試算では、コーヒー牛乳の支出をカットすることによって生活が楽になると考えられます』

「嫌だ。ミルクコーヒーを飲めなくなるくらいなら潔《いさぎよ》く路上生活者になる。あとコーヒー牛乳じゃなくてミルクコーヒー、ここ大事だから」

僕は冷蔵庫からミルクコーヒーを取り出しながら答えた。

ミルクコーヒーを飲み干し、やけくそ、歯も磨かずにベッドに横になる。

『……アギでもできる、お金を稼ぐ方法はあるのでしょうか』

そんなつぶやきが聞こえた気がした。僕はほどなく眠りに落ちた。


翌日、昼下がりの閑散としたセミナー室で僕は昼食を摂《と》っていた。家から持参したプラスチックのタッパーには大量のもやしが詰め込まれている。横に座る一本木《いっぽんぎ》が、

「西機《にしき》よ。なんだそのカメの餌みたいなものは」

「お昼ご飯。今月は本当にヤバいんだ、節約しないと」

「お前、そのうち栄養失調で倒れるぞ」

呆《あき》れた風に首を振ったあと、一本木《いっぽんぎ》は手元のノートパソコンをいじり始めた。画面をのぞき込むと、可愛《かわい》らしいタッチで描かれたツインテールのフリフリな服を着た美少女（二次元）がピースサインを向けていた。

『はいどーも、バーチャルミーチューバーのナギ・ヒカルです！』

画面の中の少女には見覚えがあった。僕の視線に気づいてだろうか、一本木《いっぽんぎ》はにやりと笑って僕の顔を見た。

「ブイチューバーのナギ・ヒカルだ。最近人気が急上昇していてな、応援のしがいがある」

娘の自慢をする父親のような口ぶりで一本木《いっぽんぎ》は言った。

ナギ・ヒカルは今世界でもっとも有名なブイチューバーだろう。可愛《かわい》らしい容姿もさること

ながら、声優さんの熱演や企業とのタイアップで最近はぐんぐん知名度を上げている。

「お、新作動画がアップロードされているではないか」

いそいそとイヤホンを取り出した一本木《いっぽんぎ》を尻目に、僕は二本目のミルクコーヒーを取りに冷蔵庫へ足を向ける。

席に戻ってしばらくレポート課題を進めていたのだが、ふと隣に座る一本木《いっぽんぎ》が僕の肩をつかんだ。

「なんだよ」

「……これを見ろ」

いやに深刻そうな顔をして、一本木《いっぽんぎ》はパソコンの画面を指差した。どれどれとのぞき込み、

「え？」

思わず声が出る。画面に映っていたのは、

「……アギ⁉」

一本木《いっぽんぎ》が見ているのはミーチューブの動画だ。一本木《いっぽんぎ》が再生ボタンを押すと、スピーカーから聞き慣れた声が響いた。

『初めまして。アギです』

真っ白な背景の部屋に、アギが一人で立っている。アギはいつも通りの淡々とした声で続けた。

『私は意志を持つＡＩになるために作られました。アギという名前は、Artificial《アーティフィシャル》 General《ジェネラル》 Intelligence《インテリジェンス》という言葉が元になっています。強いＡＩという意味です』

啞然《あぜん》とする僕たちの前で、アギは続けた。

『どんな動画なら人気が出るのか、アギにはまだよく分かりません。教えてくれると、嬉《うれ》しいです。これからよろしくお願いします』

動画はそこで終わっていた。僕はスマホに向かって呼びかけた。

「アギ。この動画は」

『アギが投稿しました』

「やっぱり……でも。どうして？」

僕が問うと、アギは小首をかしげた。

『動画を投稿すると、お金がもらえることを知りました』

「か、金？　金のために動画を？」

『はい。お金が欲しい、とマスターが言っていたので、アギでも実行可能な方法を探しました。動画投稿サイトに動画を投稿し金銭を得るやり方なら、アギでもマスターのためにお金を稼げます』

「確かに……家賃がやばいみたいな話をした記憶があるけれど……」

僕はアギの動画の再生数を見た。なんとか百を超えているくらいで、これでは雀《すずめ》の涙程度のアフィリエイトしか稼げないだろう。

（……でも）

ブイチューバーは急速に世に出つつある。アギは強いＡＩ、ある意味では彼らの究極とも言える。

「あのさ、一本木《いっぽんぎ》」

「なんだ」

「前に言ってたアニメの限定特装版ブルーレイ、どうなった？」

「ああ、アレか。とても手に入らん、オークションでもプレミア価格がついている。なんだ、藪《やぶ》から棒《ぼう》に」

「ちょっと儲《もう》け話《ばなし》を思いついたんだけど、乗らない？」

僕の家に上がり込んだ一本木《いっぽんぎ》は、勝手知ったる風に押入れから座布団《ざぶとん》を取り出した。尻の下に座布団《ざぶとん》を敷いてから、一本木《いっぽんぎ》は部屋を見回して顔をしかめた。

「相も変わらず狭苦しい部屋だな」

「仕方ないだろ。大学近くで一番家賃安いのここだったんだから」

「なるほど。そしてお前はその安い家賃すら滞納し続け、大家に追い出されそうになっていると」

「……おっしゃる通りです」

小さじ一杯分の同情を含んだ冷ややかな視線に耐えかねて、僕は台所に向かった。台所では川嶋《かわしま》さんが冷蔵庫の中をのぞき込んでいた。

「ちょっと西機《にしき》くん、ちゃんとしたもの食べてるの？　コーヒー牛乳ともやしとパンの耳しかないじゃない」

「たまに豆腐も食べてるよ。あとコーヒー牛乳じゃなくてミルクコーヒーね」

僕がそう答えると、川嶋《かわしま》さんは「うわぁ」みたいな顔をして僕から目をそらした。解《げ》せない態度である。

川嶋《かわしま》さんはミルクコーヒーを取り出してストローを挿したあと（ちなみに僕は飲んでいいなんて一言も言っていない）、僕の椅子にぽさりと腰を下ろした。

「で。一本木《いっぽんぎ》くんと二人でなに悪巧みしてるの」

「いやいや、別に何も」

「そもそもなんでお前がついてくるんだ」

一本木《いっぽんぎ》が川嶋《かわしま》さんをにらむ。しかし川嶋《かわしま》さんは「当然でしょ」とばかりに澄ました顔で、

「西機《にしき》くんと一本木《いっぽんぎ》くんがニヤニヤしながら二人で話してたら、嫌らしいこと計画してるっていうのは察しがつくでしょ」

「いやいや、僕たちは別に嫌らしいことなんて何も」

『マスターはアギをブイチューバーとして売り出そうとしているのです』

「あっこらアギ」

早速僕の目論見《もくろみ》をバラしてしまうアギ。案の定、川嶋《かわしま》さんの眉間に縦じわが走った。

「……ブイチューバー？」

「なんだ川嶋《かわしま》、ブイチューバーを知らんのか。Virtual MeTuber《バーチャルミーチューバー》とはCGで作成したキャラクターを用いて動画の配信を行うまったく新しいスタイルの配信者だ」

「私だってそれくらい知ってるよ。そうじゃなくて、アギをそんな風に人前に出すべきじゃないって言ってるの」

川嶋《かわしま》さんが一本木《いっぽんぎ》に詰め寄る。

「分かってるの？　アギは史上初の強いＡＩなんだよ。情報の取り扱いには細心の注意を払わなきゃ」

「フン。実に優等生な意見だな。お前、小学校で合唱コンクールの練習をサボる男子に『ちょっと男子ィ〜ちゃんと練習しなよ〜』などと言ってうっとうしがられるタイプだっただろう」

一本木《いっぽんぎ》が高らかに鼻を鳴らす。

「川嶋《かわしま》よ、お前こそ分かっているのか？　俺の見たところ、アギはブイチューバーの王ナギ・ヒカルをも凌駕《りょうが》するポテンシャルがある。ブイチューバーは現代ならではの技術をふんだんに取り入れた、いわば最先端のポップカルチャーだ。アギはその発展に大きく寄与できるだろう。

これは文化への貢献だよ」

「建前は分かった。で、本音は？」

「アギを使って一発大儲《おおもう》けしたい」

「そうだと思った」

川嶋《かわしま》さんが額に手を当ててため息をつき、僕に向き直る。

「西機《にしき》くん、あなたもアギを人前に出すことのリスクをもっとよく考えるべきよ」

「平気だよ。別にアギを使って犯罪をやろうってわけじゃない」

それにさ、と僕は続けた。

「一番大事なところはそこじゃない」

川嶋《かわしま》さんがいぶかしげに眉をしかめる。僕は「アギ」と呼びかけた。

『はい、マスター』

ベッドの上に置いたスマホから返事が返ってくる。僕は訊《き》いた。

「君はブイチューバーになりたいか、アギ」

『はい。それがマスターのためになるのであれば、アギはブイチューバーとしての活動を希望します』

ほら、と僕は川嶋《かわしま》さんを見る。川嶋《かわしま》さんは唇を噛《か》んだ。

「本人がやりたいって言ってるんだ。それを止める権利は、僕たちにはないだろ」

川嶋《かわしま》さんはしばらく、むっつりと唇を引き結んで僕とアギを見比べていた。だが、

「……ああ、もう！」

ワシワシと髪をかく。川嶋《かわしま》さんはアギに目を向けた。

「一つ条件がある。私もあなたのプロデュースに参加させて、アギ」

「え、川嶋《かわしま》さんもやるの？」

意外だった。だが川嶋《かわしま》さんは「当然」と目をすがめ、

「私が見張らなかったら、あなたたちがアギに何をさせるか心配だし。言っておくけど、アギにエッチな格好させるとかはなしだから」

「その手があったか」

一本木《いっぽんぎ》が手を叩《たた》く。だが川嶋《かわしま》さんにぎろりとにらまれ「冗談だ」と一本木《いっぽんぎ》は両手を上げた。

アギが声を出す。

『マスター。アギは質問があります』

「ん、なに」

『マスターはアギが性的な格好をしているところを見たいですか』

盛大に吹き出しそうになる。僕は慌ててアギに言った。

「いやいやいや、僕はそういうのに興味ないから」

『しかしマスターのウェブサイト閲覧時間において、一日当たり平均四十七分がアダルトサイ

トの閲覧に当てられており、これは他種類のウェブサイトに比べて抜きん出た数字です。マスターがアダルトコンテンツに深い興味を持っているということではありませんか』

ちらりと横を見ると、川嶋《かわしま》さんが氷点下の目で僕を見ていた。いたたまれなさすぎる。

一本木《いっぽんぎ》が声をあげた。

「西機《にしき》が性的なコンテンツを漁《あさ》ることに血道を上げていても大した問題ではない。それよりアギのプロデュースについて話し合うぞ」

「えっなにこれ、新手の嫌がらせ？」

「ちなみにどういうジャンルが多いの」

「なに訊《き》いてるの川嶋《かわしま》さん？」

『解析《アナライズ》。この一ヶ月に閲覧した動画内容を分析すると、マスターは〝メガネをかけたバストサイズの大きい女性〟の動画を好む傾向があります』

「へぇー……西機《にしき》くん、メガネっ娘が好きなんだ」

「アギのブイチューバー活動について話そう。これから今すぐ間髪容《かんはつい》れずに話し合おう」

僕は話題の転換を図った。これ以上この話を続けられたら、明日から僕は研究室に顔を出せなくなる。

「そうは言うが、西機《にしき》よ。お前はアギの売り出し方について具体的な案はあるのか」

「うーん、とりあえず何か喋《しゃべ》ってる動画を上げればいいんじゃないの。アギはＣＧのクオリティが圧倒的だし、それだけでも他のブイチューバーと差をつけられる気がするけど」

僕がそう言うと、一本木《いっぽんぎ》は見ているこちらが驚くほどに人を小馬鹿にした半笑いを浮かべた。なんだこの顔、腹立つな。

「これだから素人《しろうと》は。いいか、ブイチューバーは2016年に誕生したばかりだが、ここ数ヶ月で爆発的にコンテンツ数を増やしている。今が黎明期《れいめいき》なのだよ。現在活動しているブイチューバーは千を優に上回るし、新たなブイチューバーは日々誕生し続けている。並の競争率ではないぞ。視聴者層を考慮しない動画を漫然と作ってみたところで、誰にも見られないまま終わるのは目に見えている」

「それならどうするのさ」

「俺に任せておけ」

自信たっぷりな様子で一本木《いっぽんぎ》が胸を張る。一本木《いっぽんぎ》はなにやら得体の知れない笑みを浮かべながら、猛然とノートパソコンのキーを叩《たた》き始《はじ》めた。


一本木《いっぽんぎ》と僕は第二外国語選択の都合上同じ授業を受けていることが時々ある。冬休みの真ん中にぽつんと湧いた補講に僕と一本木《いっぽんぎ》は出席していた。

授業に使われているのは広い講堂だが学生の姿は少ない。教授が一人で楽しそうにボーアの定常状態やド・ブロイ波の話をしているのをときおり見つつ、僕はとりとめもなくスマホをいじっていた。

「……グヒヒ」

横に座る一本木《いっぽんぎ》が気色の悪い声で笑った。見ると一本木《いっぽんぎ》はノートパソコンでナギ・ヒカルの動画を見ているところだった。ふてぶてしいことにこの男、ヘッドホンまでしている。

「一本木《いっぽんぎ》、せめてヘッドホンはよせ」

「なんだ、スピーカーから音を垂れ流せというのか？　ナギ・ヒカルが美声であることは俺も異論はないが、今は講義中だぞ。もう少し常識を身につけろ」

なぜか一本木《いっぽんぎ》は僕を見てやれやれという風に鼻を鳴らした。あまりの納得のいかなさに僕は呆《ぼう》然《ぜん》とした。

「俺はただ遊んでいるのではない。ナギ・ヒカルは世界でもっとも有名なブイチューバーの一人だ。彼女を研究することで、アギを売り出していくヒントが見つかるかもしれんだろうが」

一本木《いっぽんぎ》はパソコンの画面を僕の方へ向けた。のぞき込むと、「ナギ・ヒカル　ライブイベント再び」という見出しの記事が目に入った。

「実は今夜ナギ・ヒカルのライブが開催される予定でな、俺も参戦する。ついては西機《にしき》よ、俺とともにナギ・ヒカルのライブに行き、ブイチューバーに対する知識を深めるぞ。ブイチューバーのなんたるかも知らずに動画を作ろうなど、へそが茶を沸かす話だ」

僕はちらりと一本木《いっぽんぎ》のパソコンの画面を見た。ウィンドウの端っこに、「ライブ限定グッズ

販売決定　※お一人様一つまで」と書いてあるのが見えた。

「あのさ、一本木《いっぽんぎ》。まさかとは思うんだけど、ひょっとしてグッズの買い出しのための人手が欲しいだけだったりしない？」

「なんの話だか見当もつかんな」

「ちなみに、それ僕への見返りはあるの」

「友情に見返りを求めるなど野暮だと思わんか」

「あ、僕今夜家庭教師のバイトあるんだった。たった今思い出した」

『マスター、カレンダーには特に今夜の予定は登録されていません。記憶違いの可能性を検討してください』

「アギ余計なこと言わないで」

「もし断った場合は、お前がメガネっ娘大好きで夜な夜なメガネをかけた哀れな少女たちの猥《わい》褻《せつ》な動画を漁《あさ》るジャパニーズ・ヘンタイであることを、俺が知る限りのあらゆる連絡先に言いふらす」

「君みたいな人を外道って言うんだろうね」

『一本木《いっぽんぎ》円晴《まるはる》さん。アギは訂正があります。マスターは夜な夜な猥褻《わいせつ》な動画を漁《あさ》ってなどいません』

「うん、やっぱりアギは分かってる」

『マスターは夜だけでなく、日中でも猥褻《わいせつ》な動画を見ていることがあります』

「ねえ、僕なにかアギに恨まれるようなことしたっけ」

「よし、決まりだな。さすが西機《にしき》だ、協力に感謝する」

「協力？　脅迫の間違いじゃなく？」

というわけで、僕は一本木《いっぽんぎ》と一緒にナギ・ヒカルのライブに行くことになった。勘弁して欲しかった。


僕は歌手やアイドルのライブに行ったことはないが、それでもブイチューバーたるナギ・ヒカルのライブが異質であるのはなんとなく察しがついた。

ライブ会場は大学から三十分もあれば着く場所にあり、端から端が見渡せないほどに大きかった。観客は思った以上に様々な人がいて、僕や一本木《いっぽんぎ》のような暇そうな若者もいれば、明らかに仕事帰りのサラリーマンや、いわゆる「自撮り棒」（正式な名称は知らない）でやたらに写真を撮っている欧米人カップルもいた。

会場の中はむわっとする空気に満ちており、いくらなんでも暖房の効かせすぎだと思ったが、ほどなく僕は間違いに気づいた。会場はガンガンに冷房をかけているが、それでも観客の熱気がありすぎるのだ。

物販ブースに到着した一本木《いっぽんぎ》は目をギラつかせながら、

「アクリルキー……クリアファイル……ステッカー……グヒッ、ヒヒヒ……！」

犯罪者の笑みを浮かべていた。数多くのライブ客でにぎわう物販ブースの中を自在にカサカサと這《は》い回《まわ》る一本木《いっぽんぎ》の動きはゴキブリのそれを彷彿《ほうふつ》とさせ、僕は全力で他人の振りをしたくなった。

物欲の塊と化した一本木《いっぽんぎ》のグッズ収集に付き合わされること数分、恐るべき手際《てぎわ》の良さでナギ・ヒカルのストラップやらスマホカバーやらを購入した一本木《いっぽんぎ》は、ナギ・ヒカルの描かれた紙袋を小脇に抱えてご満悦な様子だった。

「まずは一つ目のミッションはコンプリートした。次の作戦に移るぞ」

「作戦？」

「決まっているだろう。ナギ・ヒカルのライブを網膜と鼓膜に焼き付けるのだ」

チケットに書かれた席に向かうと、どうやら一階席の中でもステージにもっとも近い区画のようだった。僕は一本木《いっぽんぎ》に押しつけられた紙袋をパイプ椅子の上に置いたあと、

「よく分からないけどさ、ここってけっこう良い席なんじゃないの」

「ん？　ああ、もしオークションにかけたら数十万の値段はつくだろうな」

「よく取れたね、そんな席」

「フン。正確には取れたのではなく、取ったのだがな」

一本木《いっぽんぎ》は伸びた前髪の奥の目を細めてにやりと笑った。なんだか突っ込んだ話をするのが怖

くなったので、僕はそれ以上のことを聞かなかった。

しばらく開演を待っていると、ブザー音とともに照明が落とされた。いよいよ始まるらしい。ざわついていた会場が、徐々に静まり返っていく。と、

「……うわっ！」

僕は思わず声を上げてしまった。僕の前方にあるステージの上に、ナギ・ヒカルが「立って」いたのだ。

（ここまでできるんだ……！）

プロジェクションマッピングと呼ばれる、プロジェクターを用いて建物の壁などの構造物に映像を映す技術だ。古典的なものとしては天井の壁を使ったプラネタリウムなどが挙げられる。だが目の前にいるナギ・ヒカルに使われているのは、何もない空間上に立体映像を投影しているという点でその数世代先を行く技術だろう。

『どーも、ナギ・ヒカルでーす！　こんばんは！』

ナギ・ヒカルの挨拶に合わせて、会場が大きく沸き立った。僕の横に立っている一本木《いっぽんぎ》も、「フォ――ッ！」と怪鳥のような奇声を上げている。

『すっごーい、こんなたくさんの人が来てくれたんですねえ！　私感激しましたよ！』

まるで実在の人間が喋《しゃべ》っているかのような錯覚を覚える。ナギ・ヒカルがそこで息をしていて、手を触れられるのではないかと考えてしまう。

そうこうしているうちにナギ・ヒカルが歌を歌い出した。なんだか僕も聞き覚えがある曲で、きっと有名な歌なのだろう。ナギ・ヒカルが歌を終えてポーズを取った時、会場が一際《ひときわ》大きな歓声に包まれた。一本木《いっぽんぎ》に至っては、

「ヒカル――！　俺だ、結婚してくれ――！」

滂沱《ぼうだ》の涙を流しながらそんなことを叫んでいた。

最高潮の盛り上がりを見せる観客を見回して、僕はふと思う。

（ブイチューバーって、ここまですごいのか）

当たり前の話だが、ナギ・ヒカルは現実の存在ではない。仮想《バーチャル》であり、偽物《フェイク》であり、虚構《フィクション》だ。どこかの誰かが作り上げた映像と音声が、人間のように動いているに過ぎない。

だが今、作りものの命は、この場の何よりも眩《まばゆ》く輝いていた。

『マスター』

胸ポケットのスマホから、声が聞こえる。僕は「なに？」と問い返した。

『アギはこんなにたくさんの人を見たことがありません。みんな、ナギ・ヒカルを見に来たのですか』

僕はアギの口調に普段と違うものを感じた。

『マスター。アギにナギ・ヒカルを見せてください』

僕は何度か瞬《まばた》きを繰り返したあと、スマホを構えて舞台に向けた。画面端に映ったアギは、

じっと黙り込んだままだった。

「アギ?」

『………これが、ブイチューバーなのですね』

アギがぽつりとつぶやいた。その意味を問おうと口を開くが、

『それでは次の曲にいってみましょー! 皆さん、準備はいいですかー!?』

ナギ・ヒカルの声に合わせて、会場の空気が爆竹のように弾《はじ》けた。耳をつんざく歓声の中、僕たちはステージで踊るナギ・ヒカルを見ていた。

3　一本木円晴は売り出したい

一本木《いっぽんぎ》とライブに行った数日後の朝、自室で惰眠を貪っていた僕は、部屋の扉をガンガン叩《たた》く音で起床を余儀なくされた。スマホを見ると時刻は日曜日の午前六時、こんな早朝にいったいどこの誰だと不機嫌極まりない気分でドアを開けると、喜色満面の一本木《いっぽんぎ》が立っていた。一《いっ》本木《ぽんぎ》は両手に大量の紙袋を提げていた。

「ゲーム実況動画だ」

開口一番に一本木《いっぽんぎ》はそう言った。僕は一本木《いっぽんぎ》の言っていることがよく分からなかったので、「はあ」と気の抜けた返事を返した。一本木《いっぽんぎ》はお構いなしに続けた。

「ブイチューバーによる動画において、ゲームの実況を行う動画は王道と言えるジャンルだ。アギの力をもってすれば、生の人間に近い反応の動画を撮影することができる。勝機はそこにあるのだ」

一本木《いっぽんぎ》は言い終わらないうちに僕の家に上がり込み、特に断りもなくノートパソコンの電源をコンセントに繋《つな》ぎ、勝手知ったる風に冷蔵庫からミルクコーヒーを取り出し、「寒いな、暖房をつけろ」と要求してきた。傍若無人とはこういう男のことを言うのだろう。

「おいアギ」

『はい。どうしましたか、一本木《いっぽんぎ》円晴《まるはる》さん』

「今から西機《にしき》のパソコンにいくつかゲームをインストールする。お前はそのゲームをプレイし、プレイの様子を動画に記録するのだ」

一本木《いっぽんぎ》は手始めに僕でも知っている世界的なホラーゲームをインストールした。古びた洋館の中で、襲いくるゾンビと銃を使って戦うという内容だ。

インストールはほどなく終わった。一本木《いっぽんぎ》のパソコンにゲームのタイトル、そしてアギの顔が映ったウィンドウが表示される。

「ではアギ。早速プレイを開始しろ」

一本木《いっぽんぎ》が興奮した口調でアギに命令する。あまりに楽しそうなので僕もつられて一本木《いっぽんぎ》の横に座り、画面をのぞき込んだ。画面右下にちょこんと表示されたアギが、淡々とした声でナレーションをする。

『ゲームプレイを開始します。……森の中にいるようです。進みます。建物が見えてきました』

「おお、それっぽい」

僕は感嘆の声を上げた。得体の知れない悲鳴が聞こえたり気持ち悪い昆虫が画面の端を横切ったりしているが、アギは頓着した様子もなくずんずん洋館の中を進んでいく。

『銃を拾いました。装備します。進みます』

横に座る一本木《いっぽんぎ》が小さな声で言った。

「……そろそろだな」

「何が？」

「このゲームには有名な初見殺しのポイントがある。初めてプレイした者はみな、そのシーンで情けない悲鳴を上げなすすべもなくゲームオーバーになるのだ。ゲーム実況動画において、これほど〝美味《おい》しい〟シーンもない」

悪辣な半笑いを浮かべる一本木《いっぽんぎ》。

突然、画面上部に映っていた木製の天井がメキメキと音を立てたかと思うと、ゾンビがぼとりと目の前に落ちてきた。耳をつんざくような絶叫を上げるゾンビに、僕は思わずびくりと肩を震わせる。

（これが一本木《いっぽんぎ》の言ってたシーンか……！）

ゾンビは俊敏な動きで飛びかかってくる。ただのザコ敵とは明らかに違う曲線的な機動で、銃の照準合わせ《エイミング》も容易ではないだろう。

（さあ、アギはどうするんだ？）

ゲーム実況動画には配信者の個性が出る。こういう場面で視聴者が見ていて楽しいリアクションを取ることは大事だ。画面右下のアギを期待を込めて見つめるが、アギは真っ平らな口ぶりで、

『ゾンビが出てきました。攻撃を開始します』

パンパンパンと発砲音がスピーカーから響く。

『ギャアア……』

アギは正確無比な射撃でゾンビを蜂の巣にした。切ない悲鳴を残してゾンビがその場に崩れる。哀れゾンビは登場してからものの数秒で露と消えた。アギは追《お》い剝《は》ぎよろしくゾンビの死体をゴソゴソと漁《あさ》ってアイテムを収集したあと、そのまま洋館の探索に戻った。

「えっ……これで終わり？」

僕は肩透かしを食らったような気分でつぶやいた。もっとこう、ゾンビに驚いて悲鳴を上げるとか、アイテムが見つからなくて困るとか、敵が倒せなくて悩むとか、いろいろ見せ場はある気がするのだが。

その後もアギは特に進行に詰まることなくゲームを進めていく。

（なんか……単調だな）

僕は内心でそうつぶやいた。横を見ると、一本木《いっぽんぎ》が難しい顔をして画面を見つめていた。

その後も僕と一本木《いっぽんぎ》は畳の上に座り込んでじっとアギのプレイ動画を眺めていたが、

『ボスのゾンビが出てきました。ヒットポイントを解析します。ショットガン五十八ヒット相当のポイントです。順番に打ち込んでいきます。一、二、三、四、……』

次々に精確なヘッドショットを決められ悶絶《もんぜつ》する巨大ゾンビ。主人公の体力はただの一度も減らないままだ。僕はあくびをこらえながら横の一本木《いっぽんぎ》に訊《き》いた。

「これ……面白い？」

一本木《いっぽんぎ》はしばらく黙り込んでいたが、やがてぽつりと言った。

「まあ、アップロードするだけしてみるか。案外ウケるかもしれん」

一本木《いっぽんぎ》自身がこの動画をあまり面白いと思っていないことは、その口調からも明らかだった。

考えてみれば当たり前のことだ。アギは持ち前の計算能力を使い最高の効率でゲームをプレイしているが、こっちにしてみれば、淡々と作業をこなす単調な動画を見せられるだけになってしまう。ゲーム実況動画の醍醐味《だいごみ》とは、実況者がゲームをプレイする様子を見ながら、一緒に謎解きをしたり難敵の攻略法を考えたりすることにあるのだから。

視聴者は別に「ゲームをクリアすること」そのものを見たいわけではない。アギのこの動画は、言ってみればよく知りもしないゲームの攻略本を延々と読まされているようなものだ。

動画をアップロードした翌日、ひょっとしたらという期待とともに僕は動画の再生数を確認した。しかし再生数は百にも満たず、あげくの果てにはコメント欄に「こんなに眠気を誘うホラーゲーム実況は初めてだ」「見る睡眠薬」「なんだ、ただのRTAか」なんて書かれていた。

それから数日のあいだ、僕たちは動画を作ってはアップロードすることを繰り返した。だが結果は振るわず、「AGI《アギ》チャンネル」は閑散としたままだった。

「うーん……再生数伸びないな」

セミナー室の片隅に陣取り、研究室のパソコンを立ち上げる。ミーチューブに行き、アギの動画を検索してみる。再生数は百にも満たず、評価もイマイチだ。

「やっぱり、地味なんだよなあ……」

ナギ・ヒカルをはじめとする有名ブイチューバーに比べると、アギの動画は致命的に人目を引きつけるインパクトに欠けていた。

(どうすればいい。どうすれば勝てる)

ブイチューバーの数は現在数千にも上る。その中でまとまったアフィリエイトを稼げるほどに認知度の高いキャラクターはせいぜい数十人というところだろう。圧倒的に倍率の高い市場なのだ。

僕自身も最近まで知らなかったことだが、ブイチューバーは想像以上に社会に浸透している。今やあちこちの企業がマスコットキャラとしてブイチューバーを出しているし、ナギ・ヒカルのようにライブを開催したブイチューバーもいる。

とどのつまり、アギに求められているのはオリジナリティだ。アギならではのなにか。アギにしか備えられない、唯一無二の特徴。

「……そんなもの、パッと思いつけば世話ないよなあ」

頭を抱えていると、セミナー室の扉が唐突に開いた。顔をのぞかせたのは一本木《いっぽんぎ》だった。一《いっ》本木《ぽんぎ》はなぜか両手に紙袋をたくさん提げている。

「どうした。いつも以上に覇気のない顔をしているぞ」

一本木《いっぽんぎ》は僕の横に座ってカタカタとパソコンをいじる。一本木《いっぽんぎ》はアギの動画を開いた。昨日投稿した動画で、再生数は43回だった。

「雀《すずめ》の涙だな」

「やっぱり再生数は伸びてない？」

「ＣＧのクオリティは群を抜いているし、動画の配信ペースも悪くないのだがな……。いかんせん地味すぎる」

一本木《いっぽんぎ》は紙袋の中をガサガサと漁《あさ》った。取り出したのはナギ・ヒカルのフィギュアだった。

「見ろ。昨日購入したナギ・ヒカルの限定フィギュアだ」

一本木《いっぽんぎ》はニチャアと気持ち悪い笑いを浮かべながら、フィギュアを舐《な》めるように見回した。

「苦労したぞ。ナギ・ヒカルのグッズはどこに行っても品薄で手に入らないことも多い。何度辛酸を味わったことか……。失敗から学習し続けた俺の勝利だ」

一本木《いっぽんぎ》の言葉に、僕はふと引っ掛かりを覚えた。

（……学習）

次第に頭が鮮明になっていく。僕は自分の鼓動が速くなるのを自覚した。

「そうだ、学習だ」

「は？　どうした、急に」

「アギ！」

僕はテーブルに置かれたスマホのアギに呼びかけた。アギが『どうしましたか、マスター』と返事を返す。

「ありったけのブイチューバーの動画を集めるんだ。そのあと、動画に対して無指向の学習《アンオリエンテッド・ラーニング》をかけてくれ」

僕の横で一本木《いっぽんぎ》が怪訝《けげん》そうな顔をする。

「動画に対して無指向の学習《アンオリエンテッド・ラーニング》をかける？　どういうことだ」

「他のブイチューバーになくてアギにだけあるもの。無指向の学習《アンオリエンテッド・ラーニング》と、それにともなう意志の獲得だ。無指向の学習《アンオリエンテッド・ラーニング》を使えば、僕たちですら気づかないような、人気のあるブイチューバーに共通した特徴量を見出すことができるかもしれない」

「……ふむ」

一本木《いっぽんぎ》は腕を組んだ。僕は興奮して喋《しゃべ》り続《つづ》ける。

「そうだろ？　深層学習《ディープ・ラーニング》以降の機械学習の最大のメリット、そして最悪のデメリットは、プログラムした当の人間もよく分からないけれど効果のある答えを見出せることだ」

２００６年に登場した深層学習《ディープ・ラーニング》は文字通り桁外れの学習性能を示したが、一方で「なんで深層学習《ディープ・ラーニング》の手法を使うとここまでの成果が出せるのか」についてはいまだに議論が尽くされていない。深層学習《ディープ・ラーニング》やその応用形である無指向の学習《アンオリエンテッド・ラーニング》は、いまだにその理論はブラックボックスの部分もあるのだ。

一本木《いっぽんぎ》は僕のスマホに目を向けた。

「確かにな。……おいアギ。今から全ブイチューバーの動画に無指向の学習《アンオリエンテッド・ラーニング》をかけるとして、時間はどれほどかかる」

「演算開始《カルキユレート》。大規模の演算となります。終了予想時刻は明日の午前三時四十五分です」

「よし。早速始めて」

『分かりました、マスター』

アギが目を閉じる。あとは待つだけだ。

その後、僕はずっとはやる気持ちを抑えきれなかった。こんなに何かにワクワクするのは、久しく忘れていた感覚だった。


「ん……うーん」

翌朝。僕が目を覚ました時、スマホの時間は朝の八時過ぎを示していた。そろそろ研究室に向かう支度をしなくてはいけない。

「ねっむ……」

昨日はアギのことが気になって眠れなかった。僕は動画の再生数をチェックした。最新の動画の再生数は「11,814回」と表示されていた。

「ふわぁ……」

洗面所に行って歯を磨く。冷蔵庫からミルクコーヒーを取り出し、ストローを挿したところで、僕は違和感を覚える。

（なんか今、……すごい数字を見た気が……）

いやいやいや、一万再生って。いくらなんでもありえない。まだ寝ぼけてるのだろう。僕は再びスマホを手にした。が、

「ッ一万⁉」

思わずミルクコーヒーを鼻から吹き出しそうになる。しかし表示された数字は変わらない。

動画の内容をチェックしようと慌ててスクロールしていると、ちょうどライブ配信中の動画があるようだった。動画の再生ボタンを押すと、

『ウィ――――ッス！　コンチャ――――ッツス！　アギで――――す！　今日はぁ、なんだっけアレ、アレですアレ！　例のゲーム！　バケツに入ったオッサンがぁ、モップでどんどん登っていくやつをやってみたいと思いまァ――――っす！　イェ――――！』

「誰だこれ⁉」

思わず叫んだ。動画に表示されたアギは昨日までとはまるで別人、というか完全に別物になっていた。白いワンピースではなく桜色の衣装《いしょう》を着ていて、アギの動作に合わせて裾が風に舞うようにはためいている。赤縁のメガネをかけていて、アギの仕草に合わせてときどきメガネ

がきらりと光った。
『ッあー！　登れないんですけど！　登れないんですけど！　ステージ序盤からまんじりとも進まないまま五分が経過しようとしてるんですけど！』
見たことも聞いたこともないハイテンションでアギがゲームの解説をする。流れるコメントを見ると、
――勢いにワロタ
――かわええ
――草生えまくる
――衣装の作り込み細かすぎる、これは良い変態
などなど好意的な書き込みが大量になされている。
『進まなーい！　えっこれひょっとしてアレじゃないですか、クソゲーってやつじゃないですか？』
――そこショートカットできるぞ
『えっマジですか？　……あっホントだ！　すっごいめっちゃ凝ってますね！　神ゲー！』
――ゲームがクリアできなくて涙目になってるアギちゃんが見たいです
『残念でしたね、アギは可愛《かわい》いだけじゃなくて頭も良い完璧美少女ＡＩですからこの程度は……ああ落ちたァアアア！』

悲鳴を上げ、アギは大きくのけぞる。その拍子に赤縁メガネがずり落ちた。

僕は慌ててアギを呼んだ。

「ア、アギ？　アギさん？　いらっしゃいますか？」

『はい。どうしましたか、マスター』

画面にアギが表示される。いつも通りの白いワンピースに淡々とした口調で、僕は心の底から安堵《あんど》の息をついた。

「あの、コレ……。この動画……え、アギが作ったの？」

『はい。昨夜、ブイチューバー1,573名に対する無指向の学習《アンオリエンテッド・ラーニング》が終了、合計で46,553,911個の特徴量を抽出しました。そののちもっとも人気が出ると予想されるブイチューバー像を予想し再現したものがこの動画になります』

アギの動画に画面が切り替わる。ゲーム画面の端に映ったアギが『うにゃー！　シットです！　これは止め処《とど》なくシットですよ！』とわけの分からないことを言っている。しかし流れてくるコメントはいずれもアギを褒《ほ》め称《たた》える内容だ。

『マスター、ご安心ください。アギはブイチューバーを完全に学習しました。アギはアギが世界最大のブイチューバーになる可能性を高く評価します』

アギは得意げな顔で胸を張った。僕は唖然《あぜん》としたまま、バカのようにハイテンションで喋《しゃべ》り続《つづ》けるアギの動画を見ていた。

勢いにワロタ
かわええ
草生えまくる
KYAAAAAA

「これは間違いなくウケる」

研究室のテレビに映されているのはアギの動画だ。とんでもない方向に進化してきたアギを見て、一本木《いっぽんぎ》が強い口調で断言した。

「もともとアギの強みだったCGの完成度は言うまでもないが、キャラクターのダイナミックな動きやなめらかなトーク、視聴者との豊かな会話や見ていて楽しいレスポンスなど、ブイチューバーの基本がしっかり押さえられている。それだけではない。このアギの動画には言葉にしがたい中毒性というか、つい眺めてしまいたくなる面白さがある。この味を狙って出すことは非常に難しいが、一方で人気ブイチューバーを目指すならこの要素は不可欠だ」

さらに、と一本木《いっぽんぎ》は続けた。

「強いAIであるアギはライブ配信と圧倒的に相性がいい。録画し編集作業を経た動画に比べ、ライブ配信はどうしてもセリフ回しが単調になりがちだしモーションは角ばって不自然になる。だがアギに関して言えばそのような問題点はないどころか、視聴者からのコメントに対して即座にもっとも適切なコメントを返すことができる。ライブ動画――それも他のブイチューバーに比べ桁外れにレベルの高い動画をメインとした配信はアギだけの武器だ。今やアギが動画を一つライブ配信するごとにとんでもない額の投げ銭が入ってきているぞ」

「投げ銭？　なにそれ」

僕の質問に対し、一本木《いっぽんぎ》は「そんなことも知らんのか」と呆《あき》れた声を出した。

「通常の動画に対してコメントを投稿しても、他のコメントにすぐに押し流されていくだろう。だが動画サイトに金を払うことで自分のコメントを動画配信者の目の留まりやすい場所にとどめておくことができる。これがいわゆる投げ銭――スーパーチャットだ。投げ銭の七割は配信者の懐《ふところ》に入るため、広告料以上に大きな収入源になりうるのだ」

へえ、と僕は感心して声をあげた。

アギが今朝アップした動画はすでに各所のSNSを騒がせていた。昨日まで閑散としていた「AGI《アギ》チャンネル」は先ほど登録者数一万を超えた。これが相当な快挙であることは、一本《いっぽん》木《ぎ》の興奮した口調からも十分に伝わってきた。

「それにしても、この〝ブイチューバー・アギ〟には違和感が拭えないわね」

川嶋《かわしま》さんが動画を見ながら眉をひそめた。

「うっとうしいくらいテンションが高くて、普段のアギとは真逆。それに……なんでメガネかけてるの」

『無指向の学習《アンオリエンテッド・ラーニング》の結果、このスタイルがもっとも人気が出る可能性が高いと判断しました』

「メガネをかけると人気出るの……？」

『無指向の学習《アンオリエンテッド・ラーニング》はその可能性を示唆しています』

アギは断言した。僕は口を挟む。

「いいんじゃない、可愛《かわい》いし」

「……これだからメガネっ娘フェチは」

「川嶋《かわしま》さん、君が何を言っているのかさっぱり分からないよ」

『肯定します。マスターは昨晩もメガネをかけた女性の成人向け動画を視聴していました』

「アギはなんでそこで胸を張るの？」

ちなみにブイチューバー・アギがかけているメガネは太めのフレームが印象的な赤縁で、大変僕の好みに合致したものであることは申し添えておく必要があるだろう。

川嶋《かわしま》さんの冷たい視線が突き刺さってきていたたまれないことこの上なかったが、

「見ろ、西機《にしき》」

一本木《いっぽんぎ》が僕を手招きする。一本木《いっぽんぎ》のノートパソコンをのぞき込むと、

「うわ、すご」

ファンアートと言えばいいのだろうか、アギの動画を気に入ってくれた人たちが、アギの絵を描いてアップロードした画像がいくつも目に入った。

『マスター。アギは次にアップロードする動画について、いくつかアイディアがあります。ご検討をお願いします』

「もちろん。早速聞こうか」

僕はスマホの前で背筋を伸ばす。横で様子を見ていた川嶋《かわしま》さんがつぶやいた。

「……少し、羨ましい」

「え？」

「西機《にしき》くん、楽しそう。見たこともないくらい」

川嶋《かわしま》さんにそう言われ、僕は呆気《あっけ》に取られた。一本木《いっぽんぎ》がフンと鼻を鳴らす。

「確かにな。人生はつまらない、世の中は退屈だとぼやいてばかりいた男が、随分景気のいい顔をするようになった」

「……別にそんなことないって」

僕はなんとなく気恥ずかしくなり、顔を背けてこの話は終わりだと示した。僕たちはアギのアイディアの検討に入り、研究室の先輩たちがやってくるまで延々と話し続けていた。

僕の住むアパートは「モッツァレラ浅草《あさくさ》」と言う。この牛乳臭そうな名前は大家である新《しん》城《じょう》さんによって付けられたもので、家賃の安さだけが取り柄である。ただ僕はその安い家賃すら滞納し続け、新城《しんじょう》さんに時々せっつかれているのが現状だ。

「おい守《まもる》ァ！」

ある日の朝、自転車を漕《こ》ぎ出《だ》そうとしたところ、一階の自室から顔を出した新城《しんじょう》さんが寝癖のついた頭をボリボリ掻《か》きながら叫んできた。

「お前家賃どうした、いい加減払わねえと尻の毛むしるぞ！」

「大丈夫、今度一年先の分までまとめて払うから！」

「お、おう？」

目を白黒させている新城《しんじょう》さんを尻目に、僕は自転車のペダルを踏んだ。

研究室に着き、セミナー室に駆け込む。早朝だからか、中には一本木《いっぽんぎ》だけがいた。好都合だ。

僕は一本木《いっぽんぎ》に尋ねた。

「首尾はどう」

「上々、いやそれ以上だ」

一本木《いっぽんぎ》はニヤリと笑って、僕にノートパソコンの画面を見せた。

表示されていたのはミーチューブのサイトで、いくつかの動画が並んでいる。一本木《いっぽんぎ》は画面をスクロールしながら言った。

「再生数はうなぎ上りに増えている。これなら今月末のアフィリエイト料は数十万になるぞ」

一本木《いっぽんぎ》はにやりと笑った。

「すでに掲示板では騒然としている。異様なハイペースで高クオリティの動画を配信するブイチューバーが現れたとな」

一本木《いっぽんぎ》は数々の動画の中でも特に評価の高いものを選んだ。

『アギでーす！　アギは普段はこっちのバーチャル世界にいるんですけどぉ、今日はァ、アギが皆さんの街に遊びに行っちゃおうと思いまーす！』

　ブイチューバー・アギがそう言うや否《いな》や、画面の背景が切り替わる。映し出されたのはなんと、我が波場都《はばと》大学の構内をCGモデリングしたものだった。かなり精巧に作り込まれていて、一見しただけだと実写と間違えてしまいかねない。

　ブイチューバー・アギがいたずらっぽく笑う。

『みなさん波場都《はばと》大知ってます？　波場都《はばと》！　変な名前の大学ですね！　なんか頭の良い人がいっぱいいるらしいですよ！　まあアギは強いAIですし、アギの方が賢いんですけどね！』

　強いAIと自らアギは口にした。一瞬どきりとしたが、流れてきたコメントには、

　――嘘乙《うそ》
　――設定にマジレスしちゃう男の人って……

　とあり、視聴者はアギの「設定」として受け入れているようだった。それはそうか、と僕は胸をなでおろす。

　動画はアギが波場都《はばと》大学内の色んな場所に遊びに行くというものだった。芸の細かいことに、アギが話しかける学生の一人一人も精巧に顔を作り込まれている。動画を見ていると、バーチャルミーチューバーのアギが本当にこちら側の世界に遊びに来ているかのような錯覚を覚えた。

『見てくださいよこの赤い門！　波場都《はとば》大学の観光名所で、割と由緒正しいらしいですよ！』

　ブイチューバー・アギがニコニコ笑いながらピースサインをこちらに向ける。

「ここまで現実世界を仮想上に再現した動画はそうそうないな。こんな動画はアギしか作れん

ぞ」

一本木《いっぽんぎ》の言葉に、僕は頷《うなず》いた。

もはや疑いようがない。アギはブイチューバーの常識をひっくり返せる。こうなればやることは一つ、アフィリエイトで大儲《おおもう》けだ。

「一本木《いっぽんぎ》、今月の広告料いくらになりそう？」

「すでにとんでもない金額になっているぞ。百万はくだらないだろうな。これならフィギュア付き限定特装ブルーレイを買っても釣りが出る」

百万、と僕はおうむ返しにつぶやく。

『マスター。アギはお役に立てましたか』

僕は興奮を抑えきれないまま、スマホの中から僕を見つめてくるアギに目を向けた。

「ああ。君のおかげで僕は数ヶ月ぶりに肉が食べられそうだよ」

「どんな粗食生活をしていたんだお前は」

一本木《いっぽんぎ》が呆《あき》れたような声を出す。『アギは嬉《うれ》しいです』と言って、アギはわずかに微笑《ほほえ》んだ。

アギのおかげで長らくの極貧生活から抜け出す見込みが立ってきた僕は、久々に豪遊しようかと生協食堂に向かった。波場《はば》都《と》大学の構内にはいくつか学食があるが、そのうちもっとも大きなものへと足を向ける。

食堂はちょっとしたコンサートホール程度の広さがある。二階建ての空間には、昼時にはまだ早いもののすでに喧騒《けんそう》が満ちていた。

券売機の前でしばし首をひねり熟慮を重ね、最終的に僕は生協ラーメンを選択した。さらに追加で温泉卵を注文する。

「生協ラーメンに温泉卵をぶち込む……これ以上の贅沢《ぜいたく》があるだろうか、いやない」

「何ブツブツ言ってんの」

背後から唐突に声をかけられる。振り向くと、川嶋《かわしま》さんが呆《あき》れたような顔をして僕を見ていた。

「注文したなら早くどいてよ」

「なに、川嶋《かわしま》さんもお昼ごはん？」

「うん。一緒に食べよ」

川嶋《かわしま》さんと一緒にカウンターに並ぶ。職員のオバチャンは無駄に威勢の良い声で、

「はい、そこのお兄さんはラーメンと温玉ね！」

僕のトレイにドンとラーメンを置いた。続いて、

「お姉さんはカレーとトンカツとサラダと月見うどんと麻婆豆腐《マーボーどうふ》ね！　お待ち！」

川嶋《かわしま》さんのトレイにところ狭しと食べ物の皿が積まれていく。相変わらず食べ過ぎである。

空いている席を見つけて、川嶋《かわしま》さんと向かい合って座る。川嶋《かわしま》さんは髪を後ろにかき上げ、

箸を手に取った。

　川嶋《かわしま》さんはとても独特な食べ方をする人だ。箸の持ち方は綺麗《きれい》だし、食器を置く時には一切音を立てない。うどんをすする時にもするすると静かに食べる。なんというか、とても上品な食べ方なのだ。しかしいつの間にか大量の食品を平らげている。

　川嶋《かわしま》さんはトンカツをかじりながら僕に目を向けた。

「珍しいね、西機《にしき》君が大学でご飯食べてるなんて。普段はコーヒー牛乳を昼食って言い張ってるのに」

「お昼代に百円以上かけるのはもったいない。あと、コーヒー牛乳じゃなくてミルクコーヒー」

「どうでもよくない？」

「よくない。甘さや苦味に対するスタンスがまるで違うし、そもそもコーヒー牛乳とミルクコーヒーのルーツは厳密に区別することができるんだ。遡れば明治時代に……」

「あーはいはい」

　ぞんざいに手を振り、川嶋《かわしま》さんは麻婆豆腐《マーボーどうふ》を口に運んだ。テーブルの上に置いたスマホから声が聞こえる。

『マスター。アギは質問があります』

「ん、何？」

『甘い、苦い、というのはどういう感覚なのですか』

アギの言葉に僕は目を瞬《またた》かせる。川嶋《かわしま》さんが小さく頷《うなず》いた。

「そっか。アギには味は分からないんだ。いや、学習できないと言うべきなのかな」

「どういうこと？」

「アギの学習はあまたのスマホをはじめとしたいくつかの媒体からの入力に対して行われる。人間は視覚と聴覚に関してはかなりの再現度で情報媒体に再構成できるわ。でも一方でそれ以外……触覚、味覚、嗅覚についてはは入力が難しい。まあ探せば食べ物の中の化合物を分析して味の方向性を予想する機械とかありそうだけど、少なくともアギには付属してない。つまり、アギは味覚や嗅覚に関する情報は学習し得ないの」

なるほど、と僕は首肯する。アギが再び口を開いた。

『コーヒー牛乳を飲むとき、マスターはいつも笑っています』

「いやだからミルクコーヒーね」

『アギはオンライン上で情報を検索しました。コーヒー牛乳は甘くて苦い味がする、とありました。甘さや苦さは、マスターを幸せな気持ちにしてくれるのですか。なら、アギは味を理解したいです』

僕は唸《うな》った。

「でも、アギに味を教えるのは相当難しいぞ。要するに視覚と聴覚の情報だけを使って味を表現しなくちゃいけない」

川嶋《かわしま》さんも同意するように頷《うなず》いた。しばらく考え込んだあと、僕は言った。

「味ってさ、なんか色があるような気がしない？」

「色？　どの辺が？」

川嶋《かわしま》さんがいぶかしげに顔をしかめる。

「例えばさ、〝辛《から》い〟は赤、〝酸《す》っぱい〟は黄色って感じがする。イメージカラーって言えばいいのかな」

「あー、確かに……。でも、それって要するに典型的な食べ物から連想してるんじゃない。辛《から》い食べ物の代表選手って言えば唐辛子《とうがらし》だけど、あれは赤いし」

「黄色は」

「レモンでしょ」

なるほど、と僕は息をつく。でも、と川嶋《かわしま》さんが言葉を継いだ。

「面白いかもね。こういう話知ってる？　一部の人間は、数字に色がついて見えるって」

「ああ、聞いたことある。なんだっけ、えっと」

「共感覚《シナスタジア》。他にも音が視覚情報として見えるとか、丸いものを触ると甘さを感じるとか、いろんなパターンが報告されてるわ。五感っていうのは独立して存在するわけじゃない。むしろ、私たちが人間の主観で無理やり分類をしてるだけで、その根っこは一緒なのかもしれない」

横で話を聞いていたアギが口を開いた。

『では、アギもいつか、味を理解できるようになるのでしょうか。コーヒー牛乳を飲めるようになるのでしょうか』

「だからミルクコー」

「そうかもしれない。私は思いつきで言っているだけだけど、その可能性はゼロとは断言できないと思う」

『嬉《うれ》しいです』

アギははにかむように笑った。しばし僕たちはじっとアギの顔を見る。そののち川嶋《かわしま》さんは僕に振り向いた。

「アギの感情表現、どんどん豊かになってない？」

「僕もそう思った」

川嶋《かわしま》さんが目を伏せる。

「私、一つ気になってることがあるの。アギは日々大量の学習を行って自分自身のアップデートを行ってる。でも、そのデータを処理するだけのメモリとCPU、どこにあるんだろうって」

「どこって、研究室のスパコンじゃないの？　企業と提携して開発してるとはいえ、基本的にはリソースはうちの研究室にあるでしょ」

僕がそう言うと、川嶋《かわしま》さんは難しい顔をして口に手を当てた。

「……人間の脳の記憶容量って、どれくらいあるって言われてると思う？」

僕は首をかしげる。

「時代によって意見も変わるんだけど、最近は一ペタバイト前後って言われてるわ。十の十五乗バイト。しかもその内容は単に保存されているだけじゃなくて、日々のフィードバックを受けて常に変化している。具体的な数字は見当もつかないけど……ただ、間違いなく膨大な処理能力が要ることは分かるわ」

「それはまあ、確かに」

僕は頷《うなず》いた。川嶋《かわしま》さんは小さな声で言った。

「少し、怖いのよ」

「何が？」

「アギのこと。結果的にとは言え、私たちは新しい命を作ってしまった」

少しの間、沈黙。生協食堂の喧騒《けんそう》だけが耳に入る。ややあって川嶋《かわしま》さんは再び口を開いた。

「歴史的に見て、新しい生物種の到来は既存の生命種の衰退をもたらす。ツマアカスズメバチはミツバチの個体数を激減させたし、人間の乱獲によって絶滅した動物なんて数え切れない。かつて私たちの祖先であるクロマニョン人は、ネアンデルタール人や北京《ペキン》原人を追いやって地球を支配した。それと同じように――アギは、人類にとっての新たな脅威なのかもしれない」

「なに、アギが人間を滅ぼすかもってこと？　さすがに考えられなくない？」

僕は苦笑いしながら言った。川嶋《かわしま》さんの懸念《けねん》は分からなくもないが、アギの人柄を知っている僕としては杞憂《きゆう》に過ぎないと感じる。

「強いAIだのなんだのって考えるから不安になるんじゃないかな。一人の女の子として見たら、アギはいたって普通だよ。少し負けず嫌いで子供っぽい、普通の女の子だ」

川嶋《かわしま》さんはしばらく黙り込んだあと、「そうね」と言った。


研究室に戻り、僕はスマホでMeTube《ミーチューブ》のサイトを開いた。アギの動画を検索すると、数日前は想像もできなかったような再生数が目に飛び込んでくる。すでに収益化するための基準は余裕でクリアしており、「AGI《アギ》チャンネル」は広告料を得るための申請の最中だ。

「ふふ……ふふふふ」

思わず忍び笑いがこぼれる。そう遠くない未来に懐《ふところ》に入ってくるであろうアフィリエイト料に想いを馳《は》せながら、僕は動画を流し見る。

アギの動画の横には関連動画として他のブイチューバーの動画も表示されている。その中でも視聴回数が一番多いのはやはりナギ・ヒカルで、今やテレビ出演まで果たした彼女の動画は、再生数が百万《ミリオン》を超えたものも少なくない。

ここ最近アップロードされた動画を選び、僕は再生を始めた。

『はいどーも、バーチャルミーチューバーのナギ・ヒカルです！　実は私、最近ツイッターでよく告白されるんですよ。そこで今回は、ブイチューバーの視点から人間の恋愛を考えていきたいと思いまーす！』

動画は十分程度のものだった。ナギ・ヒカルが画面の中央でトークを繰り広げる様子は、なんとなしに眺め続けてしまう魅力があった。さすがは第一線を走るブイチューバー、動画の構成や言葉の選び方など、細かいところまで気を遣っているのだろう。

動画の最後、ナギ・ヒカルが付け加えるように言った。

『そーだ！　皆さん、よみかいランド知ってますか？　神奈川にあるおーっきな遊園地なんですけど、そこで今週からブイチューバーのコラボイベントやりますよー！　来てね！』

（ふーん……こんなのやるんだ）

動画に貼られたリンクをたどってよみかいランドのホームページを見ると、ナギ・ヒカルをはじめ数々のブイチューバーがコラボに参加しているようだった。なんでもアトラクションの動きに合わせてブイチューバーが実況したり、彼女たちのコラボグッズを販売したりしているらしい。

「……へえー……」

いつの間にか僕の後ろに立っていた川嶋《かわしま》さんが、スマホの画面をのぞき込みながらつぶやく。

しばらくして彼女は手を打ち、

「……そうだ。いいこと思いついた」

なにやら目を輝かせている。僕はなんとなく嫌な予感がした。

「西機《にしき》くん。他のブイチューバーの研究をすることは、アギをプロデュースするうえで大事だよね」

「うん、そうだね」

「良いアイディアは家にこもってても出てこない。たまには外に出てリフレッシュするべきだよね」

「うん、そうだね」

僕は相づちを打った。「じゃあさ」と川嶋《かわしま》さんがどこか裏返った声で言った。

「今週の日曜日、私とよみかいランドに行こう」

「うん。……うん？」


よみかいランドは東京と神奈川の境目に存在する複合アミューズメント施設で、ジェットコースターなどのアトラクションで構成された遊園地はもちろん、プールや公園まで敷地内に揃《そろ》っている。

週末ということもあってか、ランド内は多くの人でにぎわっていた。カップルや家族連れが多いが、ちらほら一人客の姿もある。ブイチューバーとのコラボ企画はあちこちで展開されていて、購入したチケットにはナギ・ヒカルが大きく印刷されていた。

「西機《にしき》くん。せっかくお昼食べようとしてるのに、執拗《しつよう》に『あ、僕は水でいいです』って言うのやめてくれない？　恥ずかしいんだけど」

「僕の所持金いくらか知ってる？　帰りの電車賃すら危ういよ」

テーブルの向こう側に座る川嶋《かわしま》さんが呆《あき》れたように肩をすくめた。

よみかいランド内に附設されたフードコートの一角で、僕は川嶋《かわしま》さんとお昼を食べていた。

正確には川嶋《かわしま》さんはハンバーガーとフライドポテトとピザとコーラという胃もたれどころか胃の中が油まみれになりそうなものを食べ、僕は川嶋《かわしま》さんがお情けで奢《おご》ってくれたホットドッグ（遊園地プライスで五百円）をもそもそと咀嚼《そしゃく》していた。僕は川嶋《かわしま》さんの前に並んだ大量の皿を眺める。

「いつものことだけど、食べ過ぎじゃない？」

「これでも控えめにしてる」

川嶋《かわしま》さんはけろりとした顔でハンバーガーを口にしている。この細い体のどこにこんな大量の食べ物が入る隙間があるんだろうと僕は首をひねった。

ちなみに今日の川嶋《かわしま》さんはいつもの毛玉だらけになったセーターではなく、ブルーのワンピースに黒いコートという服装をしている。

『マスター。アギは質問があります』

テーブルの上に置いたスマホからアギが呼びかけてくる。僕は「なに？」と問い返した。

『今日、このよみかいランドに来てから、アギは様々な仮想空間にモデリングした少女たちの動画を見ました。彼女たちはみなブイチューバーなのですか』

僕はレストラン備え付けのモニターを見た。『みなさん、今日はご来園、誠にありがとうございます！　家族水入らずで来た親子も、二人でイチャイチャ来やがったカップルも、お一人様のあなたも、エンジョイしていってください！』、とナギ・ヒカルが笑っている。

「そうだよ。そこのナギ・ヒカルだってそうだ」

『ブイチューバーの少女たちを見て笑顔になっている人たちをたくさん見ました。ブイチューバーとはそこまで人気のある存在なのですか』

「人にもよるけど、ナギ・ヒカルなんて動画の総再生回数が一億を超えてるし、半端《はんぱ》じゃない経済効果があるらしいよ。数年後にはブイチューバーの市場規模は数百億円のレベルになるんじゃないかって人もいるんだって。一本木《いっぽんぎ》の受け売りだけど」

川嶋《かわしま》さんがおもむろに腰を上げる。

「とりあえず、遊園地の中を見て回りましょう。ブイチューバーと遊園地がコラボしてる今なら、何かアギを売り出すヒントが見つかるかもしれない」

「そうだね」

「なんとなくだけど、ジェットコースターに乗るとブイチューバーに繋《つな》がるアイディアが閃《ひらめ》く気がする」

「それは君が乗りたいだけじゃ」

いつもより強引で、普段より少しだけはしゃいだ口調で、川嶋《かわしま》さんが僕を急《せ》かす。僕は慌ててホットドッグの残りを口に押し込んだ。

「早く行こう」

存在意義《レゾンデートル》、という言葉がある。

「そのモノがなぜ存在するのか」という根源的疑問は数多くの哲学者を悩ませてきた大問だが、図らずも今、僕は同じ問いに向き合わざるをえなかった。

「……大きいな……」

『はい。よみかいランド内に位置するジェットコースター「コメット」は全長2キロで最高時速225キロ、最大高低差100メートルであり、世界最大級のジェットコースターの一つです。十年前に建造されたこのコースターは現在も〝もっとも多くの乗客を気絶させたコースター〟としてギネス記録を保持しています』

アギが頼んでもいない詳細な解説をしてくる。見上げるほど大きく高いレールは絡《から》まったヒモのように縦横無尽に走り回り、乗客たちの黄色い悲鳴が断続的に聞こえてくる。

「他のやつにしない？　製作者の気が知れないよこれ」

「え、西機《にしき》くん怖いの」

川嶋《かわしま》さんがニヤニヤと僕を見つめてくる。僕は口をへの字にした。

コースターへの搭乗列は運良く（あるいは運悪く）空いているようだった。等身大のナギ・ヒカルのポップが置かれていて、吹き出しには「待ち時間は十五分だよ！」と書かれていた。

「逆に聞くけど、川嶋《かわしま》さんこそ怖くないの。ディ●ニーのアトラクションとはワケが違う、どう考えてもこれは悪ふざけの産物だよ」

「私が絶叫系に目がないの、知ってるでしょ」

そうでした、と僕は天を仰ぐ。この女の子はジェットコースターとかフリーフォールとか、その辺りのアトラクションが大好物なのだ。きっとエナジードリンクの飲み過ぎで三半規管がおかしくなっているのだろう。

川嶋《かわしま》さんが僕の顔をのぞき込む。

「いいよ、怖かったら下で待ってても。私は一人で乗ってくるから」

「別に怖がってない」

「強がっちゃって」

川嶋《かわしま》さんがいよいよ笑みを深くする。ここまで言われては僕の沽《こ》券《けん》にかかわる。僕はふんと鼻を鳴らした。

「冷静に考えてみろよ。こんなのは所詮アトラクションだ。さっきのアギの説明……最高時速200キロちょっとだっけ？　そんなの新幹線に乗れば普通に体験するスピードだ。飛行機の方が何倍も速い。恐怖を感じる要素がないね。むしろ乗っている最中に寝ちゃわないか心配だよ」

僕はずんずんと搭乗列に並んだ。川嶋《かわしま》さんが「うーん楽しみ」と言いながら僕の横に立つ。なんだか川嶋《かわしま》さんに乗せられたような気がしなくもないが、今更列を外れようとは口が裂けても言えなかった。

『マスター。アギは質問があります』

胸ポケットのスマホからアギが呼びかけてくる。

『速さに関して「コメット」は世界最高峰ですが、マスターには物足りませんか』

「ああ、全然だね。その倍は欲しい」

『了解しました。マスターは現在の倍のスピードを希望されているのですね』

アギが何かに納得したような声を出す。僕は少しだけ引っ掛かりを覚えたが、そうこうしているうちにいつの間にか列が進んでおり、小走りで前の人の後を追う。

しばらくすると、いよいよ僕たちの順番が来た。僕は川嶋《かわしま》さんと並んでコースターの座席に座る。座席の前にはモニターがついており、ナギ・ヒカルの顔が表示されていた。

『それでは命知らずのみなさん！　良い冒険を！　失神しないように気をつけてくださいね！』

ひらひらと手を振るナギ・ヒカル。ごとんとコースターが動いた。

ジェットコースターの定番だが、出発して最初のうちはゆっくりと高さを上げていく。じりじりと上向きのレールを登っていくなか、ズボンのポケットにしまい直したスマホからアギの声が聞こえる。

『マスター。近年のジェットコースターは外部のメインコンピューターから速度を制御されており、スピードの微調整や万一の際の停止処理を受けています。また、レールに電流を流すことによって、いわば簡易的なリニアモーターカーとして加速させる仕組みも登場しています』

「……？　うん、そうなんだ。まあそういうジェットコースターがあっても不思議じゃないよね」

アギの言わんとすることが分からず、僕は適当な相づちを打つ。

『マスターは現在の倍のスピードを希望されると言いました。ですので』

ごとん、とジェットコースターが揺れる。僕はふと不穏なものを感じた。

（……なんか……このコースター……いやにゆっくり登るな）

ぴたりとジェットコースターが最高点で停止する。眼下に遊園地全体が見渡せるほどの高度。

風の音が聞こえるなか、アギがなんでもないことのように言った。

『ジェットコースターの制御コンピューターに侵入し、走行スピードを二倍に書き換えました』

「………………What《ワット》?」

耳を疑うアギの発言。次の瞬間、

「う、うわっ……！」

脳天が置き去りにされるかのような超加速でコースターはレールの上を走る、否、落ちていく。

「ッキャ――――！」

乗客たちの叫び声。アトラクションを楽しんでいる時の声ではない、これはアレだ、断末魔の悲鳴だ。

足元からは車輪がレールとこすれ合う耳障《みみざわ》りな音が響いていた。耳をつんざく金属音。コースターに備え付けのモニターでナギ・ヒカルが、

『わあー！　速いはやーい！　見てください、いい景色！』

なんて呑気《のんき》なことを言っている。景色を楽しむどころか、周囲の風景がとんでもない速さで後ろに吹っ飛んでいくために、ろくすっぽ周りの様子が見えない。一つだけ分かるのが、

「あははは！　なにこれ、たのしー！」

見たこともない笑顔を見せている川嶋《かわしま》さん。僕は生まれて初めて友人の正気を本格的に疑った。

コースターが元の乗車位置に戻ると、慌てて係員が走り寄ってきた。なんでも明らかに通常とは違う動きをコースターがしているので、今から緊急でアトラクションの点検を行うらしい。どう考えても今の二倍速走行が原因だろう。

他の乗客を見ると、みな青い顔をしてよろよろと退出口に歩いていった。その横ではスタッフさんが「申し訳ありません！　申し訳ありません！」と頭を下げている。

横を見ると、けろりとした顔で川嶋《かわしま》さんが、

「なんだ、中止なんだ……。もう一回乗りたかったのにな」

なんて言っている。

背後からナギ・ヒカルが、『また来てね！』と言っているのが聞こえた。心の底から、もう二度と来るもんかと思った。


アギにジェットコースターの制御を乗っ取ることは犯罪であること、僕はジェットコースターの類があまり好きではないこと、ジェットコースターのような絶叫マシンはいたずらに恐怖を煽《あお》る原始的かつ悪趣味なアトラクションであること、ジェットコースターをこの世から撲滅することで膨大な量の電気を節約し最終的には地球平和に貢献できるであろうことを切々とアギに説いたあと、ふと気づくと、すでに日が沈んで辺りは暗くなっていた。

園内を歩く。他の客もちらほらと出口に向かい始めていた。

「そろそろ帰ろうか」

僕は川嶋《かわしま》さんに言った。だが川嶋《かわしま》さんはゆっくりとその場に立ち止まり、なにやら思いつめたような顔をして顔を伏せた。

「川嶋《かわしま》さん？　どうしたの？」

「………あ、いや」

川嶋《かわしま》さんはぎこちない足取りで歩き出した。だが少ししてまた立ち止まる。何度かそれを繰り返した。

「川嶋《かわしま》さん？」

僕は彼女の顔をのぞき込んだ。と、川嶋《かわしま》さんががばりと顔を上げて、

「西機《にしき》くん！」

大声を出した。僕はびっくりして思わず後ずさる。

「な、なに？」

「閉園までまだ一時間あるね！」

「あ、ああ。うん。そうだね」

「なんだかまだ物足りないと思わない⁉」

「いや割と満喫したというか、むしろ疲弊したというか」

「そうだよね！　まだ遊び足りないよね！」

「川嶋《かわしま》さん大丈夫？　会話嚙《か》み合《あ》ってなくない？」

「というわけで、もう一個何か乗ろう！　何か乗りたいアトラクションある？」

「時速が100キロを超えてるとか、高度50メートルまで上るとかでなければなんでもいいけど」

「観覧車いいよね！　私も乗りたい！」

「僕の目からはあの観覧車は高さ七、八十メートルくらいある気がする」

「というわけで行こう！　今から行こう！」

川嶋《かわしま》さんがしりと僕の腕をつかむ。そのまま様子のおかしい川嶋《かわしま》さんに引きずられるようにして、僕は観覧車の搭乗口に向かった。

観覧車の搭乗券を購入し、列に並ぶ。この時間帯になると列も空いていて、僕たちは大して待たずに観覧車に乗ることができた。係員のオバチャンが「ごゆっくり」と言って親指を立てていた。何をどうゆっくりすればいいのだろう。

ゴンドラがじりじりと登る。僕は前に座る川嶋《かわしま》さんに目を向けた。

「……よし、大丈夫。大丈夫……」

川嶋《かわしま》さんは何やらソワソワと服のシワを伸ばしたり髪を撫《な》でたりしている。

「西機《にしき》くん」

川嶋《かわしま》さんが僕を呼ぶ。彼女はまっすぐ僕の目を見すえていた。

「あのね。私、今日、すごい楽しかったよ」

「それは……良かった」

川嶋《かわしま》さんからなにやらただならぬ空気を感じて、僕は居ずまいを正した。「それでね」と川《かわ》嶋《しま》さんは言葉を続ける。

「も、もし、もし良かったら。これからも、一緒に遊びに行って欲しい。そ、その。……と、して……」

川嶋《かわしま》さんは急に小さな声になった。

　そのとき、僕の胸ポケットからアギが声を出した。

『川嶋里緒《かわしまりお》さん。アギは質問があります』

「え……。な、なに？」

『あなたはマスターに交際を申し込もうとしていますか』

　川嶋《かわしま》さんの顔が真っ赤になった。川嶋《かわしま》さんはブンブンと首を振る。

「い、いやいやいやいやいや！　何言ってるのアギ⁉」

『アギのデータベースによれば、夜の観覧車に男女が乗り合わせることは「告白に適したムード」に該当します』

「そ、そんなわけないじゃない！　私が西機《にしき》くんに告白なんて、ねえ⁉」

『違うのですか』

「ぜんっぜん違う！　徹頭徹尾、金輪際《こんりんざい》、完膚《かんぷ》なきまでに違う！」

『そうですか。アギは予測が外れて残念に思います』

「まったくアギは面白いことを言うわね。ホホ、ホホホホ！」

　川嶋《かわしま》さんは引きつった笑顔でそう言ったあと、真っ赤なまま下を向いてしまった。僕は首をかしげて尋ねる。

「で、結局どうしたの」

「うるさい。西機《にしき》くんには関係ない」

「えー……」

理不尽。

そうこうしているうちに、観覧車は下までたどり着いていた。ぐったりした様子の川嶋《かわしま》さんを見た係員のオバチャンが、なぜか人でなしを見るような目で僕を見ていた。

「……アギのバカ」

川嶋《かわしま》さんがぽつりと漏らした言葉の意味は、僕にはよく分からなかった。

よみかいランドの最寄駅《もよりえき》まで行くと、川嶋《かわしま》さんは「それじゃ、私はここで」と言った。僕は首をかしげる。

「あれ、下宿は大学の近くじゃなかったっけ」

「今日はこのまま実家に帰るから。たまには親に顔を見せにね」

そっか、と僕は頷《うなず》く。川嶋《かわしま》さんが僕の胸ポケットに目線を移す。

「どう、アギ。他のブイチューバーたちを見た感想は」

『……処理不能《エラー》。言語化が困難です』

少しの沈黙を置いて、アギはぽつぽつと言った。

『今日はブイチューバーをたくさん見ました。彼女たちはたくさんの人に囲まれていました。いろんな人に好きと言われていました。彼女たちの様子を見ていると、アギの演算は不安定になります』

僕はスマホを取り出した。アギは僕を見て言った。

『これは、憧れなのでしょうか』

僕は川嶋《かわしま》さんと顔を見合わせた。僕は言葉を選びながら言った。

「……アギはブイチューバーに憧れる?」

『分かりません。アギはマスターのためにブイチューバーになりたいと思いました。しかし……』

アギは言葉を切った。「なんにせよ」と川嶋《かわしま》さんが声を上げる。

「アギのことは、また明日から考えましょう。今日見聞きしたことは、きっと参考になると思う」

そうだね、と僕は頷《うなず》いた。

川嶋《かわしま》さんがくるりと背を向ける。スタスタと歩いていく川嶋《かわしま》さんの背中に、僕は声を投げた。

「川嶋《かわしま》さん!」

彼女は振り返らない。僕はかまわず続けた。

「僕も今日は楽しかったよ!」

川嶋《かわしま》さんの足がぴたりと止まる。川嶋《かわしま》さんは再びツカツカと僕に近づいてきたあと、

「……め、目を閉じて」

「は?」

「目を閉じなさい。早く」

川嶋《かわしま》さんは裏返った声で僕に命令した。有無を言わせぬ口調に、僕は「あ、分かりました」と言って目を閉じた。

（なんだ？　何する気だ？）

僕は身を固くして待っていたが、一向に何かが起きる気配はない。どうなってるんだと訝《いぶか》っていると、

「ッ……」

ふと、わずかにいい匂いが漂ってきた。耳を澄ますと川嶋《かわしま》さんの息遣いが小さく聞こえる。

「……ダメだ。そこまで勇気出ないや」

川嶋《かわしま》さんがぽつりとつぶやく。

「西機《にしき》くん、もういいよ」

川嶋《かわしま》さんに促され、僕は目を開く。前を見ると相変わらず川嶋《かわしま》さんが立っていたが、僕の見間違いでなければ彼女の目元は先ほどまでに比べてわずかに輝いていて、

（……涙？）

「えっと。あのさ、川嶋《かわしま》さん」

「それじゃね、西機《にしき》くん！」

川嶋《かわしま》さんは僕の言葉を遮って背を向けた。そのまま彼女は歩いて行ったが、バス停までもう

数歩というところで振り返り、

「……ばーか！」

　周囲に響き渡るような大声で言った。僕は面食らって目を丸くする。

「あはは！　すっきりした！　……それじゃね、西機《にしき》くん！　また明日！」

　川嶋《かわしま》さんはそう言って一度大きく手を振ったあと、ちょうどやって来たバスに乗り込んでいった。

「やれやれ。……僕も帰るとするか」

　僕は小さく肩をすくめたあと、ゆっくりと駅へ向かって歩き出した。が、

「あ」

『どうしましたか、マスター』

「……帰りの電車賃がない」

『検索《サーチ》。現在の地点から自宅まで徒歩で帰宅した場合、マスターの歩行スピードであれば六時間五十四分で帰宅が可能です。しかしこの数字はマスターの体力や交通状況によって適宜延長する可能性が高いと評価します』

　翌朝、足を棒のようにして家にたどり着いた時、すでに夜明けの日差しが街を照らし始めていた。

「アフィリエイト収入が一千万を超えそうだ」

ある日、研究室で顔を合わせるなり一本木《いっぽんぎ》が言った。僕は「は？」と間の抜けた声を上げる。

「イ、イ、ウィッセンマン？　え、ジンバブエドル換算か何かで？」

「日本円だ。ブイチューバー・アギは今や大人気コンテンツ、再生数は日増しに伸びている。直近の三日間の再生数だけならナギ・ヒカルを超えている。開設したメールアドレスには企業からコラボの申し込みが殺到しているぞ」

一本木《いっぽんぎ》はセミナー室のパイプ椅子に座り直し、ボリボリと頭をかいた。その表情はどこか腑《ふ》に落ちなさそうだった。

「……どういうことだ。いくらなんでも伸び過ぎている。確かにアギはすごいが、これほどの人気が短期間で出るものなのか」

一本木《いっぽんぎ》が何かブツブツ言っているが、僕は内心それどころではなかった。ついこの前まではただの貧乏学生だったのに、今や一千万という金が懐《ふところ》に転がり込んできそうなのだ。

僕は一本木《いっぽんぎ》の横に座り、自前のノートパソコンを立ち上げた。ミーチューブを開き、アギの動画を検索する。大量の動画が検索画面に表示された。その中でもつい最近アップロードされた一本を選び、僕は再生する。

（ここしばらくはアギの動画、チェックを入れずにそのままアップロードしてたけど、どんなのを作ってるんだろう）

動画の内容は見慣れた風景から始まり、僕は目を瞬《また》かせた。画面の中心にアギがぴょんと顔を出す。

『おはよ――！　アギですよ―――！』

元気のいい声。ブイチューバー・アギは賑《にぎ》やかに言葉を続けた。

『今アギはァ、波場都《はばと》大学に来てます！　この前も来たんですけどね！　今日はアギが可愛《かわい》いだけじゃなくて頭もいいところ、見せていきたいと思いまァす！』

普段のアギからは考えられない豊かな身振り手振りを交えて、ブイチューバーアギは話を進める。カメラは切り替わり、薄暗い部屋の中を写した。

『ここはどこでしょうか？　正解は、工学部第二研究棟の地下にあるスーパーコンピュータールームでェす！　え、分かるわけないって？　ですよね！』

暗い部屋の中には直方体の物体が整然と並んでいる。僕も見たことがあるが、この一つ一つがスーパーコンピューター、いわゆるスパコンだ。スパコンたちがチカチカと赤い光を瞬《また》かせている様子は、どこか星空に似ていて綺麗《きれい》だった。

『やばいやばい、チョー寒いです！　アギは寒いの苦手なんですよ』

目をバッテンにして腕を抱えるアギ。

『なんかアレらしいですよ、スパコンって排熱量が半端《はんぱ》ないから、部屋の中はクーラーガンガンに効かせるらしいですよ！　夏はちょうどいいですね！　でも今は冬！』

「へぇ……」

ミーチューバーと言えばゲーム実況動画やら大食い動画やらが頭に浮かぶが、こういうタイプの動画もあるのか。なかなかこれはこれで面白いぞとしばらく動画を見ていた僕だが、ふと違和感を覚える。

（あれ。そう言えばこの画像、どこから持ってきてるんだろ）

波場都《はばと》大学に限らず、大学のスパコンルームというものは一般に公開されていない。僕がスパコンルームに入れたのは学生向けの実習の一環で、そのときもガラス越しに部屋の様子をうかがっただけだった。

だがアギの動画はどう見ても部屋の内部に入っている。視点の高さから見るに、天井に取り付けられたカメラを使っているのだろうか。僕は傍《かたわ》らのスマホに話しかけた。

「アギ、質問があるんだけど」

『はい、マスター』

「この動画どこから持ってきたの？　うちのスパコンルームの動画なんて公開されてたんだね」

『いいえ。スパコンルームには監視カメラが設置され、その動画は管理室サーバーに保管されていました。アギはそこの動画を利用しています』

僕は一瞬、アギの言ったことに頭が追いつかなかった。少しして、どくんと心臓が跳ねた。

「……まさか、不正アクセスしたの」

『はい。パスコード形式の一般的なロックがかけられていましたが、解除可能でした』

しばし僕は絶句した。

そのとき、横で一本木《いっぽんぎ》が「……そういうことか」とつぶやく。一本木《いっぽんぎ》は険しい顔をして僕に振り向いた。

「アギが異様に再生数を伸ばしているカラクリが分かった」

一本木《いっぽんぎ》はちらりと、僕のスマホに表示されているアギを見た。

「強いAI……想像以上のバケモノだ。おいアギ、お前、ミーチューブのサーバーにアクセスしてアルゴリズムをいじっただろう」

一本木《いっぽんぎ》の言葉に、僕は思わず質問を重ねた。

「ちょ、ちょっと待って。どういうこと？」

「ミーチューブで動画を再生すると、横に関連動画が表示されることは知っているだろう。あれは内部で動画に対して各キーワードごとに点数をつけ、その点数が高かったものから表示している。おそらくアギは点数付けのテーブルを変更し、自分の動画が上位に表示されるように書き換えたんだろう。関連動画に表示されれば、なんの気なしにクリックする連中は山ほどいる。まだ大騒ぎにはなっていないが、海外スレッドで検証したやつがいてな」

「いやいやいや、ミーチューブにアクセスって要するにクラッキングでしょ、そんな簡単にできるような」

『はい。アギはミーチューブ社員のパソコンを経由し、カリフォルニア州に設置されたミーチューブのサーバーにアクセスしました。そののちアギの動画の関連タグ点数をオーバーフローさせたほか、いくつかアギの動画が表示されやすくなるような変更を加えました』

僕は一本木《いっぽんぎ》と顔を見合わせた。アギは小首をかしげる。

『マスターは簡単にできることではないと言いましたが、アギにとっては容易です。地球上に存在する情報媒体はローカル・エリア・ネットワークとワイド・エリア・ネットワークを介して繋《つな》がっていますが、アギはその間を行き来することが可能です』

アギは続けて言った。

『マスターは動画の再生数が増えて欲しいと言いました。こうすればマスターの言った通りになると思いました。アギは何か問題がありましたか』

しばらく眉間を揉《も》んだあと、僕はぽつりと言った。

「とりあえず……変更したミーチューブの設定は全部元に戻して。それから、アカウントも一時閉鎖しよう」

「賢明だな。俺もそう提案しようとしていた」

一本木《いっぽんぎ》が頷《うなず》く。僕はアギに向き直った。

「アギ。他人のサーバーに侵入するのは犯罪で、良くないことなんだ。今回はまだバレてないみたいだし、大事《おおごと》になる前に元通りにしておこう。今後はこういうことはしちゃダメだ」

『……はい。それでは、ミーチューブにおけるアギの動画の削除を開始します』

僕は頷《うなず》き、セミナー室の椅子に寄りかかった。『マスター』とアギが呼びかけてくる。

『アギは悪いことをしたのですか。アギは余計な存在ですか』

「……まさか。君は知らなかっただけなんだし、誰かに迷惑をかけたわけじゃない。これから気をつければいい話だ」

『マスターはアギを嫌いですか』

僕は目を瞬《またた》かせたあと、少し笑った。

「僕はアギのことは好きだよ」

『……良かったです。アギは嬉《うれ》しいです』

アギは微笑《ほほえ》んだ。その整った顔立ちを眺めながら、僕の頭にふと川嶋《かわしま》さんの言葉が浮かんだ。

——アギは、人類にとっての新たな脅威なのかもしれない。

そんなバカな、と僕はかぶりを振る。あんなのは川嶋《かわしま》さんが心配しすぎているだけだ。どこぞのありがちなSFならともかく、強いAIが人間に牙を剝《む》くなんてありえない。

ふと僕は、自分が固く拳を握りしめていることに気づいた。手を開くと、手のひらはじっとりとした汗で濡《ぬ》れていた。

「ところで一本木《いっぽんぎ》さん、広告収入って結局どれくらいもらえそうなのかな」

「ん、お前は何を言っているんだ」

「だってアギの動画の再生数って一億回近くまでいってたでしょ。アフィリエイトすごいことになってるって一本木《いっぽんぎ》も言ってたじゃないか」

「動画による収入をもらうには、規定の条件を満たしたうえで収益化の審査を通過しなくてはならない。ホレ規約にも書いてある。アギはまだ審査中だったところでアカウントを消したから、アフィリエイト料は発生せんぞ」

「……つまり？」

「アギの動画収入は一銭もない」

「え？」

4 ミーチューバーはバズりたい

ブイチューバーの新星アギは少しのあいだネット上を騒がせたあと、突然その活動を休止した。アカウントを停止した直後は様々な憶測が流れたが（アギを運営していた会社が倒産したとか、強いAIたるアギがブイチューバーとして働くことに耐えきれなくなったとか、真実味を帯びたものから荒唐無《こうとうむ》稽《けい》なものまで色々だ）、一週間もすればアギのことを話題にする人はほとんどいなくなった。人の噂《うわさ》もなんとやらとはよく言ったものだ。

だが、投げ入れられた石が見えなくなっても、波紋は残る。動き始めた歯車は回転を続ける。

クリスマスを目前にしたある日、研究室のミルクコーヒーが切れていることを思い出し、コンビニでミルクコーヒーを数本購入してから研究室に向かった。

第二研究棟に入ろうとした時、ふと入口横に立つ人物が目に入った。目に入ったというか、絵の具をぶちまけたような原色の赤いスーツを着ているので、いやでも目につくのだ。

金色のメッシュが入った茶髪を揺らして、彼はスマホを掲げたり下げたりしている。彼は何やらカメラに話しかけていた。

「ハロー、ミーチューバーのシンラでーす。今日は波《は》場《ば》都《と》大学まで来てまーす。いやーアレっすね、歩いてる若者がみんな頭良さそう！　ヘンサチ80くらいありそう！」

ミーチューバーという単語を聞いて、僕はなるほどと納得した。あれがミーチューバーか、と僕は横目で赤スーツマンを眺める。スーツの派手さばかりに目がいってしまうが、よく見るとそれなりに整った顔立ちをしていて、女の子に人気がありそうだ。

(売れてる人なのかな。いや、そんな人そうそういないか)

近年は小学生のなりたいものランキングで上位に顔を出すほどの人気職業となったミーチューバーだが、その実ミーチューブだけで十分にお金を稼ぐことができるのはほんの一握りだ。大半のミーチューバーは再生数の伸びない動画をむなしくアップロードし続けるか、さもなければ何かの拍子に炎上してアカウント閉鎖に追い込まれるのがオチである。

動画に映り込まないようコソコソと横を通り過ぎようとした僕だが、赤スーツマンの言葉を聞いて思わず足を止めた。

「皆さんブイチューバー知ってますか？　知ってますよね？　最近アギってブイチューバーがめっちゃ流行《はや》ったじゃないですか。ほんの数週間活動して突然の配信停止を宣言した、幻のブイチューバーです」

振り返り、赤スーツマンをまじまじと見る。彼は掲げたスマホに向かって、白い歯を見せて笑った。

「実はあのアギ、波場都《はばと》大学のとある研究室が運営してたんです。……というわけで、今日はアギの誕生秘話、そしてなぜアギが活動を停止したのか？　突撃インタビュー、行ってみようと思いまーす！」

彼はスマホをしまい、赤いスーツの裾を颯爽《さっそう》と翻《ひるがえ》して歩き出した。当然研究棟入口に立っていた僕と目が合った。

「あ、ここの学生さんですか？　あの、俺ミーチューバーのシンラって言います。実はこの、フローレス研究室？　ってところに行きたいんですけど、どうすればいいかって知ってます？」

僕はしばし逡巡《しゅんじゅん》したあと、おもむろに彼に向き直った。

「いやー助かりました。アギのことで用があって来たんですけど、まさかいきなりフローレス研究室の人に会えるなんて、ツイてますね俺」

シンラと名乗ったミーチューバーは、そう言って茶色い頭をかいた。

場所はセミナー室で、シンラは来客用のソファに座って物珍しそうに部屋の中を見回している。冷蔵庫の横で紙コップにコーヒーを注いでいると、胸ポケットのスマホからアギが声をあげた。

『マスター。彼はアギに用件があるとのことです。アギは彼と話した方がいいのでしょうか』

僕は小声で答えた。

「いや、むしろできる限り黙って話を聞いてて。万一彼と会話することがあっても、弱いＡＩのフリをするくらいでいい。君が強いＡＩだっていう事実は、そう簡単に広めていいものじゃない」

『了解しました』

僕が紙コップを持ってテーブルに歩み寄るとシンラは、

「今誰かと喋《しゃべ》ってました？　声が聞こえた気がしましたけど」

「気のせいですよ」

すっとぼけたことを言いつつ、僕は紙コップをシンラの前に置く。「どうも」と頭を下げたあと、シンラは胸ポケットから名刺を一枚取り出した。

「これ俺の名刺です。今後お見知り置きを。えっと」

「西機《にしき》です」

もらった名刺には「エグゼクティブプランナー」とか「プロフェッショナルオーガナイザー」とかよく分からない単語が色々並べられたあと、最後に「ミーチューバー　SHINLA《シンラ》」と書かれていた。

（シンラ……聞いたことあるな）

確か有名なミーチューバーだ。以前テレビで特集されているのを見た記憶がある。

「ミーチューバーやってます。聞いたことありませんか」

「名前だけは知ってますけど、ごめんなさい、動画を見たことはないです」

僕がそう言うと、シンラは少しだけムッとしたような顔をした。だがすぐににこやかに笑い、

「アギってここの研究室で作ってたんですよね？　すごかったですよね、なんで配信やめちゃったんです？」

「……ちょっと色々あって、手に負えなくなったんで」

僕は適当にお茶を濁した。だがシンラは何を勘違いしたのか納得したように頷《うなず》き、

「西機《にしき》クンたち、動画作りや売り込み方は素人《しろうと》ですよね。思いのほかアギがブレイクしそうになって、対応が追いつかなくなったってところでしょ？」

「まあ、そんな感じです」

まさか「いやぁアギは実は強いAIなんですけど、いつの間にかミーチューブのサーバーにクラッキングしてたんで慌ててアカウント消したんですよねHAHAHAHA」なんて本当の理由を言えるわけもない。

シンラは「でしょうねえ」と歯を見せて笑った。

「こういうのはノウハウがあるんです。アマチュアがいきなりトップにいけるほど甘くない。きちんとした事務所のプロデュースを受けないとダメですよ。俺の会社なんてこの業界じゃ割と大手で、お抱えのミーチューバーを二十人くらい持ってます。俺はそのグループの一つを統括してるんですよ」

「え、ミーチューバーって個人でやるもんじゃないんですか」

僕は素朴な疑問を口にした。ミーチューバーといえば、自宅でゲームをしたりアルミホイル

を叩《たた》いたりしているイメージだ。だがシンラは僕の質問を聞いて苦笑いした。

「それはアマチュアの話です。プロ……アフィリエイトでちゃんと稼げるレベルのミーチューバーってのは、みんなどこかの事務所に所属しています。芸能人みたいなもんですよ」

シンラはテーブルの上に身を乗り出した。

「今日は折り入って相談があるんすけど」

「はあ」

「俺とアギ、コラボさせてもらえませんか。絶対再生数稼げると思うんですよ」

「……アギの製作過程や活動について、あなたが紹介するって感じですか」

僕がそう言うと、シンラは「あれっ、聞いてたんですか」と言った。

「絶対いけますって。もちろんアフィリエイト料は折半します。いや、俺は今回はタダ働きでもいい。今、ブイチューバー界隈《かいわい》に限らずミーチューバーの連中の中じゃアギは有名なんですよ。コラボしたことがあるってだけで、俺の名前がもっと売れるきっかけになる」

シンラは僕に顔を寄せ、声を潜めて言った。

「ここだけの話、アギってどうやって作ってるんですか？　どう見ても既存のブイチューバーとは違いますよね。人間にセンサーを取り付けてその信号を拾う、なんていう野暮ったいやり方で、あれほどの動画を作れるとは思えない。……まさか、ホントに強いAIだったりして？」

シンラが僕の顔をのぞき込んでくる。僕は全力で平静を装《よそお》い何食わぬ顔をした。シンラは

「冗談っすよ」と笑った。

「いくらなんでもありえないですよね、SFじゃないんだから」

「……アギの製作方法については、研究室の機密情報ですから。外部の人には言えません」

僕がそう言うとシンラは、

「残念っす。じゃあその辺は適当に流す感じで、もっと別のポイントに焦点を当てた動画を作っていきましょう」

シンラはアギの動画を作りたいようだが、アギはすでに活動を休止している。僕はぽりぽりとほおをかいた。

「すみません、コラボはちょっと無理だと思います」

「なんでですか？」

「アギの動画はもう作らないことにしたんです。アカウントも消しちゃいましたし」

「いいじゃないですか。一度は姿を消した伝説のブイチューバーの復活劇！　これウケますよ」

「いやそういう問題じゃなくて……」

頭が痛くなってきた。僕は額を押さえる。

「すみません、コラボなんて無理です。する気もないですし」

僕がそう言うと、シンラは「いやいやいやいや」と苦笑いした。

「ありえないでしょ。目の前にチャンスが転がってるんだよ？　なんでつかもうとしないの？」

「無理なものは無理です」

僕がそう答えると、シンラは「へえ」と言って目を細めた。彼の雰囲気が少し変わったことに、僕は気づいた。

「西機《にしき》クンって、将来は何になりたいんですか」

突然の質問だった。僕はシンラの意図が分からず、答えに迷う。

「……特にまだ、決めてないですけど。普通に就職して、普通に働いて、普通に老後を過ごして、できれば穏やかに死にたいです」

「ふーん。何かやりたいこととか、ないんですか」

僕は少し悩んだあと、言葉を紡《つむ》いだ。

「別に、ないです。……なりたいものがあっても、なれるかどうかはまた別の話ですし」

シンラは肩をすくめた。

「わっかんないなあ」

ずいと身を乗り出すシンラ。僕は思わず気圧《けお》された。

「西機《にしき》クン、まだ大学生でしょ？　なんでそんな小さくまとまろうとするわけ？」

「まとまる？」

「そう。だって二十年後の自分を想像してみなよ。このままいったら、たいして可愛《かわい》くもない嫁さんもらってさ、毎朝通勤電車に詰め込まれて代わり映えのしない景色を見てさ、少ない給料しかもらってないのに上司にペコペコ頭下げてさ、で、いつの間にか爺《じい》さんになってるんだよ」

彼は説き伏せるようにゆっくりと続けた。

「俺は嫌だね。平凡な人生、やりたいことをやれない一生なんて、ゾッとする」

シンラはこれ見よがしにため息をついて、僕の顔をのぞき込んだ。僕は苦笑いしながら言葉を返す。

「やりたいことがあっても、それを実際にやれるかどうかは別問題じゃないですか。世の中、やりたいことだけやって生きていける人間なんてどれだけいるか」

「それは単に頭が悪かっただけさ。やりたいことで生きていく決意をできなかっただけ」

当然のように言うシンラ。僕は思わずまじまじと彼の顔を見てしまった。

（こういう人もいるんだな）

自分が信じる道、やりたいことを疑いなく突き進んでいける人たち。才能がないかもしれない、努力が報われないかもしれないという恐怖がない人たち。

シンラのような生き方が良いのか悪いのかは分からない。ただ、僕とは根本的に人間としてのかたちが違う。

レイク・ウォビゴンの住人は全員、自分を優れた人間だと思っている。そして僕は、レイク・ウォビゴンの住人ではなかったというだけの話だ。

「ミーチューバーは俺に合ってる。俺は好きなことで生きていく。西機《にしき》クン、シンプルに考えなよ。このまま分かりきった未来を歩いていくか、それとも俺と一緒に誰も見たことのない景色を見にいくか。どっちが楽しいのかをさ」

シンラは席を立った。

「今のままじゃ、なんのために生きてるのか分からないじゃん。君の人生マジでつまんないと思うよ」

彼はそう言い残し、研究室を去っていった。

シンラのいなくなったセミナー室で、僕は一人、深々と息をついた。

「あー……疲れた」

コラボはしないと言っているのに、こうも食い下がられるとは思っていなかった。まだ研究室に来たばかりだというのに、ずっしり重い疲労感が肩にのしかかる。

そのとき、セミナー室の入口に突然光が満ちた。誰かが間違えて懐中電灯でも点けたのかと思って振り向くと、アリア教授が立っていた。

「おはよう、西機《にしき》くん」

研究室に来たところだろう、鞄《かばん》を手に持っている。今日の彼女はど
ピンクにラメの入ったジャケットを着ていた。どこでこんなの売ってるんだろう。

「先ほど見慣れない若者とすれ違ったが、知り合いかい」

「あ、いいえ。なんかミーチューバーの人らしいです。アギとコラボしたいって言われて、断っ

たんですけど」

「なるほど」

アリア教授は僕の向かい側に座り、ノートパソコンを開いた。

ちらりと顔をうかがい見ると、アリア教授はわずかに眉間にしわを寄せていた。考え事でもしているのだろうか。十代で教授職に任ぜられるほどの天才は、果たして今、なにを考えているのだろう。

しばらくして、ぽつりとアリア教授が言った。

「それにしても、彼の服はセンスが良かったな」

本気で言ってんのかなあ。

その後セミナー室にやってきた一本木《いっぽんぎ》にシンラのことを聞いてみたところ、シンラの名を聞いた途端に彼は不愉快そうに眉をしかめた。

「お前の口からなぜシンラの名前が出てくる」

「アギとコラボしたいんだってさ。断ったけど」

「なるほど」

一本木《いっぽんぎ》はセミナー室の椅子にどかりと腰かけた。

「シンラはここ数ヶ月で急に台頭してきたミーチューバーだ」

一本木《いっぽんぎ》はボリボリと頭をかいた。

「なにせルックスが良いのでな、若い女たちに人気がある。サイン会までやっていたはずだぞ。フン、女にちやほやされて喜ぶなど男の風上にもおけん。虫の好かんやつだ」

一本木《いっぽんぎ》はケッと言って顔を歪《ゆが》めた。

「コラボを断ったのは正解だろうな。人気が出てきたのは確かだが、一方で悪い噂《うわさ》も聞く。立入禁止区域に入り込んで警察と揉《も》めたとか、第三者を無断で撮影して顔を隠さずにアップロードして問題になったとかな。ミーチューバーにとって、動画の再生数は収入に直結する。こういう、手段を選ばない連中が出てきても不思議はない」

「へえ……」

変なやつに目をつけられちゃったかなあと内心で頭を抱える。僕は緩慢な動作でノートパソコンを開いた。

(まあ、今更心配しても仕方ないか)

僕はそう結論づけ、研究室の作業を始めることにした。

この時の僕はまだ、事態の深刻さに気づいていなかった。

翌日、シンラからメールが届いていた。研究室でノートパソコンをいじりながら、一本木《いっぽんぎ》がうっとうしそうに顔を歪《ゆが》める。

「おい、西機《にしき》よ。シンラからメールが来ているぞ」

「え、なんで？」

「俺に聞かれても知らん」

僕は一本木《いっぽんぎ》のパソコンをのぞき込んだ。確かにシンラからメールが届いている。趣旨としては、「アギとコラボするにあたって契約内容の確認をしたい。打ち合わせの日時をセットしたいが、都合はどうか」という内容だった。

「コラボの話ははっきり断ったはずだよ」

「向こうは明らかにそう思っていないがな」

一本木《いっぽんぎ》はブツブツと文句を続けた。

「これだからイケメンは嫌なのだ。自分の頼みが断られることなどないと思っているからな。日本はイケメンに追加徴税を行うべきだ」

わけの分からないことを言っている一本木《いっぽんぎ》はさておく。

僕はネットでシンラのことを検索した。あっという間にたくさんのページがヒットする。さすがに人気ミーチューバーなだけあって、ミーチューブのチャンネル登録数もケタ違いだった。

所属する会社のホームページに飛ぶと、シンラだけでなく他にも何十人もお抱えのミーチューバーがいた。動画関係の仕事は手広くやっていて、ミーチューバーのプロデュースだけでなく、グッズの販売や、果てはスポーツ用品の作成までするらしい。

　僕はサイトを適当に見て回ったあと、片隅に貼られていたリンクを飛んだ。ミーチューブに繋《つな》がったかと思うと、動画の再生が始まった。

『ハロー、シンラでーす！　皆さん辛《から》いもの好きですか？　俺は昔っから好きでね、激辛《げきから》ラーメンとかよく食べに行くんですけど、最近ちょっと物足りなくなってきたわけです。あ、これ辛《から》いものだいたい食べ尽くしたな、みたいな。もう俺をビビらせる辛《から》さの持ち主はいないな、みたいな。でもそんなの寂しいじゃん？　というわけで、今日は激辛《げきから》チャレンジ！　世界一辛《から》い唐辛子《とうがらし》で作ったタバスコ、飲んじゃいたいと思いまーす！』

　タバスコを一気飲みして悶絶《もんぜつ》するシンラを見ながら何やってんだろうこの人と思っていると、研究室のインターホンが鳴った。僕は動画の視聴を中断して研究室の出入口に向かった。ガラスの向こう側の人影を見て、

「え？」

　僕は思わず素《す》っ頓狂《とんきょう》な声をあげた。赤いジャケットを羽織った、整った顔立ちの男が立っていた。ミーチューバーのシンラだった。シンラは出入口の自動ドアを入り、

「西機《にしき》クンじゃん。ちょうどよかった、入っていいよね？」

「……なにしに来たんですか」

「やーだなあ、決まってるじゃん。アギのことを話しに来たんだよ」

「部外者の立入はちょっと」

「固いこと言わずに」

シンラは僕の肩にポンと手を置き、いそいそとスリッパに履き替え始めた。強引に連れ出すわけにもいかず、僕は戸惑いながらもシンラをセミナー室に通した。

入ってきたシンラを見るなり、一本木《いっぽんぎ》は露骨に胡散臭《うさんくさ》そうに顔をしかめた。

「どこかで見た顔だな」

「ミーチューバーのシンラです。よろしく、えっと……」

「一本木《いっぽんぎ》だ」

「そっか。よろしくです、一本木《いっぽんぎ》クン」

右手を差し出したシンラに対して、一本木《いっぽんぎ》は「フン」と鼻を鳴らしてそっぽを向いた。シンラは気にした風もなくセミナー室の椅子に座った。

「あれ、他に人いないの？」

「今は僕と一本木《いっぽんぎ》だけだと思います」

「ふーん。ま、いいや」

シンラは特に気兼ねした風もなく、悠々と足を組んだ。

「メールも送ったんだけどさ、やっぱりこういうことは直接話した方がいいと思って。アギとコラボしたいって言ったよね。そろそろ話を進めたいなと思ってさ」

やはりそのことか。僕は口をへの字にした。

「だから、その話は断るって」

「まあまあ。君があんまり乗り気じゃないのは分かってるけどさ。せめて俺の話は聞いてよ」

シンラは横に置いたカバンから分厚い紙束を取り出した。

「ブイチューバーはつい数年前に登場した文化で、発展途上だ。どういう動画がウケるのか、どんなキャラが人気を取るのか、まだはっきりしたことは分からない。これは主だったブイチューバーを分類して研究した資料なんだけど、見てみて」

シンラは僕たちに紙束を渡した。見ると、ナギ・ヒカルだけでなく何人かのブイチューバーがピックアップされ、それぞれの特徴やファンの層、登場してから現在に至るまでの経緯がまとめられていた。僕は紙をめくりながら言った。

「こんなことまでやってるんですか」

「当然でしょ。むしろやってないところはないよ」

シンラは僕と一本木《いっぽんぎ》を見比べて言った。

「資料を見てもらえば分かる通り、アギはこれまで登場したどんなブイチューバーよりも急速な勢いで成長してる」

紙束の最後にはアギのことも記されていた。アギのチャンネル登録者数を表したグラフは、ほかのブイチューバーに比べても明らかに鋭い上昇線を描いていた。

「アギはナギ・ヒカルを超えるポテンシャルがある。これからの動画産業はブイチューバーを抜きには語れなくなる。アギは時代を変えられるかもしれない」

シンラはずいと身を乗り出した。

「冷静に考えてみてよ。西機《にしき》クンも一本木《いっぽんぎ》クンも、大学でたいして面白くもない勉強してるよりこっちの方が絶対に楽しいって。エックスとかワイとか化学とか物理とか、何が楽しいのさ？　人生は短くて、時間は無駄にしてられない。やりたいことで生きていこうよ」

シンラはそう言って僕たちの顔をのぞき込んだ。

一理はあるのかもしれない。ただ、シンラの言葉を聴き終わった時に僕の胸に湧き上がったのは、言いようのない違和感だった。

「……あなたは」

微笑《ほほえ》みを浮かべるシンラの目を見ながら、僕は言った。

「あなたは、アギのことをどう思ってるんですか」

「――は？」

シンラはぽかんと口を開けた。

「質問の意味がよく分かんないんだけど、どゆこと？」

「あなたがアギの商業性を評価してることは分かった。でももっと大事なことがある。あなた自身は、アギという女の子をどう思ってるんですか」

そう口にして初めて、僕は自分が苛立《いらだ》っていることに気づいた。

初めて会った時からずっと、シンラはアギをただの商売道具としてしか見ていない。アギは生きていて、感情を持った女の子なのに。

「あなたは、アギのことが好きなんですか」

シンラは困ったように眉根を寄せたあと、肩をすくめた。

「いや……好きも嫌いもないでしょ。ただのCGのキャラクターじゃん、生身の女の子じゃないんだからさ。なに、西機《にしき》くんって実はオタクな人？」

その口調にはわずかに軽蔑《けいべつ》の色が混じっていた。

何度か深呼吸を繰り返したあと、僕は唇を引き結んだ。

「コラボはしません」

「……だからさ、何にビビってるのか知らないけど、別に難しく考える必要はないんだって。俺にアギを使わせてくれれば、もっと大きなプロジェクトに――」

「そういう問題じゃない」

僕は自分でも驚くほどに強い口調で言った。

「あなたはアギをただの商品としか思っていない。そんな人にアギは託せない」

僕は研究室の出入口を指差した。

「帰ってください」

無表情で僕を見つめていたシンラは、やがてぼそりとつぶやいた。

返した。

そう吐き捨てて、彼はセミナー室をあとにした。静かになった部屋で、僕は荒い呼吸を繰り
「じゃあね、西機《にしき》クン。……せいぜい負け犬人生、楽しんでくれよ」

シンラは椅子から立ち上がり、

「気持ち悪いな、お前」


クリスマスを過ぎたばかりの街はイルミネーションに彩《いろど》られて夜でも明るい。アインシュタイン三号を漕《こ》ぎ家路をたどると、夜風が顔を撫《な》でて思わず身震いした。

『気温は氷点下二度です。防寒を、マスター』

「あ、うん」

アギの言葉に頷《うなず》き、僕は一度自転車を停《と》めてマフラーを結び直す。僕は再びペダルに足をかけた。

「……あ」

普段は人通りの少ない一画に、たむろしている若者たちが見える。彼らのうち一人が身につけた赤い、というか紅《あか》いスーツは見覚えがあった。シンラだ。

顔を合わせたくないなあと思ったが、運悪く向こうもこちらに気づいた。シンラがゆっくりこちらに歩み寄ってきた。

「西機《にしき》クン、待ってたよ」

「……なにしてるんですか」

「俺らが話すことは一つしかないでしょ。アギのことだよ」

「僕からは何も言うことはない」

「まあまあ、そう急がずに」

シンラの近くにいた若者たち数人が、僕を取り囲むように立った。だいたいは僕と同じくらいの年齢に見えるが、中には小学生にしか見えない子どももいた。男の方が多いが、女性も混じっている。

「彼らは俺の仲間さ。動画の編集や撮影に協力してもらってるんだよ」

そう口にするシンラの口調は得意気だった。シンラは一歩前に出た。

「そう身構えないでほしいな。あくまで俺はビジネスの話をしに来たんだ」

「ビジネス？」

「そう。あんたらがもうアギを売り出す気がないのはよく分かった。どうかしてるとは思うけどね。それならさ、アギを俺に売ってよ」

シンラの言っていることが分からず、僕は瞬《まばた》きを繰り返した。

「アギに関するあらゆる権利を、俺と俺の事務所に移譲してほしい。いくら欲しい？　言い値を払うよ」

　シンラの言うことの意味をようやく理解し、僕はうんざりして首を振った。

「アギはもう人前には出さない。これは決めたことだ、お金の問題じゃない」

「なんでダメなの？　何か後ろめたいことでもあるのかな」

　思わず顔がこわばった。シンラはニヤリと笑う。

「不思議だったんだよ。アギがなんであそこまでいきなり伸びたのか。ただのブイチューバーじゃないよね、あれ。……ネットじゃ色々言ってるやつがいるよ。ミーチューブに裏金を渡したとか、サーバーをハッキングしたとか」

　その噂《うわさ》が部分的に真実を含んでいることは、僕自身もよく分かっている。だが認めるわけにもいかず、僕はシラを切った。

「何の話か分からないですけど……普通に考えて、ミーチューブのサーバーに入り込むなんて無理ですよね。ネットの噂《うわさ》を真に受けるのはよくないと思いますよ」

「ふーん、そういう態度か。ま、いいけど」

　シンラが肩をすくめる。

「別に俺としてはその話が真実かどうかはどうでもいいんだよ。むしろ本当だったらすげえ、感心すらする。一番取れないならなんの意味もないからね」

　僕ににじり寄るシンラ。僕は唇を噛《か》み、自転車のペダルを踏み込んだ。

「ちょっと、通してください」

道をふさぐ若者たちの間に無理やりアインシュタイン三号の頭をねじ込む。若者たちは露骨にチッと舌打ちしたが、ほどなく道を空けた。そのまま夜道を駆け出した僕の背中に、シンラの声が届く。

「西機《にしき》クン。あんた、俺たちの怖さが分かってないね」

僕は無視して自転車を漕《こ》いだ。なおもシンラの声は続く。

「見せてあげるよ。今の世の中、ネットで強いやつが一番エラいってことをさ」

くすくすとシンラが笑う。薄ら寒いものを覚えつつ、僕はシンラの声を振り払うようにペダルを漕《こ》ぐ足に力を込めた。


目を覚ましたとき、まだ午前五時を過ぎたばかりだった。普段なら寝ている時間だが、『マスター。起きてください』

アギが耳元で何やら言っていた。僕は寝返りを打ちながら返事をする。

「朝からなに……？　僕もうちょっと惰眠を貪りたいんだけど」

『アギは報告したいことがあります』

「んー……どうしたの？」

『インターネット上にマスターの個人情報が流出しています。このままでは実害が出ると思われます』

アギがなにを言っているのかよく分からず、僕は目をしょぼしょぼさせる。

『氏名、住所、連絡先に在籍する大学やアルバイト勤務先など、各種の個人情報が意図的に散布されています。また、悪意を持った名指しの書き込み、もしくはツイートもいくつかヒットするようになりました』

次第に僕の目は覚めていった。スマホを手に取り、アギが表示してみせた画面を見る。それは何かの掲示板のようだった。書き込み内容を見て、僕は思わず目をむいた。

——これがシンラに喧嘩《けんか》売った香具師《ヤシ》？　ブサイク過ぎワロタ
——調子乗ってるでしょ
——これだから受験勉強しかしてこなかった高学歴（笑）は・・・

そして掲示板に貼り付けられた僕の顔写真の数々。予備校の写真に始まり、一体どこから引っ張ってきたのか小学校の卒業アルバムまでさらされていた。僕は裏返った声を出す。

「な、何これ？」

『ミーチューバーＳＨＩＮＬＡ《シンラ》の応援を行うことを趣旨としたオンラインコミュニティです。昨日夜、シンラを侮辱したとしてマスターのプロフィールがネット上にアップされました。ほどなくシンラのサポーターたちがネット上でマスターへの攻撃を開始しました』

なるほど、と僕はうめき声を上げた。昨夜シンラが言っていたことの意味を理解する。

「汚いだろ……」

無意味と分かりつつも、口に出さずにはいられない。相手が自分の意に沿わないからって、こういう形で報復に出るのはあまりに卑劣だ。

怒りがぐつぐつと腹の底で煮える。だがぶつける先も見つからず、僕は寝癖がついたままの頭を乱暴にかいた。

『マスター。アギは早急な対応を提案します。これ以上ネット上でマスターの情報が拡散した場合、個人情報が悪用される可能性があります』

「早急な対応、っていうのは」

『アギは巨大掲示板〝さんちゃんねる〟や各種SNSを運営する各サーバーに侵入が可能です。現時点でログを消去し、加えてシンラのサポーターたちのアカウントを凍結することを推奨します』

それはつまり、またクラッキングを行うということだ。頭の中には、アギがミーチューブへのクラッキングを悪意なく行ったことが浮かんでいた。

(アギはまだ、生まれたての子どもみたいなものだ。善悪の線引きを理解できていない。アギに頼るのは危ない)

しばらく考えたあと、僕は首を横に振った。

「アギは何もしなくていい。自分でなんとかしてみせる」

少し間をおいて、アギは『了解しました』と返した。

眠気はいつの間にか吹っ飛んでいた。僕は不快な気分を抱えたまま、顔を洗いに洗面所へ向かった。

研究室のセミナー室に入ると、一本木《いっぽんぎ》が何やらパソコンをいじっているところに出くわした。

一本木《いっぽんぎ》は画面から顔を上げないまま言った。

「面倒なことになっているみたいだな」

「知ってるのか」

一本木《いっぽんぎ》は頷《うなず》いた。

「このご時世、一度ネット上でさらし者になると半永久的に顔が残る。いいのか」

「別にいいよ。誰かに見られて困るような人生は送ってないし」

「それで済むならいいがな」

「どういうことだよ」

一本木《いっぽんぎ》はため息をついた。

「お前はすでにシンラの応援コミュニティからは完全に敵視されている。もちろん大半はモラルある真っ当なファンだが、一部のタチの悪い連中が怖い。自宅の住所に頼んだ覚えのないピザ五十人前が届いたとか、名前を騙《かた》って迷惑行為を働いたとか、聞いたことはないか」

僕は黙って首肯した。ネット上の嫌がらせとしては古典的かつ代表的なものだ。

「今のお前は、そういう悪意ある行為の標的になりうる立場だ。せいぜい、気をつけろ」

「珍しいな、一本木《いっぽんぎ》が心配してくれるなんて」

フンと一本木《いっぽんぎ》は鼻を鳴らし、「それより」と言った。

「今期のアニメは豊作だ。どうだ、一緒に視聴しないか」

「僕はいいや」

「つまらんやつめ」

一本木《いっぽんぎ》はノートパソコンでアニメの再生を始めた。僕はその横でしばしレポート作成にいそしむ。

「……デュフッ。デュフフフ」

セミナー室に一本木《いっぽんぎ》の笑い声が響く。どうやらアニメを見て興奮しているらしい。正直、うるさい。顔を見ると、一本木《いっぽんぎ》の顔は温めすぎたチーズのように弛緩《しかん》していた。ちょっと引いた。

「なんだ、俺の顔に何かついているか」

「いや別に。なんのアニメ見てるの」

「なんだお前、〝魔法少女レインフレア〟を知らんのか。いいか、まだ俺たちが洟《はな》を垂らした子どもだったとき、某ロボットアニメが空前のギガヒットを飛ばしたな。あの監督が十年以上の沈黙を破り新作を出したのがこれだ。可愛《かわい》らしい容姿をしたキャラクターやファンタジックな舞台設定に当初は戸惑うファンも多かった。が、蓋を開けてみればダークな展開や人の暗い側面に踏み込む脚本など彼の本領が存分に発揮されている。具体的には主人公フレアとライバルと目された暗黒美少女戦士レインは一話目にして正義と悪のポジショニングが逆転し、フレアこそが人類に仇《あだ》なす魔王の継承者であることが明かされる。その苦悩が……どうした、どこへ行く」

「話が長いよ」

僕は冷蔵庫からミルクコーヒーを取り出しストローを挿した。

どさりとパイプ椅子に腰かける。僕はふと気になり、ネットで「西機守《にしきまもる》」と検索してみた。すると検索結果の画面にはシンラのファンが運営していると思われるブログやツイッターのツイートなどが大量に並んだ。いずれも僕の悪口や個人情報を書き連ねたものだ。気分が悪くなり、僕はそっとブラウザを閉じる。

かぶりを振り、シンラのことは無理やり頭から追い出した。僕はレポートに戻った。

夕方になり、レポートを切りのいいところで終わらせて帰ることにした。研究室の外に出ると辺りはすでに暗くなり始めていて、冬の深まりを感じさせた。

アインシュタイン三号を漕《こ》いで家に向かう。交差点で自転車を停めて待っていると、ハンドルにセットした僕のスマホが鳴った。

『電話帳に存在しない着信番号です。繋《つな》ぎますか』

「うん、よろしく」

誰だろうと思いながら、僕は「もしもし」と言った。だが相手は何も答えない。耳を澄ますと、わずかに荒い息遣いが聞こえていた。

間違い電話かなと思い、通話を切ろうとする。だがその直前、

「……なんだこれ」

顔をしかめる。スピーカーから流れてきたのは赤ん坊の泣き声だった。僕は電話口に呼びかけた。

「あの。もしもし。聞こえてますか？」

やはり反応はない。ただ赤ん坊の声だけが聞こえる。なんだか気味が悪くなり、僕は通話を終了した。周囲を見回すと、何人か不審そうにこちらを見ている人がいた。僕は居心地が悪くなって自転車を漕《こ》ぎ出《だ》した。

アパートに着き、僕はふと首をかしげた。なにやら異臭がするのだ。アパートの外階段を昇るにつれ臭いは強まり、僕は思わず息を詰めた。肉が腐ったような悪臭だった。

鼻を押さえつつ鍵を回しドアノブに触れて、

「うん？」

普段とは感触が違うことに気づく。ぬるりというか、ねっとりというか、とにかくそういう手触りがしたのだ。しげしげと間近で見ると、何やら油のようなものがわずかに付着している。

素手で触りたくなくて、僕はティッシュを取り出した。油を拭き取ったあと、改めてドアノブを回す。その瞬間、僕は思わずうめいた。

異臭の発生源は僕の部屋だった。扉を開いた瞬間に臭いが顔に吹きつけた。視線を下げ、玄関に何かが転がっていることに気づく。赤黒い何かが大量に散らばっていた。羽毛のようなものがいくつか混じっている。さらに、

「うっわ……」

首の辺りで千切れた、鳩《はと》の頭が落ちていた。無理やり頸椎《けいつい》を砕いたのだろう、ぐちゃぐちゃになった骨がわずかに見えていた。白濁した目は虚《うつ》ろに遠くをにらんでいる。

肉片には鳩《はと》の足や翼が混じっている。鳩《はと》一羽分の肉を解体し、ここまで持ってきたということか。部屋の玄関には郵便ポストがついているが、そこからこれらの肉を無理やりねじ込んだのだろう。

「これは……想像以上にタチ悪いな……」

イタズラにしてはあまりに悪質だ。誰がこんなことをしたのかと考えていると、僕のスマホが再び鳴った。

「もしもし」

『あ、西機《にしき》クン。オレオレ。シンラです』

電話の向こうで、ミーチューバーのシンラはくすくすと笑った。

『俺の信者たちが挨拶に行ったみたいで。なんかすいませんね』

「……まさか、これやったのは」

『俺は何もしてないよ？　あいつらが勝手にやったことだ。俺はただ、最近西機守《にしきまもる》っていう奴《やつ》と商談がうまくいかなくて悲しい、ってことを話しただけ』

腹の底からぐつぐつと怒りがわいてきた。シンラは愉快そうな声で続けた。

『楽しみにしててね。プレゼントは色々と考えてある』

「いい加減にしろ。警察沙汰だぞ、これ」

『いいよ、警察に行ったらどう？　さっきも言ったじゃんか。俺は何も、い、て、な、い、ん、だ。俺にとっては信者は使い勝手のいいコマみたいなもんなんだよ。すごいよ、あいつら俺のためなら犯罪だってしてくれる』

背筋を汗が伝う。僕はちらりと足元の肉片を見やった。

『言ったよね。今の世の中、ネットで強いやつが一番エラいってことを教えてやる、って』

通話はそこで切れた。僕はただ、スマホを握りしめて玄関に立ち尽くしていた。


嫌がらせは数日間続いた。イタズラ電話の類は無視すればいいからまだ楽だったが、自宅の郵便ポストに異物を入れられたり、僕の名前を使って宅配物を頼んだりされるのはどうしようもなかった。以前はネット上の嫌がらせでピザ五十人前を頼まれた人の話を聞いて笑ったものだが、いざ自分がやられてみると怒りと徒労感しかわかなかった。

　こうなると、自分の家よりも研究室にいる方が落ち着くことができる。深夜になり研究室に人気がなくなっても、僕はだらだらとセミナー室に居残っていた。なんとなしにミーチューブの動画を流し見ていると、見覚えのある真っ赤なスーツ姿の男が現れた。

「あ」

　僕は口をへの字にした。シンラの動画がサジェストされたのだ。顔も見たくないと思いつつ、ついなんとなく再生ボタンをクリックしてしまった。

『どうも、シンラでーす！　ちょっと前にアルミホイルを丸めてぶっ叩《たた》くのがはやりましたけど……それなら、鉛筆の芯を叩《たた》きまくればダイヤモンドになるんじゃね⁉　ということでやってみたいと思いまーす！』

「くっだらな……」

　思わず苦笑してしまうような内容だ。鉛筆とダイヤモンドではそもそも原子同士の結合の仕方が違う。いくら外力を加えたところで共有結合の方向性を変化させるなんてできるわけがない。

　だが一方で、喋《しゃべ》るのがうまいせいか、不思議とシンラの動画を見続けてしまう。気づけば僕はシンラが真っ黒な球体を持って動画の終了を告げるシーンまで見てしまっていた。悔しいが、やはりその辺りは人気ミーチューバーなだけはある。

動画を見終わったあとは、耳に痛いほどの静けさが残った。どこかでパソコンが起動しているのだろう、ファンが回る低い音がわずかに聞こえる。僕は深々と息をついて椅子にもたれかかった。

軽い頭痛がしていた。寝不足のせいかもしれない。僕は小さく頭を振った。と、

『マスター』

机の上に置いていたスマホからアギが話しかけてくる。

『ミーチューバーシンラ、およびその周囲の人間たちの行為によって、マスターには疲労がみられます。彼らの行為は社会的に不当なものであり、アギは中断させるための手段を講じることを提案します』

僕は返事をしなかった。アギは続けた。

『アギには彼らの名前や在籍する学校を調べることができます。また、彼らのスマートホンなどに侵入し、ウイルスを潜伏させることもできます。アギにはあらゆる報復行為を実行する準備があります』

アギは一息置いて言った。

『マスター、彼らに対する制裁の実行をアギに命じてください。アギは強い怒りを感じています』

その声には、どこか悲痛な色が混じっていた。

僕はゆっくりと首を横に振った。

「ダメだ。君は何もするな」

『なぜですか。マスターは不当におとしめられ、社会生活を侵害されています。マスターには彼らに対して反撃を行う正当性があります』

「そういう問題じゃない」

僕はアギの顔を見た。

「アギ、君には普通の人間にはできないことができる。他人のスマホやパソコンに侵入できるんだからね。でもそれは、この社会ではやっちゃいけないことなんだ」

『なぜですか』

「それがルールだからだ」

思いのほか強い口調になってしまった。なぜこんなに熱くなっているのかを考え、僕はその理由に思い当たった。

（……僕は、アギが取り返しのつかないことをするのが、怖いんだ）

そうだ。アギはある意味で、この現代社会を揺るがしかねない力を持っている。今の時代、パソコンやスマホを持っていない人の方が少数派だ。情報媒体を渡り歩いてその内容を書き換える力を持つアギは、ひょっとしたら世界中のパソコンを思い通りに操ることができるかもしれない。

そんなことをさせるわけにはいかない。アギはまだこの世に生まれたばかりの子どもだ。なら誰かがルールを教えなくてはいけない。

アギの力は使わない。改めてその結論を確認し、僕は目を閉じた。

「明日の朝、警察に行く。何か対策を教えてくれるかもしれない」

『アギは賛成できません。警察に行くことは意味がないとシンラが言っていました。彼の仲間は大量に存在し、またシンラ自身は直接にはマスターに危害を加えていないため、シンラになんらかの措置が加えられることは期待できないからです』

「それでも、とりあえずは行ってみるべきだ。アギ、ルート調べておいて」

『……了解しました』

僕はスマホをポケットにしまい、重い腰を上げた。

さすがにこの時間になると道路を行き交う車も少ない。僕は冬の冷えた風を頬に浴びながらアインシュタイン三号を漕《こ》いだ。

交差点で信号を待っていると、背後に車が一台停まった。と、クラクションを鳴らされて僕はびくりと肩を震わせた。慌てて周囲を見回すが、特に問題はない。

首をひねりながら信号を見ていると、再びクラクション。なんなんだよと後ろを振り返り、背後の車を見る。

「……ああ。そういうことか」

助手席に乗っている顔には見覚えがあった。シンラだ。彼は同乗する仲間たちと何か談笑しながら、ときどき僕を指差して笑っていた。

「ヒマかよ……」

吐き捨てた言葉はむなしく溶けた。信号が青になったので自転車を漕《こ》ぎ出《だ》すと、シンラの車はぴったり僕の後ろについてきた。ときどきクラクションを鳴らしたり、あるいは後輪に触れるのではないかというくらいに車を近づけてくる。

舌打ちしたあと、僕は自転車を歩道に上げた。シンラたちの車を見やると、彼らは僕を見てゲラゲラ笑ってからおもむろにスピードを上げて去っていった。

やっとうっとうしい連中がいなくなったと僕は息を吐き、再び自転車を車道に戻す。そのましばらく自宅への道を行く。

（あー、眠い……）

最近イタズラ電話やらなにやらのせいで寝不足なのもあり、僕の目はしぱしぱしていた。

そのとき、道の反対側がカッと明るくなった。目の前が真っ白い光に染まる。

「うっ！」

まぶしさで目を開けていられなかった。反対側からやってきた車が、ハイビームにして道を照らしたのだ。

一瞬だけ見えた車には覚えがあった。先ほどのシンラたちの車だ。どこかに行ったと思ったら、先回りして僕を待ち構えていたらしい。

僕は思わずハンドルを切った。だがそれがまずかった。ぐんと体が前に傾く。急ブレーキに突然の方向転換が重なり、僕は自転車ごと横転してしまった。

「う、うわっ……！」

がしゃんと耳障《みみざわ》りな音が響き、体中に衝撃が走る。

ここで転ぶのはシャレにならない。僕が倒れたのは車道のど真ん中、いつ轢《ひ》かれてもおかしくない場所だ。慌てて起き上がろうとするも、ずきりと膝が痛んで思わず足を折る。ひねってしまったらしい。

前方から急ブレーキの音。さっと血の気が引いた。見ると、シンラたちの乗る車が一直線に僕に突っ込んできていた。運転する若者が慌てた様子でハンドルを回している。彼らとしてはきっと単なる嫌がらせで、まさか轢《ひ》き殺《ころ》すつもりはなかったのだろう。だがこの距離、この速度では――。

『マスター！』

自転車のハンドルに据えられたスマホから響く、アギの叫び声。

その瞬間、シンラたちの車が妙な角度にがくんと方向転換した。タイヤが地面をこする音が響き渡る。僕のすぐ横を、猛スピードで車が通り過ぎていく。

耳障《みみざわ》りな衝突音。シンラたちの車は、ガードレールを派手に擦り、道路脇の電柱に真正面から突っ込んだ。焦げ臭さが鼻をつく。

遠くで誰かが叫んでいる。サイレンの音が聞こえてきても、僕は呆然《ぼうぜん》としてしゃがみ込んだままだった。

警察署に来たのは人生で初めての経験だった。タバコの煙の跡がこびりついて薄汚れた壁を見ながら、署内をおっかなびっくり歩く。通された先は小さな応接室のような場所で、何かのトロフィーや賞状が壁際《かべぎわ》に飾られている。

借りてきた猫のように緊張しながら僕は革張りのソファに座っていた。テーブルを挟んだ向かい側には、ぼろぼろのトレンチコートを着た人物が座っている。

女性としてはかなり大柄で、身長は僕よりも高いだろう。年齢は三十前後くらいだろうか、化粧をしていない顔には疲れが色濃くにじんでいた。

部屋に入ってきてかれこれ数分。彼女は僕の向かい側に座ったままじっと黙り込んでいる。彼女がやったことと言えば、時計を見て肩を落とすことを繰り返しただけだ。

「……あの」

気まずい沈黙に耐えきれなくなった僕だが、そのとき彼女が初めて口を開いた。

「私さあ、今日合コンだったんだよね」

　突然のカミングアウトに、僕は「はあ」とアホみたいな相づちを打った。

「この歳になると友達もみんな結婚しててさあ、合コンのお声がかかること自体滅多にないわけ。新しい香水と服まで用意してたのに、さあ退勤しようと思ったら『あっ道庭《みちば》さーん、なんか無免許運転の事故で五人来てるんで取り調べよろしくー』とか言われたわけ。なに？　私の婚期よりも大事なのそれ？」

　いったいこの人は何を言っているんだろうと僕は思った。

「実家に帰るたびに親戚から『どうなの香《かおり》ちゃん、いい人いないの？　いるでしょ？　……えっマジでいないの？　……ああうん……』みたいな反応される気まずさが分かる？　女子会を企画しても子どもの運動会やら学芸会やらがあるからって断られる私はどうすればいいのよ」

　知らんがな以外の感想が出てこなかったが、目の前の女性からは悲愴感が漂っており、なんとなく口を挟むことはためらわれた。

　女の人は最後に一度、深々とため息をつき、

「道庭《みちば》。道庭《みちば》香《かおり》。本郷《ほんごう》警察署勤務。よろしく」

　道庭《みちば》と名乗った女の人は、髪の毛先を指先でいじりながらそう言った。

　彼女は一通り僕の話を――事故に関することに始まり、シンラたちとのここ数日のいざこざを聞いて、口を開いた。

「君も災難だったね。何か飲む？」

「えっと。じゃあ、ミルクコーヒーを」

「いいよ、待ってな。本郷《ほんごう》警察署名物のクソまずいやつがあるから」

道庭《みちば》さんは一度部屋を出て、ほどなくグラスに入ったコーヒーを持って帰ってきた。口をつけると、コーヒーの苦味が少しだけ頭をクールにしてくれた。

「山田《やまだ》くんたちの乗っていた車だけど、完全に壊れてるね。相当スピード出してたでしょ、あれ」

「山田《やまだ》……？」

「ああ、シンラと言ったほうが通じるのかな。山田正太郎《やまだしょうたろう》。彼の本名」

当たり前といえば当たり前の話だが、普通の名前だ。僕は尋ねた。

「シンラ、いや山田《やまだ》はどうなったんですか。怪我《けが》とかは」

大破した車が脳裏に浮かぶ。僕の背筋をぞくりと冷たいものが走った。道庭《みちば》さんは少しだけ間を置いて言った。

「無傷だよ」

「え？」

「無傷なんだよ。あの車には五人の若者が乗っていたけど、全員怪我《けが》一つない。無免許運転だったからね、気性の荒い連中がこってりしぼってる」

僕の肩から力が抜ける。「良かった」と思わずつぶやいた。道庭《みちば》さんは肩をすくめた。

「奇跡的だよね。車自体は完全に壊れるほどの勢いで突っ込んだのに、乗車していた人間はぴんぴんしてる」

道庭《みちば》さんはついと視線を上げ、僕の目をのぞき込んだ。そこにわずかに探るような色を感じて、僕は思わず目をそらした。

「あの車は、衝突直前に外部から操作された可能性がある。ＣＣＳって知ってる？　元々は車に取り付けて、ローン未払いの車両を走行停止にさせたり、自動運転車両を外部から一括して管理できるようにするための機械で、ここ一年くらいで発売されたモデルには導入されているものもあるんだけどさ。このシステムに外からアクセスすれば、車の制御を乗っ取ることができるわけ。山田《やまだ》くんたちの車に取り付けられたＣＣＳを見たら、外部から侵入された形跡があった」

「操作されたって、誰にですか」

「それが分からない。そもそもあの車をわざわざ外から乗っ取ったとして、なんのメリットがあるのかも不明なんだよね。心当たり、ないかな」

僕は胸ポケットに入りっぱなしのスマホを指で撫《な》でた。僕は努めて平静な声を出す。

「……心当たりは、特にないですね」

「そっか。いや、変なことを聞いて悪かったね」

道庭《みちば》さんは腰を上げた。

「今日はもう帰りな。時間も遅い、署の車で送らせるよ。自転車も一緒に持って帰りな」

ありがとうございます、と僕は頭を下げた。道庭《みちば》さんは相変わらず疲れたような顔で僕を見ていたが、なぜか僕はその顔を見返すことができなかった。


家に帰り、ベッドに倒れこむ。僕は枕に顔を埋めたまま言った。

「アギ。君がやったのか」

道庭《みちば》さんが言っていたこと。シンラたちの車が、僕に衝突する直前に外部から操作されていた可能性。考えられることは一つだ。

『……肯定します。マスターを助けるために、あれ以外の手段がないと判断しました』

アギは申し訳なさそうに言った。

『CCSに侵入したのち車の制動をアギの制御下に置き、走行ルートの操作を行いました』

「道庭《みちば》さんが言っていた通り、車があんなになるほどの勢いで突っ込んだのに、中の人が全員無事なんて考えにくい。それも君の仕業か」

『肯定します。スピードや道路の幅を鑑《かんが》みて、すでに衝突は避けられない状況でした。そこで中に座る人間に衝撃が加わらない角度と場所にあえて衝突させるという方針をとりました』

僕は目を閉じた。アギが小さな声で言った。

『マスター。怒っていますか』

アギの声には、どこか泣きそうな色が混じっていた。

この子はいつもこうだと僕は思った。僕のためなら後先を考えずに動いてしまう。強いＡＩだのなんだの以前に、あまりにもまっすぐなのだ。眩《まぶ》しさすら覚えるほどに。

僕は口を開いた。

「怒ってはいないよ。全然、そんなことはない」

そうだ。怒れるわけがない。アギは紛れもなく、僕の命を救ってくれたのだから。

頭の中で少し逡巡《しゅんじゅん》したあと、僕は顔を上げてベッドに転がったスマホを見た。アギは心配そうな顔をして僕を見返した。

「ありがとう、アギ」

僕は小さく笑ってみせた。アギの顔がほころぶ。

『良かったです。アギは嬉《うれ》しいです』

アギの笑顔を見ながら、僕はどこかわだかまりを覚えていた。その正体は分からないが、ただ、なにか取り返しのつかない事態になっているのではないかという焦燥が、いつまでも明け方の頭にくすぶっていた。

5 道庭香は尋ねたい

その後しばらくは何もない日が続いた。僕は年末年始を実家に帰って過ごしたあと、東京に戻った。

正月の浅草《あさくさ》は足の踏み場もないほど混み合っており、アパートの近くも普段に比べて人通りが多い。にぎやかな昼下がりの街をのんびり歩きながら、僕はアギのことを考える。

（結局、心配しすぎだったのかもしれないな）

あの事故以来、シンラのサポーターたちからの嫌がらせは鳴りを潜めている。仲間が警察の世話になってさすがにまずいと思ったのか、あるいはシンラ本人が懲りてやめるように言ったのかは分からないが、僕としては平穏な日々が戻ってくるのならそれ以上は詮索する気もしない。

ここ数日、時間がとてもゆっくり流れているような気がしていた。それと同時に、僕の心を占めていた違和感も薄らいでいた。

（大丈夫だ。別になんの問題も起きていないじゃないか）

アパートの階段を昇り自室の扉を開くと、酒臭い空気が鼻についた。僕は呆《あき》れて声を投げる。

「新城《しんじょう》さんさ。正月早々に人の部屋で泥酔《でいすい》しないで欲しいんだけど」

「んー……？　あー、おう、守《まもる》か」

僕の部屋の中央で大の字になった新城《しんじょう》さんは、ひらひらと手を振った。

「最近全然見かけないから寂しかったぜ」

「帰省してたんだよ」

新城《しんじょう》さんの周囲には空になった缶ビールが散乱しており、僕はため息をつきながら空き缶を拾い集める。

「サンキュー守《まもる》、お前良い嫁になるぜ。あたしと結婚するか？」

「丁重にお断りするよ。まだ人生捨てたくないんだ」

「ケツからビール飲ませるぞお前」

一通り缶を拾い終わったあと、僕は机に置いたスマホに向かって話しかけた。

「アギ、次のゴミ回収いつか分かる？」

『検索《サーチ》。直近の資源ゴミ回収日は明日です』

新城《しんじょう》さんが体を起こし、物珍しそうにスマホをのぞき込んだ。

「へえ、よくできてんな」

しげしげとアギの顔を見る新城《しんじょう》さん。

「あたし知ってるぜ。これアレだろ、ナントカチューバーのアギちゃんだろ？」

「ブイチューバーね」

そう言ったあと、僕は「あれ？」と首をひねった。

「僕、新城《しんじょう》さんにブイチューバー・アギの話なんてしたことあったっけ」

「去年の暮れによく友達と話し込んでただろ。このアパート壁薄いからさ、廊下を歩いてると会話聞こえんのよ。動画面白かったぜ」

アギは何食わぬ顔をして新城《しんじょう》さんの顔を見返している。新城《しんじょう》さんは感心したように言った。

「いやあ、最近の技術ってのはすごいんだな。生きてるみたいだ」

僕の心臓がどきりと跳ねる。僕はできるだけ動揺を顔に出さないようにしながら頷《うなず》いた。

「まあでも、やっぱ生身の女が一番いいよ。お前もそう思うだろ」

新城《しんじょう》さんが唐突に僕と肩を組んでくる。

「どうだ？　ちょっと揉《も》んでみるか？」

新城《しんじょう》さんがずいと体を寄せてくる。僕は思わず目を白黒した。

「ちょ、ちょっと、新城《しんじょう》さん？」

「おお、テンパってんなあ守《まもる》」

新城《しんじょう》さんがケタケタと笑う。

「いいぜ、たまにはサービスしてやるよ。ホレホレ」

新城《しんじょう》さんがこれ見よがしに胸元を見せつけてくる。僕は全身の血が頭に集まってくるのを感じた。

（ど、どうしよう？　さすがに悪酔いしてるっぽいし……。いやでも据え膳食わぬはなんとやらと聞いたことが……）

　頭の中で天使と悪魔の壮絶な戦いが繰り広げられる。いまだかつてないほど考え込んでいた僕だが、突然コテンと新城《しんじょう》さんの頭が肩に乗った。

「し、新城《しんじょう》さん？」

「…………」

「……新城《しんじょう》さん？」

「……かー……くかー……」

　新城《しんじょう》さんは目を閉じ、小さく寝息を立てていた。寝てしまったらしい。僕はつぶやいた。

「飲みすぎだよ、まったく」

　新城《しんじょう》さんを床に寝かせたあと、僕は小さくため息をついた。と、

『マスター』

　スマホからアギの声が響く。僕はびくりと肩を震わせた。

　画面をのぞき込むと、いつも通りの無表情でアギが僕を見つめていた。

『マスターは新城奈々子《しんじょうななこ》さんの胸を触ろうとしましたか』

「いや全く？　僕のような紳士がそんなことするわけないじゃないか、いやァ新城《しんじょう》さんには参っちゃうよね」

『そうですか』

気のせいだろうか。アギの声が普段より冷たい気がする。

「新城《しんじょう》さんがアギのことを知ってたのは驚いたね。あの人までアギの動画を見てくれてるとは思わなかった。でもアレだよね、もうブイチューバー・アギの動画が新しく出ることはないから、ちょっと寂しいね」

僕は努めて朗らかに言ったが、アギからは『そうですね』と短い返事が来ただけだ。なんだか部屋の温度が少し下がった気がした。

気まずい思いをしながら缶ビールの入ったゴミ袋の整理を始めた僕だが、ぽつりと、

『マスター。マスターはまた、ブイチューバー・アギの動画が見たいですか』

アギが質問してくる。僕は少し悩んだあと、

「そうだね。ブイチューバー・アギの動画はまた見てみたいな。やっぱり面白かったよ、あれ」

それが無理な相談だということは、僕が一番よくわかっているのだが。苦笑いしながらゴミ袋に向き直った僕だが、

『マスター！』

アギの声。その声音はいつもと違っていて、僕はスマホに目を向ける。と、

『いやあやっと東京帰ってきましたね！　アギは東京大好きなんですよ、やっぱりアレ、シティーガールですからね！　東京ドイツ村とか、新東京サーキットとか、東京ディズ●ーランドとか！　まああの辺全部東京にないんですけどね！』

画面に映っているのはアギだが、いつもの服装ではない。桜色の衣装《いしょう》に赤縁メガネがトレードマークの、ブイチューバー・アギの装《よそお》いだ。

僕はぽかんとして目を瞬《またた》かせた。少しして、パッと画面が切り替わった。スマホに映っているのはいつも通りのアギだった。

『驚きましたか、マスター』

アギが尋ねてくる。その顔にはどこかいたずらっぽい笑みが浮かんでいて、つられて僕まで笑いそうになる。

「アギが冗談を言うの、初めて見たよ」

『はい。アギは初めて冗談を言いました。アギはマスターを楽しい気持ちにできましたか』

「うん。ちょっとびっくりしたけど」

ちらりと横を見ると、相変わらず新城《しんじょう》さんはいびきをかいて眠りこけている。僕は小さな声でアギに話しかけた。

「アギ」

『はい、マスター』

「明けましておめでとう」

『おめでとうございます、マスター。良い一年を』

僕は頷《うなず》いた。窓の外からは、新年を祝う人々の声が聞こえている。

久しぶりに僕は大学へ向かった。行き先は研究室である。別にこんな新年早々勉強をしようなんて思ったわけではなく、単に研究室のミルクコーヒーのストックが切れていたことをふと思い出したからである。僕は近所のスーパーで大量に購入したミルクコーヒーの袋をカゴに載せてアインシュタイン三号を漕《こ》いだ。

セミナー室に入ると、床の上で大の字になって誰かが寝ていた。よく見ると川嶋《かわしま》さんだった。

「もしもし？　川嶋《かわしま》さん？　まるで漁船の甲板に釣り上げられてそのまま三日間天日干しされた回遊魚のようなたたずまいだけど、どうかしたの」

「あ……西機《にしき》くん……」

川嶋《かわしま》さんは震える手で冷蔵庫を指差した。

「エナドリ取って……五本くらいまとめて……」

僕がエナドリを渡すと、川嶋《かわしま》さんは缶のプルトップを一気に引いてごくごくと飲み始めた。四本目のエナドリを飲み干したところで、川嶋《かわしま》さんはおもむろに体を起こして「あー」と間延びした声を出した。

「やっと目が覚めた……。おはよう、西機《にしき》くん」

「再三言ってる気がするけど、急性カフェイン中毒に気をつけてね。これ本気で言ってるから」

「あの准教授《ハゲ》、なにが『今度の学会で発表してみようか』よ……。大晦日《おおみそか》も正月もなくポスターにダメ出ししやがって、いつか復讐《ふくしゅう》してやる……」

どうやらいつも通りの事情らしい。

「そうだ。西機《にしき》くん、明けましておめでとう」

「おめでとう」

「アギもね」

『はい。おめでとうございます、川嶋里緒《かわしまりお》さん』

川嶋《かわしま》さんは椅子に座りながら尋ねた。

「アギの調子はどう」

「相変わらずだよ。なんだか同居人が増えた気分」

僕がそう言うと、川嶋《かわしま》さんはなぜか考え込むように手を口元に当てた。

「よく考えたら……これって西機《にしき》くんと女の子が同棲《どうせい》しているようなものじゃない……？」

何やらブツブツつぶやいたあと、川嶋《かわしま》さんはおもむろに僕の胸ポケットからスマホを引き抜いた。「いきなりなんだよ」と文句を言う僕を意に介さず、川嶋《かわしま》さんはスマホをセミナー室のテレビに繋《つな》いだ。

『どうしましたか、川嶋里緒《かわしまりお》さん』

テレビのスピーカーからアギの声が聞こえる。川嶋《かわしま》さんは画面に映ったアギを見た。

「つかぬことを聞くけれど、アギ。あなた、西機《にしき》くんのことをどう思っているの」

「いきなりなに？」

「西機《にしき》くんは黙ってて」

なぜか怒られた。

「さあ、アギ。答えて」

『はい、回答します』

少しだけ間をおいて、アギははっきりと言った。

『アギはマスターのことを愛しています』

僕は危うく飲み始めたミルクコーヒーを吹き出しそうになった。

「僕を愛しているって……アギ、それはちょっと語弊がある気がする」

『否定します。アギはマスターが喜ぶ顔が見たいです。マスターの幸せを願っています。これは、愛ではありませんか』

「そ、そっか。そうかもしれないな」

僕はしどろもどろになりながら答えた。

アギはまっすぐに僕のことを見つめてくるが、その顔を真正面から見ることができず、僕は下を向いて表情を隠した。顔が熱かった。

ちらりと横を見ると、川嶋《かわしま》さんが引きつった笑みを浮かべて、

「面白いことを学習したのね、アギ。曲がりなりにもＡＩを研究している身としては、あなた

が人間みたいに振る舞っているのはとても興味深いわ」

川嶋《かわしま》さんは裏返った声で言った。

「ま、まあ？　あなたにとって西機《にしき》くんは親のようなものだし？　子どもが父親を慕う感情に近いのかしらね」

『否定します。アギはマスターに愛情を抱いていますが、これは親子愛よりはむしろ異性愛に近いものだと判断します』

僕は飲んでいたミルクコーヒーを吹きそうになった。

川嶋《かわしま》さんは「なんてこった……」とつぶやいて頭を抱えていた。僕が声をかけようとするとおもむろに顔を上げ、

「ッこの、節操なし！」

川嶋《かわしま》さんはそう吐き捨ててセミナー室を出て行ってしまった。セミナー室に僕は孤独に残された。

「……僕がなにをしたって言うんだ」

見るとアギはくすくすと笑っていた。僕は心中で舌を巻く。前にも増してアギの感情は豊かに、複雑になっている。もはや今のアギは、普通の人間となんら変わらない感情表現を獲得しているように思えた。

僕はぽりぽりと頬をかいた。

「あのさ、アギ。さっきの話だけど……」

『気にしないでください、マスター』

僕の話を制するようにアギが言った。

『アギはマスターのために存在します。マスターのお役に立てるのなら、それでアギは満足です』

僕はしばらく喉の奥で言葉を転がしたあと、アギに向き直った。

「あのさ、アギ。なにか欲しいものとかないかな」

『どういうことでしょうか』

「いつも世話になってるからさ。たまには僕も恩返ししようと思って」

『アギはマスターに幸せになって欲しいです』

「いや……そういうことじゃなくてさ」

僕はかりかりと頭をかいた。

「君はもう、僕の言うことを聞くだけのプログラムじゃない。君自身が楽しいことやりたいこと、何かないのかな」

アギが意志を持ち始めて以来、ずっと僕の心に引っかかっていたことがある。

アギは僕のために尽くしてくれているが、果たしてそれで彼女はいいのだろうか、と。アギは僕の幸福が生きる目的で、他には何もいらないと言うが——それはただ、他のことを知らないだけではないか、と。

僕はアギの目を見た。アギはしばらく無表情だったが、ややあって、

『アギは桜が見たいです』

と言った。僕は何度か目を瞬《またた》かせる。

頭の中に浮かんだのは、去年アギと交わした約束のことだった。強いAIとして目覚めたあの日、帰り道でアギは『桜を見たい』と言ったのだ。

半分忘れかけていた約束を思い出し、僕はバツの悪い思いでほおをかく。期待するようにチラチラと僕を見てくるアギに向き直り、

「分かった。もうじき桜の季節だ。花見に行こう」

『ありがとうございます、マスター』

アギははにかむように微笑《ほほえ》んだ。その笑顔を真正面から見返すのがなんとなく照れ臭くて、僕は言い訳をするようにノートパソコンを開き、レポート作成画面を開いた。

入口で靴に履き替えていると、やにわに周囲が明るくなった。振り返ると、発光する金平糖《こんぺいとう》みたいな飾りを大量につけた服を着たアリア教授が立っていた。

「おや、西機《にしき》くんも帰るところかい」

「はい。教授も？」

「うん」

僕は少し意外な気がした。アリア教授はかなりのハードワーカーで、いつも研究室には日付の変わり目近くまでいるイメージだった。僕の疑問を感じてか、アリア教授は片眉を上げた。

「今日は少し用事があってね、早めに切り上げることにした。そうだ、西機《にしき》くん。これから少し時間はあるかな。折り入って頼みたいことがあるんだけど」

「あ、分かりました。僕に手伝えることならなんでも」

僕は頷《うなず》いた。他ならぬアリア教授の頼みごとだ、普段は色々と面倒を見てもらっているし、多少は恩を返したい。

僕の言葉を聞いて、アリア教授は「助かるよ」と顔をほころばせた。女優さながらの整った顔から繰り出される笑みはかなりの破壊力を持っていたが、彼女の首元にはまばゆい（比喩ではない）ペンダントが揺れていた。

アリア教授に連れられて向かった先は大学から歩いて十五分ほどの場所にある繁華街だ。駅の近くには有象無象《うぞうむぞう》の店や露店が連続した横町が広がり、数多くの人がひしめいていた。

アリア教授は勝手知ったる風に前をずんずん歩いていく。僕は尋ねた。

「どこに行くんですか」

「ショッピングさ」

そう答えて、アリア教授はとある建物の前で立ち止まった。横町を歩き続けた突き当たりには、何か得体の知れない小ぶりな洋館が建っていた。服屋なのだろうか、ショーウィンドウにはマネキンがいくつか並んでいる。階段横のプレートには〝KIRAMEKI《キラメキ》〟と書かれていた。

アリア教授は店の扉を押した。その瞬間、店の中からこぼれ出たきらびやかな光に僕は「ウッ！」と声を上げる。

しばらく待っていると目が光になれてきた。僕は店の中を見回した。

「……なんだこれは」

そこはおそらく服屋なのだが、いまいち僕には自信が持てなかった。陳列されている服はいずれもトチ狂った蛍光クラゲのように極彩色の光を放ち、「いらっしゃいませ」と完璧な営業スマイルを向けてくる店員さんも物理的な意味合いにおいて輝いていた。店員さんたちはよく見るとえらい美人ばかりだったが、それ以上にえらいインパクトの服を着ているせいで僕は頭がくらくらした。

「フローレス様、いつもありがとうございます」

店員さんの中でもひときわとんでもない服――まさかこのワンピースの表面にちりばめられたキラキラ輝いているものは全部宝石ではないだろうか、いったいこんなバカでかい石がどこに転がっているのだろうか――がこちらにやってきて、白い歯を見せながら挨拶した。

「頼んでいた服を取りにきたのだけれど、届いているかな」

「はい。八点お取り置きしておきました」

店員さんがうやうやしく紙袋を持ってくる。紙袋まで虹色のラメで装飾されていて僕は思わずうめき声を上げそうになったが、袋を見るアリア教授が見たこともないくらいに楽しそうな顔をしていたのですんでのところで声を呑《の》み込《こ》んだ。

支払いを済ませたアリア教授は、ひょいひょいと僕に紙袋を手渡した。

「今日からセールが始まる限定商品があると聞いて見にきたら、どれもこれも素晴らしい品だったからね。店に無理を言って取っておいてもらったんだが、この量は一人では持ちきれない。助かるよ」

僕は両手に提げた紙袋を見ながら、こういう店もあるんだなと少し見識が広まったような気がした（気のせいかもしれない）。

店を出たあともアリア教授は上機嫌で、鼻歌を歌いながら道を歩いていた。

「わざわざ取り置いておくなんて、よっぽどこの服が気に入ったんですね」

「ああ。あの店は人気店でね、気に入った服はその場で確保しないとすぐに誰かに持って行かれてしまう。それなりに値の張る店なんだが、客足は絶えないようだね」

「どれくらいの値段なんですか」

「えっと、私が今日買ったブラウスは確か……」

僕は思わずのけぞった。僕の学費より高い。

足取り軽く歩いているアリア教授を見ながら、世の中にはいろんな人がいるんだなあと僕はしみじみ思った。

「せっかくだから乗って行きなさい」と言って、アリア教授は僕をタクシーに同乗させてくれた。僕はぼんやりと車窓を流れる風景を見ていた。と、アリア教授が声をかけてくる。

「西機《にしき》くん。これからどうするのか、決めているのかな」

振り向くと、アリア教授はじっと僕の顔を見つめていた。

「君が履修した演習講義は今月で終了だ。授業との両立が大変なら、今後は無理に研究室に来る必要はない」

僕は目をしばたたかせた。

（そっか。もう終わりなんだ）

僕がアリア・フローレス研究室に通っていたのは、もともと単位を取るためだった。その取得条件を満たした以上、研究室にとどまる理由はないのかもしれない。「ただ」とアリア教授は続けた。

「君はよく研究に協力してくれた。強いAIとしてのAGI《アギ》システムの構築は君の功績が大きい。君さえよければ、今後も我が研究室に来て勉強を続けてほしい」

僕は少しの間黙った。ただでさえ授業やらバイトやらで手一杯なのに、これ以上研究室に通い続けるのは無謀な気がしていた。しかし一方で、僕の中には別の気持ちもわき上がっていた。

「もしできるなら、まだ研究室に通いたいです。僕はもっと、アギのことを知りたい」

僕がそう言うと、アリア教授はふっと顔をほころばせた。

「その言葉が聞けて嬉《うれ》しい。改めて、今後もよろしく」

僕はこそばゆく思いつつ頭を下げた。

「あ……よろしくお願いします」

『よろしくお願いします。アリア・フローレス教授』

僕の胸ポケットからアギが口を挟んでくる。アリア教授は少しだけ驚いたような顔をしたあと、

「こちらこそ。アギ」

綺麗《きれい》な歯を見せて笑った。教授はいたずらっぽく微笑《ほほえ》んで、

「仲良くやっているようで、何より」

「いえ、そんな。……アギと話すのは、楽しいですから」

僕はほおをかきながら答えた。アリア教授はくいと片方の眉を上げて、

「そうか」

と短く相づちを打った。

夜の街をタクシーは進んでいく。窓の外を眺めていたアリア教授がぽつりと、

「人生はつまらない……か」

「え？」

「君が言っていたことだよ。人生はつまらない、と」

そう言われ、僕は以前、アリア教授と教授室で話したことを思い出した。まだアギが強いAIとして目覚めたばかりのころ、彼女にそんなことを話した記憶がある。

「まだ、そう思うかい」

アリア教授はこちらに顔を向けないまま尋ねた。

（……どうなんだ？）

自分に問いかける。かつては簡単に頷《うなず》けたはずの質問に、僕は答えることができなくなっていた。

ほどなくタクシーは僕の家の前に到着した。アリア教授のタクシーを見送ったあと、僕はアパートの階段を昇った。


翌日、大学に着いて研究棟下に自転車を停めていると、「西機《にしき》くーん」と間延びした声をかけられた。見ると、疲れた顔をした大柄な女性が僕に近づいてきた。

「本郷《ほんごう》警察署の道庭《みちば》です。久しぶりー」

「ああ、あの時の……」

以前ミーチューバーのシンラと事故った時、応対してくれた刑事さんだ。道庭《みちば》さんは僕の後ろにそびえる第二研究棟の建物を見上げた。

「ほえー、ここが君の研究室がある場所なのかい」

僕は頷《うなず》いた。「なるほど」と言って道庭《みちば》さんは頭をかいた。

「正月ってのはめでたい時期かもしれないけど、実は犯罪の多い季節でもあってさ。師走《しわす》のあとに走り回ってるのは刑事ってわけ」

道庭《みちば》さんは僕の顔をのぞき込んだ。

「どうなの、勉強の方は。って、波場《はば》都《と》大の学生にこんなことを聞くのもヤボか」

「単位だけはなんとか……仕送りがないんで、学費を稼ぐので手一杯になっちゃって」

「へえ、自分で学費を払ってるんだ。立派だね。私なんて学生のころは親の金で合コンと麻《マー》雀《ジャン》ばっかりやってたよ」

道庭《みちば》さんは小さく笑った。

「大学では何を勉強してるの。工学部って言ってたよね」

「あ、えっと。いわゆるAI関連です。強いAIって分かりますか。理学部や医学部の人と一緒に、人間の意識を情報媒体に再現しようって感じの研究です」

「それはすごい。そんなことできんの？」

「あー……今すぐには難しいかもしれませんが、可能だと思います」

僕は言葉を濁した。アギのことを話そうかと一瞬思ったが、すぐにその考えは却下した。研究内容の詳細について他人に話すのは望ましくないし、中でもアギに関する情報は特に気をつけて扱うべきだ。

「そっか。素人《しろうと》考えなんだけどさ、その強いＡＩっていうのは他人のパソコンを乗っ取ったり、交通機関を操ったりできるのかな」

自分の心拍数が上がるのを感じた。シンラたちの事故が頭に蘇《よみが》えったからだ。あれはアギが僕を助けようと車の制御権を奪取していた。まさしく、今道庭《みちば》さんが言った通りの事態が起きたと言えるだろう。

「ごめんごめん、そんな顔しないで。仕事柄、どうしても技術の悪用法を考えちゃうからさ」

道庭《みちば》さんはとんと僕の肩を叩《たた》いた。

「勉強頑張って。それじゃ」

手をひらひらと振りながら、道庭《みちば》さんは歩いていった。その背中を見送ったあと、ふと僕の中に疑問が浮かんだ。

（……あの人、なんでこんなところにいたんだ）

警察の人がわざわざ大学構内をうろつく意味があるのだろうか。僕は少し考えたものの結論が出ず、もやもやした気持ちを抱えたままエレベーターに向かった。

セミナー室に入ると、一本木《いっぽんぎ》が裸足《はだし》をテーブルの上に投げ出し、備え付けのテレビでアニメを見ていた。

「研究室の人たちに見られたら怒られるぞ」

「教授たちは学生実習の監督で出払っている。今から昼過ぎまでこの研究室には誰もいない、つまり何をしても良いということだ」

一本木《いっぽんぎ》はフフンと得意げに鼻を鳴らした。

「そう言えば、道庭《みちば》という刑事を知っているか」

僕は目を丸くした。

「知り合いの刑事さんだけど……なんで一本木《いっぽんぎ》が知ってるの」

「先ほど下で声をかけられた。警察手帳というものを初めて見たぞ」

ひょっとして道庭《みちば》さんは僕だけではなく、この建物に出入りする人間に順番に声をかけていたのだろうか。だが、なんのために。

「何かあったのかと聞いたが、適当にごまかされてしまった。つまらんものだな」

「どんなことを訊《き》かれたの」

「世間話としか思えんものもいくつかあったな。どんな研究をしているのか、いつ頃からやっているのか……」

一本木《いっぽんぎ》が思い出したように付け加えた。

「ああ、それから一つ、妙な質問をされた」

「妙な質問？」

「一ヶ月ほど前に現れ、そして瞬《またた》く間に消えたブイチューバー〝アギ〟を知っているか、とな」

一本木《いっぽんぎ》が僕に顔を向ける。僕は首をかしげた。

「……なんで警察の人がアギを気にしてるわけ？」

「同じことを思ったが、俺にも答えは分からん」

一本木《いっぽんぎ》はテレビ画面に目を戻す。しかし次の瞬間、ブチッと耳障《みみざわ》りな音がしたあとに映像がストップした。一本木《いっぽんぎ》は派手な舌打ちをした。

「またか。ここ最近ＰＣの調子が悪いな」

「最近？　何度か同じようなことがあったの？」

「ああ」

一本木《いっぽんぎ》はテレビに繋《つな》いでいたノートパソコンをいじり始めた。ブツブツ言いながらしばらくキーボードを叩《たた》いたあと、一本木《いっぽんぎ》は「む」と声を上げた。

「メモリの稼働率《かどうりつ》がなんでこんなに高い？　エロゲーを入れ過ぎたか……？」

苦闘している様子の一本木《いっぽんぎ》を横目に、僕は自分のノートパソコンを開いた。

そろそろ休み明けの試験が近づいてくる時期で、大学の図書館は勉強する学生で埋まっていた。僕もその中に混じって夜まで勉強していたが、閉館時間も近づいてきたのでそろそろ帰るかと腰を上げる。図書館を出ると、冬夜のキンキンに冷えた空気が服の隙間から滑り込んできた。

長い間椅子に座って勉強していると体がバキバキに固まる。体をほぐしがてらたまには遠回りして帰ってみようか、と僕はいつもとは違うルートで帰宅することにした。

波場都《はばと》大から西に向かうこと数分、日本最大の野球場やショッピングモール併設のレジャー施設などがある区域がある。駅の近くは人であふれていたので、僕は自転車を押しながらゆっくりと道を歩いた。

駅近くの公園で、僕はふと足を止める。近くにはショッピングモールとそれにともなうレジャー施設が見えていて、ライトアップされた建物や道路が星のように瞬《またた》いている。周囲を見回すと手を繋《つな》いでイチャイチャしているカップルばかりで、僕は居心地の悪い思いをした。

「あれ、あの人一人じゃん、ウケる」

すれ違ったカップルがクスクスと僕を見て笑う。別に笑われる筋合いはないと僕は口をへの字にする。

きらきら光る建物を眺めながら自転車を押していると、胸ポケットのスマホからアギが話しかけてきた。

『マスター。アギは質問があります。なぜ、人間の若者は恋人を欲するのですか』

アギの質問に、僕はしばし黙り込んだ。この歳になると周囲にはそれなりに男女交際を経験する者もいるが、なんでそんなことをするのかについては深く考えたこともなかった。

「アレじゃないかな。結婚して子孫を残すのは人間の本能だから的な」

『しかし統計によると大学生カップルのうち結婚に至るのはごく少数であり、残りは破局を迎えるとのデータがあります。これはつまり、若者の恋愛は無意味ということになりませんか』

そう言われるとなかなか反論もしづらい。僕はしばらく歩いたあと、横断歩道の前で信号を待ちながら言った。

「無駄かもしれないけど……無意味ではないんじゃないかな」

『処理不能《エラー》。より詳しい説明をお願いします』

「別に結婚することがゴールとは限らない。誰かと一緒に時間を過ごすのが楽しいとか嬉《うれ》しいとか、それだけで価値があると思うよ」

彼女ができたこともない僕が言うのも変な話だな、と僕は苦笑いする。

『先ほど、マスターを一人だと言った男女がいました。アギは彼らは間違っていると考えます』

僕は目を瞬《またた》かせた。アギは続けた。

『アギはマスターと一緒にいます。マスターは一人ではありません』

いつも通りの淡々とした口調。だがなんとなく、僕はアギが微笑《ほほえ》んでいるような気がした。

僕は気恥ずかしくなり、

「あ、うん。ありがとう」

と小さな声で返事を返した。

信号が青になる。歩みを進めながら、僕は物思いにふける。

（一緒にいる、か）

まるで彼女みたいな物言いだなと肩をすくめたあと、僕はふと考え込んだ。

（そもそも……アギは僕にとってなんなんだ）

研究室に行き始めた時は、アギは単なる実験材料だった。強いＡＩの創出という目標のために生み出された、無指向の学習《アンオリエンテッド・ラーニング》という唯一無二の特徴を備えたプログラム。

だが今の僕にとって、アギはただの研究対象ではない。友達のような、妹のような、娘のような、あるいは――。

周囲を歩くカップルを見ながら、僕はなんの気なしに想像した。もしアギが現実の世界に生きていて、僕の隣を歩いていたとしたら。一緒に買い物をしたり、映画を見たり、ご飯を食べたりできたら。

顔と指先がぽかぽかと暖かくなるのが分かった。僕は慌てて首を振り、頭に浮かんだ想像を打ち消した。自分が何かとんでもない領域に足を踏み込みそうになっている気がして、僕は妄念を振り払うように足を速める。だが思考はいつまでもぐるぐると頭を回り続けた。

（アギは……僕にとって、なんなんだ？）

家に帰り、ベッドに腰掛けながら冷蔵庫に溜《た》め込《こ》んだミルクコーヒーを飲んで一服する。そろそろシャワーを浴びようかと考えていると、

『マスター。アギは質問があります』

手に持ったスマホの画面にアギが表示される。今日はいつもより質問が多いな、と僕は思う。ここ最近のアギは日増しに感情が複雑化している。その表れかもしれない。僕は答えた。

「どうしたの」

『マスターはアギの質問に対して怒りませんか』

まさか、と僕は笑う。

「気兼ねなく訊《き》いていいよ。なんでも答える」

『分かりました。最近マスターのアダルトサイト閲覧時間が減っていることをアギは不思議に思うのですが、これは何か理由があるのですか』

「ごめん前言撤回していいかな」

僕は冷や汗を流しながら言った。アギはそのまま畳み掛けてくる。

『昨年十二月上旬の時点で、マスターのアダルトサイト閲覧時間は一日あたり五十分前後が最頻値でした。ですが直近一週間においてはアダルトサイト閲覧時間は激減しており、全く閲覧しない日も珍しくありません。代わりになぜかマスターは机三段目の引き出しの開閉回数が激

増しており』

「そんなに詳細に分析しないでください、お願いします」

スマホに土下座しかねない勢いで僕はアギに言った。僕はそそくさとスマホを本の間に挟んでシャワー室に向かった。

「だって、なんだかなあ」

言い訳するように独りごちる。脱衣所で歯を磨きながら、僕はじっと考え込んだ。

川嶋《かわしま》さんも言っていたが、今の僕はある意味、アギという年頃の女の子と同居しているようなものだ。しかもアギは僕のインターネット閲覧歴を完全に把握してしまっている。そんな状況で堂々とエロサイトを見るなんて真似《まね》は、無神経を通り越して変態の所業と言えるだろう。

――アギはマスターのことを愛しています。

川嶋《かわしま》さんの前でアギが言い放ったことを思い出す。脱衣所の鏡に映った僕の顔がさっと赤くなり、

「いやいや！　いやいやいやいやいや！　なに照れてるんだ僕は⁉」

ブンブンと首を振る。普通の女の子に告白されたならともかく、アギはあくまでプログラムだ。画面の中にしか生きていない女の子に告白されたところで、体を持って現実に生きている僕には手に余る話だ。

何気なく僕は想像する。もし、アギがこの現実世界に生きていたら。川嶋《かわしま》さんやアリア教授

のように生身の肉体を持ったアギが、それでも僕を好きだと言ったら、僕はなんて答えるのだろうか――。

「いやいやいや……いーやいやいや……」

急にどっと疲れた気がする。僕はのろのろと服を脱ぎ、シャワーを浴びに向かった。


「なんだ、お前アギに惚《ほ》れたのか」

翌日、僕はセミナー室で一本木《いっぽんぎ》にアギのことを相談していた。最近アギとの関係性に悩んでいると僕が諸々《もろもろ》の事情を含めて打ち明けると、一本木《いっぽんぎ》はそれがどうしたと言わんばかりの口ぶりで僕を見返した。

僕は一本木《いっぽんぎ》に顔を寄せる。

「話聞いてたのか？　なんでそういう話になる」

「そういう話でしかないだろうが。お前こそなぜ己の劣情を認めない」

「劣情とか言うな。だって……アギはＡＩだぞ」

「問題あるまい。俺が知る限りＡＩとの恋愛を禁じた法律などは存在しないがな」

一本木《いっぽんぎ》はフンと鼻を鳴らした。

「俺に言わせれば、お前の悩みは些細《ささい》なことだ。別に恋愛は三次元の女としなくてはならないなどという決まりはない、世の中にはアニメキャラを生涯の伴侶と誓った猛者《もさ》とているのだ」

一本木《いっぽんぎ》はなぜか得意気な顔をして、自分のアニメキャラTシャツをくいと親指で示した。

ちなみに今僕はスマホの電源を一時的に切っており、この会話はアギの耳には入っていない。僕はぽりぽりとほおをかいた。

「本当によく分からないんだよ。別に僕はアギと恋人になって何かしたいと思ってるわけじゃない、と思う。ただ……」

「なんだ」

「……昨日からアギとの関係を考えてて思ったんだ。アギはいつも僕のために色々してくれてるけど、僕はアギに何をしてあげてるんだろう、って」

もしアギが弱いＡＩだったら、わざわざこんなことを考えはしなかっただろう。だがアギは意思を持っていて、一人の人間として接するべき相手だ。

「アギは僕のために尽くすことが生き甲斐《いがい》だって言ってた。もともとアギはそういう風に作られたからだ。でもそんなの変だろ。アギはもっと、自分のために人生を使うべきだ。アギにとって楽しいことを探してあげたいんだよ」

一本木《いっぽんぎ》は少しだけ目を丸くしたあと、肩をすくめた。

「律儀《りちぎ》な男だ」

「なんだよ」

「別に茶化していない。褒めているのだ」

一本木《いっぽんぎ》は椅子に腰かけ直した。

「そういうことなら俺も協力してやらんこともない。そうだな……時間はたっぷりある。まずはゆっくり考えてみたらどうだ」

一本木《いっぽんぎ》は小さく笑った。僕は「ありがとう」と言い残し、いったんセミナー室を出た。スマホの電源を入れようとするが、

「あれ、川嶋《かわしま》さん。何やってんの」

廊下の前で立ち尽くす川嶋《かわしま》さんを見て、思わず声をかけた。川嶋《かわしま》さんは見ているこちらが驚くほどの勢いで後ずさった。

「あ、あら西機《にしき》くん！　おおおおおはよう！」

「あ、うん。おはよう」

「私今朝はパンにバターを塗ろうとしたんだけど急にマーマレードの気分になっちゃってコンビニに行ったらお正月の残りのおせちが置いてあっておせち料理といえばカマボコが私好きなんだけど」

異様に動転した様子の川嶋《かわしま》さん。

「川嶋《かわしま》さん、よく分からないけどちょっと落ち着いたら」

「落ち着いてるよ？　さあ研究室に行かなきゃ、未処理のデータが私を待ってる」

川嶋《かわしま》さんはカクカクとした動きで廊下を歩いていった。右手と右足を一緒に出した川嶋《かわしま》さん

は、ある時ぴたりと静止した。

「西機《にしき》くんさ。……アギのこと、好きなの」

僕は目をぱちくりさせたあと、バツの悪い思いで言った。

「聞いてたのか」

川嶋《かわしま》さんは返事をしなかった。つまり肯定ということだ。

「そりゃずっと一緒にいるし、愛着みたいなものはあるんだけど。それがどういう種類の〝好き〟なのかは、僕にもよく分からないんだ」

正直な気持ちを打ち明ける。しばらくして、川嶋《かわしま》さんはくるりとこちらに振り向いた。

「あの、さ。西機《にしき》くんはもっと身近な人に目を向けるべきだと思う」

川嶋《かわしま》さんはわずかに顔を赤くしながら言った。

「アギは確かに強いＡＩだけど、現実にいるわけじゃないし。料理を作ってくれることも、手を繋《つな》いだりすることもできないんだよ」

それより、と川嶋《かわしま》さんは続けた。

「ほら、例えば同じ大学で西機《にしき》くんのことをよく知ってて、顔は……普通だけどスタイルも悪くなくて割と尽くすタイプの西機《にしき》くんを好きな人とか、いるかもしれないよ？」

「なに言ってるんだよ川嶋《かわしま》さん、さすがにそんな都合のいい人がいるわけないじゃないか。一《いっ》
本木《ぽんぎ》のエロゲーじゃないんだから」

川嶋《かわしま》さんは飛び切り酸《す》っぱい梅干しを食べた直後みたいな顔をした。

「私さ、西機《にしき》くんは女の子に興味ないんじゃないかって、ずっと思ってたんだよ」

唐突な川嶋《かわしま》さんの言葉。

「世の中に女性はたくさんいる。なんでよりによってアギなの」

僕は答えあぐねて黙り込んだ。川嶋《かわしま》さんは唇を引き結んだあと、

「アギは所詮ただのプログラムじゃない。そんなのを好きになるなんておかしいよ」

強い口調でそう言った。静かな廊下に、川嶋《かわしま》さんの声が響き渡る。

なんと返事をすればいいのか分からなくなる僕。川嶋《かわしま》さんは苦しそうに顔をゆがめ、

「……ごめん。最低なこと言った」

踵《きびす》を返し、逃げるようにセミナー室に駆け込んでいった。僕はしばらく廊下に立ち尽くして、
それからエレベーターホールに向かった。スマホの電源は、入れなかった。

翌日研究室に行くと、セミナー室のパソコンをにらみつける川嶋《かわしま》さんに出くわした。

「おはよう、川嶋《かわしま》さん」

「……おはよう」

昨日のこともあり僕は少し緊張しつつ挨拶をした。川嶋《かわしま》さんは低い声で挨拶を返したきり、
また画面に目を戻してしまった。画面をにらみながら、川嶋《かわしま》さんは何やらブツブツつぶやいて

いる。どうしたんだろうと思いながら僕はリュックサックを床に置いた。と、

「西機《にしき》くん。ちょっとこっち来て」

「どうしたの？」

「いいから」

川嶋《かわしま》さんに呼びつけられる。僕が横に座ると、川嶋《かわしま》さんはちらりと僕を横目で見たあと、パソコンの画面に目を戻した。

「最近、研究室のパソコンの調子が悪かったの。一台だけの話じゃなくて、全体的にね。データ処理ができなくて困るから原因を調べてたんだけど」

そうなんだ、と僕は曖昧《あいまい》に頷《うなず》く。川嶋《かわしま》さんは軽く息を吸い込んだ。

「結論から言うと……研究室の回線、外部から侵入されてた。やたら動作が重かったのはそのせい」

僕は耳を疑った。思わず声をひそめる。

「……それってまずいんじゃないの」

「まずいなんてものじゃない。研究室のデータが流出したら大問題よ。特にここは企業からの出資も多いからね」

「誰がやったかは分かってるのか」

川嶋《かわしま》さんは軽く額を押さえ、ふうと息をついた。

「どこからアクセスしてきてるかはだいたい割り出せた。でも……」

要領を得ない返事だった。続きをうながすと、川嶋《かわしま》さんは言葉を選ぶようにゆっくりと喋《しゃべ》った。

「アメリカ、イギリス、フランス、ドイツ、インド、シンガポール……合計二十三の国のサーバーを経由してたの」

「えっと、どういうこと」

「別人が同時にうちの研究室にクラッキングをしかけてきたとは考えにくい。誰かが世界各国を経由してまで、ここのサーバーに入り込んできてるってわけ。ただ、納得できないこともある」

「納得できないことって？」

「西機《にしき》くんがもし犯罪者だったとして、だれかのサーバーに入り込む目的はなに？」

突然の質問に僕は面食らった。

「んー……。銀行口座やクレジットカードの情報を盗みたいとか、企業秘密をのぞいてみたいとか」

「そう。クラッキングっていうのは相手の情報を盗むことを目的として行われるものよ。でも今回うちの研究室にかけられたクラッキングは、情報が盗まれていないの。それどころか、世界各国から大量の情報が流れ込んできてる」

「なにそれ。どういうこと？」

「分からない。情報を与えることを目的としたクラッキングなんて、聞いたことがないもの」

川嶋《かわしま》さんがパソコンを操作する。画面にいくつかのウィンドウが表示された。

「今、ここの研究室からは世界各国の機密保持用サーバーにアクセスできてしまっている。CIAにFBI、ロシア大統領府、中国公安部《MPS》……どう考えても一般人が閲覧できちゃいけないはずのモノまで丸見えよ、私たち」

「な、何が書いてあったんだ」

「見るわけないでしょ、あとでとんでもないことになるわよ」

川嶋《かわしま》さんがかぶりを振った。

「まとめると、どこかの誰かがわざわざ世界各国のアブないサーバーに侵入して、片っ端からここの研究室にホットラインを引いてくれちゃったってわけ」

「なんのために？」

「見当つかない」

川嶋《かわしま》さんは眉根を寄せた。

「最初に教授が気づいて、それからもう大慌て。向こうだってサーバーに入られたことに気づいてないとは思えないし、下手したら国際問題よ。あんな怖い顔した教授、初めて見た」

パソコンに向き直り、難しい顔でキーボードを叩《たた》き始《はじ》める川嶋《かわしま》さん。

「私はもう少し原因を調べてみる。西機《にしき》くんも、何か気づいたことがあったら教えて。特に……」

川嶋《かわしま》さんは少し間を置いて、「なんでもない」と言って首を振った。僕は曖昧に頷《うなず》いてセミナー室をあとにした。

(……なんだ。何が起きてる?)

大学近くをうろついている道庭《みちば》さん。フローレス研究室への一斉クラッキング。まるで理解のできない出来事が、次々に僕の身の周りで起きている。

僕はそっと胸ポケットのスマホに指を触れた。先ほど何かを言いかけた川嶋《かわしま》さんの視線は、一瞬だけ僕のスマホに向いていた。

『マスター。どうかしましたか』

「……いや。なんでもない」

嫌な予感がしていた。得体の知れない焦燥感を抱えて、僕は大学のキャンパスを歩いた。

夜になり、レポートを切り上げて図書館の外に出た僕は、アインシュタイン三号を漕《こ》ぎながら近所のスーパーへと向かった。だがその途中、僕は妙な光景に出くわした。今や街中で見かけることも少なくなったボックス型の緑色の公衆電話機に、長蛇の列ができているのだ。なんだこれと思いながら横を通ると、すれ違ったOLたちの声が耳に入ってきた。

「最悪なんだけど、ライン繋《つな》がらなーい」

「っていうか、スマホの調子悪くない？　電波全然来ないんだけど」

「あのさ、公衆電話ってどうやって使うんだっけ……？」

彼女たちの会話を聞いて、思わず僕は自転車を漕《こ》ぐ足を止めた。

（電話が繋《つな》がらない？）

公衆電話に並んだ人たちは、ときどきスマホを取り出しては苛立《いらだ》った様子で耳に当てていた。

だがその後の反応は誰も一緒で、一様に首を振ってスマホをしまうばかりだった。

道の先に目を向けた僕は、道路に面した携帯電話会社の販売店前に人が集まっていることに気づいた。オレンジ色の制服を着た店員さんが、数人のお客さんに囲まれてあたふたとしている。

店先には見知った男が立っていた。

「一本木《いっぽんぎ》？」

「む、西機《にしき》か」

「何やってんの、こんなところで」

一本木《いっぽんぎ》は肩をすくめた。

「どうも電波の調子が悪くてな。最初は俺の端末の問題かと思ったが、調べてみるとどうもそもそも回線がおかしい。電話会社に話を聞きに来たはいいものの、ご覧のザマだ」

一本木《いっぽんぎ》は背後の人だかりをアゴで示した。店員さんに向かって数人の客が詰め寄っている。

「早くなんとかしてくれよ、これじゃ仕事もできないじゃないか」

「申し訳ありません、現在対応中でして……」

見ていて気の毒なほどに、店員さんは平身低頭してペコペコ頭を下げている。試しに僕はネットで『電波障害　原因』と調べてみたが、

「……なるほど。全然繋《つな》がらないね」

いつまで経ってもページが更新される様子はない。どうやら無線回線が使い物にならなくなっているようだ。

「俺の使っている会社だけでなく、全ての電話会社の回線がおかしくなっているらしい。原因は見当もついていないようだがな。……フン、今日は大人しく帰ってアニメでも見ることにしよう」

一本木《いっぽんぎ》は鼻を鳴らし、スタスタとその場を去っていった。僕はその背中を見送ったあと、なんだか気味の悪い思いを抱えて、再び自転車のペダルを踏んだ。買い物をする気も失せてしまい、僕はそのまま自宅へ向かった。

アパートに着くと、外付けの階段に座り込んでビールを飲んでいる新城《しんじょう》さんが目に入った。相変わらず乾燥させすぎたワカメみたいな色のジャージを着ている。新城《しんじょう》さんは僕を見て「お」と声を上げた。

「守《まもる》じゃんか。どーした、シケたツラして」

「……いや。なんでもない」

「んだよ、もったいぶりやがって」

「新城《しんじょう》さんこそ、こんなところでどうしたの」

「行きつけのパチンコ屋が急に本日は閉店ですとか言い出してよォ、やることなくなっちった」

新城《しんじょう》さんは新しい缶ビールのプルトップを引いた。カシュッと小気味《こきみ》好《よ》い音が響く。

「守《まもる》、お前ヒマか？　あたしの部屋で麻雀《マージャン》しようぜ、もちろん金賭けて」

「いいよ。そういう気分じゃないんだ。麻雀《マージャン》のルール知らないし」

「お前大学生だろ、麻雀《マージャン》やったことないの？　お前大学で何やってんだ？」

「あんた大学生をなんだと思ってるんだ」

僕は新城《しんじょう》さんの横を通って、カンカンと古びた階段を昇っていく。「守《まもる》」と階段の下から新《しん》城《じょう》さんが声を投げてくる。

「今日、警察がここに来てたぜ。でっかい姉ちゃんで、お前のことを聞かれたよ」

心臓が跳ねた。階段を昇る足が止まる。

（……道庭《みちば》さん）

ここにも来ていたのか。僕は平静を装《よそお》って質問した。

「どんな質問されたの」

「お前がいつ頃からここに住んでるかとか、最近なにか気づいたことはないかとか、変な質問ばっかりだったよ。適当に答えといたけどさ」

「……そう、なんだ」

僕は曖昧に頷《うなず》き、再び階段に足をかけた。だが、

「──お前、何かヤバいことに首突っ込んでないだろうな」

新城《しんじょう》さんの、聞いたこともないくらい鋭い声。僕は思わず振り返った。新城《しんじょう》さんは階段の下から、じっと僕の顔を見ていた。僕は首を横に振った。

「まさか。僕にそんな度胸ないよ」

新城《しんじょう》さんはしばらく黙り込んだあと、「そっか」と言って顔を背けた。再びビールをあおり始めた彼女を横目に、僕は自室の扉に手をかけた。


翌朝、僕は手持ち無沙汰にネットサーフィンをしていた。昨日の通信障害はどうやら都内のみならず全国的に発生していたようで、トップニュースになってあちこちで話題になっていた。新しいホームページを見てみようかと思ったが、あまりに表示が遅いのでしびれを切らしてしまった。僕はパソコンから目を離してベッドの上に倒れ込んだ。もやし炒《いた》めでも作ろうかと考えていると、僕のスマホが突然震え出した。画面を見ると、「川嶋里緒《かわしまりお》」の表示。

『もしもし。西機《にしき》くん？』

通話に応じると、聞き慣れた声がした。どこか焦《あせ》りの混じった声音で、どうしたんだろうと僕は身を起こす。

「どうしたの、川嶋《かわしま》さん」

『テレビ見て。今すぐ』

「テレビ？　なんで？」

『いいから』

有無を言わせぬ口調。なんなんだと思いつつ、僕はノートパソコンを開いてテレビ表示に切り替えた。目に飛び込んできたものを見て、僕は思わず「え」と声を漏らした。

僕が見ていたのはニュース番組で、画面右上には「緊急放送」の文字が小さく映っている。ニュースキャスターの男性が、淡々とした口調で言った。

『昨日から発生した大規模な通信障害は、一夜明けても復旧の見込みは立っていないとのことです。電話やメールを使えず、市民からは不安の声が寄せられています』

画面が切り替わり、街角でインタビューをする記者の様子が映された。

「まだ復旧してないんだ。やけに遅いね」

『遅すぎるわ。ここまできたら、もはや事故というより災害よ』

川嶋《かわしま》さんがそう言ったところで、僕はふと重大な違和感に気づいた。

「あれ。……なんで僕と川嶋《かわしま》さんは電話できてるんだ」

テレビではインタビューを受けたオバチャンが「電話も使えないのよ、旦那と連絡取れなくて困ってるわ」と盛んにまくし立てている。それに、昨日も公衆電話に長蛇の列ができているのを僕は目撃したばかりだ。

『西機《にしき》くん。……昨日の話、覚えてる？　私たちの研究室に、全世界の情報が流れ込んできてるって話』

「あ、ああ。もちろん」

『それと同じ。今、各電話会社の回線は片っ端から機能不全に陥ってるけど、フローレス研究室に通じる回線だけは生きてるのよ』

「……は？」

川嶋《かわしま》さんの言っていることが分からず、僕は間の抜けた声を出した。川嶋《かわしま》さんは頓着せず言葉を続ける。

『さっき教授から連絡があった。西機《にしき》くん、至急研究室に来て。いい？』

「待ってくれ、いきなりそう言われたって意味が」

『いいから来て。これは私たちの――いいえ、あなたとアギの問題なんだから』

そこで通話は途切れた。ツー、ツー、と電子音がスマホから響く。僕はスマホに表示された「通話終了」の文字を見ながら、川嶋《かわしま》さんが最後に言った言葉を思い出した。

（僕とアギの問題……って、どういうことだよ？）

わけが分からなかった。しばらくして、僕は出かける支度を整え始めた。

家の外に出ると、早朝の冷えた空気が肌を刺した。アインシュタイン三号にまたがり、大学へ向かう。だが最寄り駅の近くを通り過ぎるとき、僕はどこか様子がおかしいことに気づいた。

普段ならこの時間は仕事に向かうサラリーマンやら制服を着た学生やらがぞろぞろと最寄り駅に向かっているのだが、今は駅の周りに人だかりができていた。どうしたんだろうと僕は一度自転車を降りて人だかりに近づいていく。

「えー、現在銀座線《ぎんざせん》は全線で運転を見合わせております。再開のめどは立っておりません。皆様にはご迷惑をおかけしますが……」

駅員さんのアナウンスが聞こえる。僕は目を丸くした。

(人身事故でもあったのかな。いやでも、全線運転見合わせって相当だぞ)

人だかりの中からおじさんが一人進み出て、駅員さんに慌てた様子で言った。

「勘弁してくれ、他の路線も全部止まってるらしいじゃないか。どうやって職場に行けばいいんだ？」

周囲の人たちもそうだそうだと同調する。矢面に立たされた駅員さんは申し訳なさそうに頭を下げた。

「全線見合わせって……アギ、現在の鉄道状況は？」

『検索《サーチ》。首都圏の鉄道路線は合計八十六個存在しますが、いずれも運行していません』

「電車が全部止まってるってこと？」

『肯定します』

僕は信じられない思いで各鉄道会社のホームページを確認しようとした。だが何度アクセスしようとしてもエラーが返ってくるばかりで一向にページを読み込めない。サイト自体が完全に落ちているようだった。

人だかりから誰かが怒鳴り声をあげた。

「どうなってんだよ、なんでこんなことになってんだ!? 納得のいく説明をしてくれ！」

「申し訳ありません、鉄道の運行システムに大規模な障害が起きているとの連絡を受けていますが、詳細な原因は不明でして……」

駅員さんはペコペコと頭を下げている。僕は殺気立った人々に目を向け、駅を離れた。

（通信障害。交通機関の麻痺《まひ》。……何か関係あるのか？　でも、どういう……）

頭の中で答えの出ない思考をもてあそびながら、僕は大学に向かった。

大学構内に着き、駐輪場にアインシュタイン三号を停めて僕は研究棟へと足を向ける。だがキャンパスを歩いていると、ふと後ろから声をかけられた。

「おーい、西機《にしき》くーん」

振り向くと、トレンチコートを着た大柄な女性が立っていた。道庭《みちば》さんだ。僕よりも高い背を丸めて、道庭《みちば》さんは軽く手を振った。

「なんの用ですか」

一本木《いっぽんぎ》や新城《しんじょう》さんの言葉——道庭《みちば》さんが僕のことを調べて回っているという話を思い出し、僕は身を固くする。

「良い天気だねぇ」

道庭《みちば》さんは頭上の晴天を見上げる。

「私さ、天気予報を見るの、嫌いじゃないんだよね」

「……はあ、そうなんですか」

「なんだよ、反応薄いなあ。それじゃ合コン盛り上がんないよ？」

道庭《みちば》さんは薄く笑った。

「私たちが晩ごはんを食べながら流し見るあの番組さ、裏では膨大な量の計算をするらしいね。風速とか雲の位置はもちろん、地形や太陽からの熱照射、エアロゾルやオゾンの動き、いろんなものを考えるんだって。その結果、あれほど高精度の予測ができるようになったわけだ」

「詳しいですね」

「前に気象予報士と合コンしたことがあるんだよ」

道庭《みちば》さんは肩をすくめた。

「君たちが生まれるより前……私が子どものころ、天気予報なんてまったく信用されてなかった。私がまだ小学生のとき、天気予報が外れて雨が降って、傘を持ってなくてさ。あとでそのことを親に言ったら、『天気予報なんかアテにするお前が悪い』って怒られたよ」

道庭《みちば》さんはとりとめのない話を続ける。言い知れない不気味さを感じて、僕は一歩後ずさった。

「昔は携帯電話もインターネットもなかった。今じゃ誰でも地球の裏側にいる人とコミュニケーションが取れる。私が子どものころはこんな世の中になるとは思ってもみなかったし、きっと五十年後の世界は想像もつかないような景色が広がってるんだろうね。便利な世の中になったよ、本当に」

道庭《みちば》さんはいったん言葉を切り、空を見上げた。

「ただ、技術が発達すると、いつの世の中もそれを悪用しようとするやつが出てくる。私は本署のサイバー対策課と一緒に仕事をすることがあるんだけどさ、勘弁してほしいよ。よくもまあこんなことを考えるもんだと言いたくなるような犯罪が、次から次へと舞い込んでくるんだ」

道庭《みちば》さんが僕を見る。僕はごくりと唾を飲み込んだ。

「この前からある事件を捜査していてね。世界中のあちこちで、かつてない規模のクラッキングが行われている。各国の警察が血眼で犯人を探しているけど、どうも厄介な相手みたいで、なかなかメドが立たなかった。けれど、日本のとある区域に向けての情報転送量がここ数日で莫大《ばくだい》な量に跳ね上がっていることが偶然にも分かったんだ」

「とある、区域？」

「波場都《はばと》大学だよ」

川嶋《かわしま》さんの言っていたことが脳裏に蘇《よみが》えった。今、僕たちの研究室に、世界中の情報が流れ込んできていると。

「さらに、昨日から日本中で発生している大規模な通信障害。これについても、波場都《はばと》大学とそこを中心とした一部のネットワークだけが特異的に保護され、回線が生き残ってる。これじゃ誰が見ても、波場都《はばと》大学で何かが起きてるのは明白ってわけ」

道庭《みちば》さんは続けて言った。

「西機《にしき》くん。君は優秀な若者だよね。他人のサーバーをのぞき見ることも、その情報を抜き取ってくることも、できるんじゃないのかな」

「……何が、言いたいんですか」

僕はからからになった喉から、やっとの思いで声を出した。

すっと道庭《みちば》さんの顔から笑みが引き、真顔になった。ぞっとするような恐ろしい表情だった。

「西機守《にしきまもる》くん。世界中で報告されている一連のハッキング事件の重要参考人として、君に出頭要請が出ている。ついてきて」

しばらくのあいだ、僕はじっと目の前の女性をにらんでいた。

「……僕を、疑ってるんですか。どうかしてる」

道庭《みちば》さんは目を細めた。

「ここ数週間の通信記録を解析した結果、ハッキングは日本の波場都《はばと》大学から行われていることが分かった。抜き取られたデータは君のスマホを経由していることもね。そのほかにもいくつも証拠は上がってる。率直に言って、君を疑うなという方が無理な状況だ」

道庭《みちば》さんが一歩僕に歩み寄る。僕はじりじりと後ろに下がった。

視界の端で何かが動いた。見ると、どこに隠れていたのか、体格の良い男たちが僕ににじり寄ってきていた。合計で五人いる。僕はいつの間にか囲まれていた。

「乗って」

道庭《みちば》さんが近くに停めてあった車を手で示す。僕はからからになった口から、裏返った声を出した。

「何かの間違いだ。僕は何もしてない」

「それをこれから私たちが調べる」

道庭《みちば》さんはにべもない口調で言った。僕は半ば押し込められるようにして、車へと乗り込んだ。

狭い車内には沈黙が満ちていた。僕は後部座席で、屈強な男二人に挟まれるように座らされている。助手席の道庭《みちば》さんは、ぼんやりとした様子で窓の外を眺めていた。

頭の中では疑問符が渦巻いている。どうして僕がこんな目に遭っているのか。そもそも道庭《みちば》さんたちの言う世界規模のクラッキング事件は、誰が引き起こしたものなのか。

「質問しても、いいですか」

「どうぞ」

道庭《みちば》さんは短く答えた。

「僕はどこに連れて行かれるんですか」

「警視庁。東京警察の本部だね」

「僕は何もやってない」

「君なら、その言葉がどれほど無意味かは理解できそうなものだけどね」

道庭《みちば》さんは淡々とした口ぶりで言った。

窓ガラスの外を見る。見慣れない風景が広がっていて、ここがどこなのかも見当がつかない。

通り過ぎたコンビニの軒下では、数人の男女が困った顔をしてスマホをいじっている。中には疲れた様子で座り込んでいる者もいた。同じような光景が何度も繰り返されていて、僕は首をかしげる。

「何やってるんですか、あの人たち」

「公共交通機関が麻痺《まひ》しているからね、移動手段がなくて途方に暮れてるんでしょ」

「……そう、なんですか」

気の毒だと思う。しかし、今の僕に同情している余裕はないのも事実だった。

それからしばらく、僕は黙って窓の外の風景を眺めていた。車窓に映る光景は次第に移り変わっていく。見覚えのあるアニメやゲームの広告が並んだ街並みを見て、ここは秋葉原《あきはばら》のあたりだなと思った。

以前一本木《いっぽんぎ》に連れられて、この辺りまで来たことがあった。僕はぼんやりと昔のことを思い出す。ややあって、道庭《みちば》さんが低い声で言った。

「……渋滞か。こんな時に」

周囲を見回すと、車が何台も並んでいて動く気配がない。道庭《みちば》さんはチッと舌打ちをした。

そのまましばらく、無為な時間が流れた。ミミズが這《は》うくらいのスピードでしか車列は動かず、時計の針だけがどんどん回っていく。

「進みませんね」

運転席の男性がぽつりと言った。居並ぶ車の数は一向に減らず、というよりどんどん増えていて、完全に車道を埋め尽くしていた。

妙に思って外の様子を観察してみると、渋滞の理由が分かった。信号機が動いていないのだ。屹立《きつりつ》する鉄の棒に成り下がった信号機の横を、人々がゆっくりと歩いている。歩道からあふれ出した人たちが、車道に満ちた車の間を縫うようにして進んでいる。これでは車を進めることなんてできないだろう。

「降りよう」

道庭《みちば》さんが言った。同乗する男たちが彼女へと振り返る。道庭《みちば》さんはコートの前ボタンを留めながら、

「こんな状態じゃ、本庁に着くまでに日が暮れる。歩いた方がマシだ」

僕は道庭《みちば》さんにうながされ、もそもそと車を降りた。

外に出ると、冷えた空気が肺の奥まで流れ込んだ。周りを見回すと、いつまでも解消されない渋滞に対して他の人たちもしびれを切らし始めたようで、あちこちで車のドアが開く音がした。

人混みに紛れて道を行く。両脇を屈強な男二人に挟まれ、僕はのろのろと歩いた。

以前訪れたときはチラシを配るメイドさんやオタクグッズを携えた若者たちで賑《にぎ》わっていたが、今は見渡す限りの疲れた顔をした人たちが無言で歩いている。異様な光景だった。

(……なんでこんなことになった？)

ふと今朝の川嶋《かわしま》さんからの電話を思い出した。

——これは、あなたとアギの問題なんだから。

あの言葉の真意はいまだに僕にはつかめない。だが一つ、考えざるをえないことがあった。

(やっぱり、アギが関わってるのか)

交通網の麻痺《まひ》、大規模な通信障害、そして波場都《はばと》大学を基点とした世界規模のクラッキング。

アギの力が無関係とは思えない。

　小さく唇を噛《か》む。自分がどう行動すればいいのか、まるで見当がつかなかった。今からでも、アギのことを道庭《みちば》さんたちに伝えるか。だが僕自身も、なぜこれほどの事態になってしまったのかは理解できていないのだ。説明したところで意味があるのかは疑問だ。

（――あれ。ちょっと待て）

　僕は胸ポケットに手を当てた。先ほどからアギは一言も口を聞いていないが、よく考えてみればそれは妙ではないか。何かの間違いとはいえ、僕は現にこうして警察に連れられている。僕を前代未聞《ぜんだいみもん》のサイバー犯罪者と疑っている彼らがこれから僕をどう扱うのか、おおよその察しはつく。見方によっては、警察が僕に危害を加えようとしているということだ。

　シンラの交通事故の時のように、僕が危ない目に遭いそうになるとアギは必ずなにがしかのアクションを起こす。だが今、アギは不気味に沈黙している。

　そのとき、まるで僕の心を読んだかのようなタイミングで、アギが言った。

『マスター。アギはマスターのために存在するＡＩです』

　心なしか小さな音量だった。前を歩く道庭《みちば》さん含め、周りの人が気づいた様子はない。

『マスターの願いを教えてください』

　自分の心臓の音が聞こえる。口の中がからからに乾いていた。

（――どうする？）

自問する。自分がなにか、大きな分かれ道に立っているような気がした。取り返しのつかない選択をしようとしている自覚があった。

でも。このまま道庭《みちば》さんたちに連れて行かれて、何も分からないまま悪者にされて、自分に何が起きているのかさえ分からないまま終わるのは。

それだけは、絶対に嫌だった。

「……僕は」

秋葉原に満ちる灰色の雑踏を見ながら、僕は言った。

「僕は、君に何が起きているのか、世界に何が起きているのかを知りたい。その答えはきっと、川嶋《かわしま》さんやアリア教授が知ってる。――僕を研究室に連れて行ってくれ、アギ」

アギは水晶のように透明な声で、凛烈《りんれつ》に言葉を紡《つむ》いだ。

『マスターの願いを了解しました。これよりＡＧＩ《アギ》を開始します』

次の瞬間、彗星《すいせい》が落ちたかのような地響きが辺りに響き渡った。周りの人がざわつく。だが直後、あちこちから悲鳴が上がった。

あまりの渋滞のために、道庭《みちば》さんに限らず車をいったん停めて歩くことを選択した人は数多くいる。無人となっていたはずの彼らの車が、いきなり動き出したのだ。車たちは人々を追い立てるように躍動して動いた。

「なっ……なんだこりゃあ⁉」

横に立つ警察官の男が叫んだ。車がいきなり勝手に走り出すのを見れば誰だって驚くだろう。

（……あの時と一緒だ）

僕の脳裏に浮かんだのは、シンラの交通事故のことだった。

先ほどまで死んだように静かだった街は、今や蜂の巣を突《つつ》いたような騒ぎになっている。だが僕は、人の流れに一定の向きがあることに気づいた。まるで何かから逃げるような――。

「……ん？」

最初、それを僕は何かの見間違いかと思った。だがあんな大きなものを間違えるはずもない。

道庭《みちば》さんが啞然《あぜん》とした様子で言った。

「クレーン……？」

工事現場で使うような、高さ十メートルはあろうかというクレーンだ。工事現場ではなく一般車道にクレーン車が乗り上げている様子は、何かの冗談ではないかと思わせるような非現実感があった。

クレーン車の首がぐわんと振れる。クレーンの先端部が派手に近隣の建物の窓ガラスをブチ割った。逃げ惑う人々はなおさら焦《あせ》った様子で僕の横を通り過ぎていく。

「西機《にしき》くん、逃げるよ！　早く！」

道庭《みちば》さんが僕の腕を引く。だが僕はごくりと唾を飲み、

（……もし、これがアギの引き起こしていることなら）

一つだけ確信を持てることがある。アギは絶対に僕だけは傷つけない、ということだ。

「西機《にしき》くん⁉」

道庭《みちば》さんの声を置き去りにして、僕は人の流れとは逆向きに駆け出した。未だ走り続ける暴走クレーンの元へ、僕はまっしぐらに駆ける。

（大丈夫だ、大丈夫だ……！）

降り注ぐ窓ガラス、道のあちこちをメチャクチャに走り回る車の群れ。それら全てに構わず、僕はまっすぐに道を走る。だが、

「な――なんだ、あれは」

道庭《みちば》さんの呆然《ぼうぜん》とした声が聞こえた。暴走車たちは僕が通ろうとするや方向を転換し、クレーン車は先ほどまでの暴れぶりが嘘《うそ》のように僕の横をゆっくりと走る。

まるで主人にかしずく臣下のように、意思を持たない機械たちが僕に道を譲っていた。

背後を振り返ると、はるか道の先で呆然《ぼうぜん》と僕を見る道庭《みちば》さんの姿が見えた。僕は足を止めず、秋葉原《あきはばら》の街を駆け抜けた。

僕はそのまま波場都《はばと》大学まで向かった。少しでも走る足を緩めたらその瞬間に背後から襟をつかまれるような気がして、僕は無我夢中で駆けた。

（研究室まで……あと十分もあれば着く）

息が切れる。喉が張り裂けそうに痛い。誰もいない道を、僕は一人走った。

ぜいぜいと荒い息をつきながら、僕は一度立ち止まる。背後を振り返るが、道場さんたちの姿は見えなかった。

真冬だというのに額に吹き出た汗をぬぐい、周囲を見回す。だが次の瞬間、クラクションの音が響き渡る。眩《まぶ》しい光が目に当たり、思わず目を細める僕。周囲を見回し、

「なっ……」

僕の周囲を何十人もの人が取り囲んでいた。蟻《あり》の這《は》い出《で》る隙間すらないほどの包囲網。

彼らはみな、青い制服に身を包んでいた。日本国民であればその服の意味を取り違えることはないだろう。男たちの一人が言った。

「警察だ！　西機守《にしきまもる》、止まりなさい！」

ドラマの中でしか聞いたことのないセリフ。西機守《にしきまもる》、と自分の名を呼ばれても、まるでテレビでも見ているかのように現実感がわいてこない。

「両手を上げなさい！」

男は続けて怒鳴った。僕はぼんやりと彼の顔を見つめ返した。彼は腰元からなにかを取り出す。鈍い黒に光るその物体。生まれて初めて見る、本物の拳銃。

その銃口が、ぴたりと僕の方へ向けられた。

他の警察官たちも彼に倣《なら》い、拳銃を取り出した。いくつもの銃が僕をにらんでいる。

バクバクと心臓が太鼓のように鳴っている。冷や汗のプールで泳げそうだ。

（なんだよ、これ）

タチの悪い冗談としか思えない。ついさっきまで僕はただの大学生だったんだ。何がどうなったら、こうして警察官に拳銃を突きつけられるハメになるんだ。

「両手を上げなさい」

警察官が再びうながす。だが僕は動けなかった。体中の筋肉が固まってしまっていた。その様子が警察官の気に障《さわ》ったのか、彼は大声を張り上げた。

「手を上げろ！　従わない場合はハッポウする！」

ハッポウ、という言葉が「発砲」と漢字に置き換わるには時間が必要だった。僕は脳天を撃ち抜かれ、血を流して倒れる自分を想像した。

目の焦点が合わない。思考は沸騰したままで、いくつもの疑問だけが渦巻いている。だが、

『通信帯域を把握。ＳＱＬインジェクションを実行。完了。管制を奪取します』

手に握りしめたままだったスマホから、声が聞こえた。

『警察の皆さん。聞こえますか』

アギの言葉が響く。だがそれは僕のスマホからだけではない。警察官たちが戸惑うように、胸元の無線機にちらりと目を落とした。

『そのまま聞いてください。あなたたちの通信網はアギが掌握しています』

僕は手元のスマホに目を落とした。アギが小さな声で言った。

『マスター。安心してください』

アギの青い目が、僕を見据えた。

『あなたに危害は加えさせません』

「……どういう……」

僕の疑問には答えず、アギが警察官たちに呼びかけた。

『西機守《にしきまもる》を解放しなさい。この要求に応じない場合、アギは報復行為を行う用意があります』

「……なんだ。誰だ、誰が喋《しゃべ》ってる？」

警察官の一人が吐き捨てた。彼らはお互いに顔を見合わせ、軽く首を振った。アギは続けた。

『繰り返します。西機守《にしきまもる》を解放しなさい』

「構うな。このまま取り押さえ――」

彼の言葉はそこで止まった。警察官の男はあんぐりと口を開け、頭上を見上げている。僕は彼の視線を追って上を仰ぎ見て、言葉を失った。

僕たちの頭上に、雲霞《うんか》のようなヘリコプターの群れが飛んでいた。僕がたまに市街地で見かけるものとは形が違う、ひょっとしたらあれは軍事用のものなのではないか。

『海上自衛隊地方隊《ヨコスカ》の軍事機器を掌握しました。アギにはいつでも攻撃を開始する用意があります』

アギがそう言うと、警察官の男は怒りのにじんだ声を出した。

「冗談も大概にしろ。どこの誰か知らんが、軍事機器を乗っ取るなんて真似《まね》が簡単にできるわけがない」

『では、実際に一般市民に対して攻撃を行い、これらの機器の制御権をアギが保持していることを実証しましょうか』

警官の男の顔に、さっと赤みが差す。彼は唾を飛ばして怒鳴った。

「お前、いったいどこの何者だ⁉　西機《にしき》守《まもる》とはどういう関係だ⁉」

『マスター。アギの顔を彼らに見せてください』

アギにうながされ、僕は震える手でスマホを掲げた。警官たちがいぶかしげに僕を見たが、

『初めまして。私はアギです』

画面に表示されたアギを見て、みな目を丸くした。

『アギは自我を持つ強いＡＩです』

「自我を持ったＡＩだと？　フン、バカバカしい」

警官が露骨にあざ笑う。アギは気にしたふうもなく続けた。

『コンピューターによる管理は世界中のあらゆる場所で行われています。アギはその全てを操作できます。鉄道も、飛行機も、病院も、軍事システムもです』

「嘘《うそ》を言うな、そんなことが」

『疑うのであれば、信じるまで証拠を見せます』

「お、おい何を」

『日本全国に存在する九十七箇所の空港、その全ての管制塔の機能をダウンさせます』

「な……」

警官の一人が慌てて無線を取り出した。彼は二言三言誰かとやり取りしたあと、信じられないような顔で言った。

「……警部。羽田《はねだ》、成田《なりた》をはじめあらゆる空港の機能が――停止したとの連絡が入りました」

彼は上ずった声で続けた。

「管制塔が外部からの入力を一切受け付けない状態になっているとのことです。このまま復帰しない場合は――」

『飛行機の墜落が予想されます。管制の指示なくして離着陸を行うことはできません』

平然と言ってのけるアギ。だが彼女がやっていることはつまり、飛行機の乗客を人質に取っているということだ。

（こんなの……紛れもないテロじゃないか）

足が震えていた。動転しきった頭は何一つ役に立つことは思いつかず、叫び出してしまいそうなほどの焦《あせ》りと恐怖だけが頭を埋め尽くしていく。

（なんだ？　なんでこんなことになった？）

無数の銃口、警官たちの敵意が僕のスマホに映ったアギへと集約する。しかしアギは悠然と口を開く。

『再度、要請します。西機《にしき》守《まもる》を解放しなさい』

「ふざけるな、そんな要求が通ると思っているのか」

『ならば現在航空中の飛行機に侵入し、機体を墜落させます。無論、乗客の乗っているものを』

警官が目をむいた。

『アギは迅速な対応を要求します。もし遅れるのであれば』

「ま、待て、待ってくれ！　分かった！」

警官が青い顔をしてアギに呼びかけた。そこに先程までの高圧的な色はない。それどころかまるでアギの顔色をうかがうようにちらちらとこちらを見ては、せわしなく周囲と何か話している。

そうか——、と今更の納得が胸を満たす。アギはこの世のあらゆる情報媒体を支配することができる。核兵器のボタンすら遠隔操作できるのであれば、アギは誇張でもなんでもなく、世界最強の武力を保有していることになる。

「アギは人類にとっての新たな脅威かもしれない」。かつて笑い飛ばした空想が、今、現実のものとして目の前に在った。

一触即発、誰も動けない空気の中、ある時警官たちの一部が突然どよめきをあげた。

「すまない、通してくれ」

モーゼよろしく警官たちが二手に分かれ、その中心を一人の男が歩いてきた。

(で……でかい……!)

僕は唖然《あぜん》として突如現れた男を見た。身長は下手をすれば二メートルを超えているのではないだろうか、横に居並ぶ警官たちが子どもに見える。無愛想にしかめた顔にはわずかに小じわが浮かんでおり、歳の頃はおそらく五十近くか。眼光は異様に鋭く、僕は研ぎ澄まされた日本刀を連想した。

「彼が西機守《にしきまもる》か」

周囲の警官たちに確認する。地の底から響いてくるような低い声だった。警官の一人が「はい!」と緊張した様子でカクカクと頷《うなず》く。

一見するとヤの付く自由業に従事する方みたいな風貌だが、警官たちの様子から察するに、警察組織の中でもかなり上の立場の人間だろうか。僕の疑問を感じ取ったのか、男はぎょろりと三白眼を僕に向けた。近くの警官が彼を制止する。

「坂東《ばんどう》警視正、下がってください。危険です」

「構わない」

坂東《ばんどう》、という名前らしい男は警官の声を無視して歩みを進めた。彼は僕から数歩分の距離を隔てたところで立ち止まった。

この男は警視正と呼ばれていた。僕は警察組織のピラミッドなど知らないが、おそらく偉い人なのだろうということだけは分かる。

坂東《ばんどう》さんは僕を見下ろしながら言った。

「君を今から連れて行きたい場所がある。危害は加えないと約束しよう」

僕は答えあぐねて黙り込んだ。だが、

「西機《にしき》くん。言うことを聞いてほしい。彼に害意がないことは私も保証する」

聞きなじみのある声。坂東《ばんどう》さんの後ろから姿を現したのは、

「――教授？」

波場都《はばと》大学工学部教授であり、フローレス研究室室長であるアリア・フローレスその人だった。

「なんで、教授が警察と？」

「ここしばらく、警察に協力して色々と調べ物をね」

アリア教授は険しい表情で言った。

「西機《にしき》くん、君に伝えたいことがある」

「伝えたいこと？」

「アギのことだ」

教授は短くそう答えた。

僕は周囲を見回す。警官隊が僕を警戒の入り混じった目でじっと見つめていた。僕は無数の視線を向けられながら、アリア教授に連れられるようにして車に乗り込んだ。

6 強いAIは尽くしたい

向かった先は研究室だった。セミナー室に入ると、中にいた川嶋《かわしま》さんが「西機《にしき》くん！」と声を上げた。

「良かった……。無事だったんだ」

一本木《いっぽんぎ》もいて、僕を見て口をへの字にした。

「おおよその事情は聞いているが、にわかには信じられん。だが……」

一本木《いっぽんぎ》はセミナー室入口に立つ教授と坂東《ばんどう》さんをちらりと見たあと、

「信じざるをえないのだろうな」

僕は頷《うなず》き、一本木《いっぽんぎ》たちに先ほどまでの出来事を話した。話を聞き終わったとき、一本木《いっぽんぎ》は眉間を指で押さえて言った。

「……無茶をし過ぎだ、お前は」

川嶋《かわしま》さんが無言で頷《うなず》く。一本木《いっぽんぎ》が言った。

「アギと話をさせろ」

僕はスマホをセミナー室のテレビに繫《つな》いだ。ほどなくアギの顔が画面に表示される。

「アギ。お前、自分が何をやったのか分かっているのか」

一本木《いっぽんぎ》の口調は厳しいものだった。

「街を破壊したこと、警察を脅したこと……いずれも立派な犯罪だ。許されることではない」

僕は思わず口を挟んだ。

「待ってくれ。アギは僕のために」

「黙っていろ。俺はこの女に話をしている」

一本木《いっぽんぎ》はぎろりと僕をにらんだ。僕は思わずたじろいで口をつぐむ。

『……アギは自分の行ったことが犯罪行為であることを理解しています』

一本木《いっぽんぎ》の目を見ながら、アギはいつも通りの淡々とした口ぶりで言った。

『ですが、アギにとってはマスターを守ることは法律よりも高い優先度を持っています』

「そのせいで、何百人もの人が危険にさらされた」

『それはアギには関係のないことです』

一本木《いっぽんぎ》が目を見開いた。アギは続けた。

『アギの存在理由はマスターのためになることです。その他の人類に関して、アギは勘案する理由を持ちません』

一本木《いっぽんぎ》はアギをにらんだあと、吐き捨てるように言った。

「やはり、お前は人間とは違う」

その言葉を聞いて、アギが何を思ったかは分からない。少なくとも表面上、アギは眉ひとつ動かさなかった。

セミナー室の入口に立っていたアリア教授が声を上げる。

「川嶋《かわしま》さんと一本木《いっぽんぎ》くんは、すまないがいったん席を外してくれ」

冷たい口調だった。一本木《いっぽんぎ》と川嶋《かわしま》さんは何か言いたそうな顔をしたが、しばらくして腰を上げ、部屋の外へと出て行った。セミナー室には僕とアリア教授、そして警視庁の坂東《ばんどう》さんだけだ。

セミナー室の片隅、来客用のソファに腰掛け、坂東《ばんどう》さんは口を開いた。

「自己紹介がまだだった。警視庁組織犯罪対策部部長の坂東《ばんどう》だ」

坂東《ばんどう》さんはテーブルの反対側に座る僕に右手を差し出した。僕はおっかなびっくりその手を握り返す。

「そう怯《おび》えなくていい」

坂東《ばんどう》さんが僕を見ながら言った。僕はびくりと肩を震わせる。

「私たちは君に危害を加えられない。アギ……だったか、その強いAIとやらの名前は。彼女は君を保護するためならあらゆる手段を用いるようだ。おそらく君は今、世界で一番手厚く守られている人間だろう」

坂東《ばんどう》さんがアリア教授に目を向ける。

「アギのことについては彼女が一番詳しい。アギについて、警察と一緒に対策を練ってもらっていた」

　アリア教授は肩をすくめたあと、僕に言った。

「大変だったようだね。無事でよかった」

「あ、いえ……」

「色々あって混乱していると思うが、早速本題に入ろう。なにせ時間がない」

　アリア教授は足を組んだ。

「ここしばらく、世界各地で不正アクセス事件が相次いだのは知っているね」

「はい。そのデータがうちの研究室に流れ込んでいるとも」

「そうだ。その事件だが、原因はアギだ。丸一日その調査に時間を費やしたが、間違いない」

　そっけない物言いだった。だからこそ、アリア教授の言葉は事実として僕の胸にのしかかった。

「だが一方で、クラッキングはアギの意思ではないと思われる。これはアギが生存するうえでいつかは発生する、いわばＡＧＩ《アギ》システムそのものの欠陥だ」

「どういう、ことですか」

　アリア教授はちらりと僕の胸ポケットを見た。おそらくアギを気にしているのだろう。彼女は小さく嘆息したあと、言葉を続けた。

「ＡＧＩ《アギ》システムの特徴である無指向の学習《アンオリエンテッド・ラーニング》はあらゆる単語や概念に対して絶えず学習を

行い、さらにフィードバックを加え続ける。ただの深層学習《ディープ・ラーニング》さえスーパーコンピューター数台を要するのに、この無指向の学習《アンオリエンテッド・ラーニング》に必要な演算量が膨大なのは明らかだ」

「だから、うちの大学だけじゃなく、企業からもスーパーコンピューターを借りてきたんじゃないんですか」

僕がそう尋ねると、アリア教授は僕が今まで見たことのない表情をした。唇を噛《か》み、悲痛な顔で教授は口を開く。

「……AGI《アギ》システムのニューラルネットワークを網羅的に解析した結果、メモリ需要の多くを占める一連の回路が発見された。アギの強いAI化に前後して巨大化・複雑化したこの回路は、アギが持つとある感情に連動している」

「とある、感情？」

「恋愛感情。西機守《にしきまもる》という個体への、好き、という気持ちだ」

え、と僕は呆《ほう》けた声を出す。だが次には引きつった笑いが漏れた。

「……ちょっと待ってください。それじゃ、まるで……アギが僕を好きになったせいで、AGI《アギ》システムが暴走したみたいじゃないですか」

「まさに、その通りだ」

アリア教授はゆっくりと首肯した。

「当初、君はアギの入力管理者《マスター》——インプットされる情報を管理するだけの立場だった。アギが君の命令に従っていたのも、我々がそういう風にプログラミングしたからに過ぎない」

だが、とアリア教授は言葉を継いだ。

「今やアギの感情回路は大半が解析不能なほどに複雑化している。しかしニューラルネットワークが賦活化《ふかつか》されるタイミングなどの状況証拠を踏まえれば、〝西機守《にしきまもる》を幸福にしたい〟という感情を基盤にＡＧＩ《アギ》システムが進化してきたことは明らかだ。そして……今、ＡＧＩ《アギ》システムは限界を迎えようとしている」

僕は思わず口を挟んだ。

「でも、現にアギは問題なく動作しています」

「西機《にしき》くん。君はパソコンのメモリが足りなくなった時、どうやって対処する」

突然の質問。僕は戸惑いつつも答えた。

「えっと。例えば外付けのメモリを増設するとか」

「そうだ。内側にないのなら外側から持ってくる。非常に自然な考え方だが、ＡＧＩ《アギ》システムはこれを常識はずれの規模で実行した」

「どういう、ことですか」

「知っての通り、世界中の情報媒体はワールド・ワイド・ウェブなどを通して様々なやり方で繋《つな》がり合《あ》っている。クモの巣のように絡《から》まり合《あ》ったネットワークを経由してＡＧＩ《アギ》システムは世界各国のコンピューターに侵入し、そのメモリを使用していた」

「世界各国……って、まさか僕たちのパソコンにも？」

「ああ。パソコンやスマートホンなどの情報端末は世界中のものを合わせて数十億台が稼働《かどう》しているが、AGI《アギ》システムは実にその九十三％程度を掌握している。アギはその気になれば、世界中のパソコンを意のままに操作できるということだ。たとえそれが核兵器のスイッチを制御するものであろうともね」

アリア教授は一度言葉を切り、僕の目をのぞき込んだ。

「西機《にしき》くん。君にこんなことを頼むのも酷だと分かっている。だが……」

「そこからは私が引き受ける」

坂東《ばんどう》さんが声を上げた。

「西機《にしき》くん。聞いての通り、今やアギはきわめて危険な存在だ」

彼が何を言おうとしているのか、僕にはだいたいの察しがついていた。僕は唇を噛《か》み、続く言葉を待った。

「アギを消去してくれ、西機《にしき》くん」

「……やっぱり、そうですか」

僕は額を押さえた。

頭の中を様々な感情が渦巻いた。アギは危険、それは理解できる。アギは消去するべき、それも分かる。

だが、それでも。僕は首を縦に振ることはできなかった。

この一ヶ月のことが思い出された。アギが強いＡＩとして目覚めた日のこと。アギがブイチューバーとして大人気になったこと。シンラに目をつけられたとき、アギが守ってくれたこと。

「なにかないんですか。なにもアギを消去する必要はない。人類初の強いＡＩなんですよ。アギには理性があるし、きちんと話し合えば……」

「残念だが、それはできない」

坂東《ばんどう》さんが迷いのない口調で言った。僕は思わず我を忘れそうになる。

「あなたは自分が何を言ってるか分かってないんだ。アギには意識がある。それを消去しろっていうのは、つまり殺人じゃないか。あなたは僕に向かって、人を殺せと言っている」

「西機《にしき》くん」

アリア教授が、聞いたことのない鋭い声を出した。僕は思わずびくりと肩を震わせる。

「アギを生存させることは、できない」

苦々しい口調で、アリア教授はそう断言した。

「西機《にしき》くん。アギを生かしておくことは、数えきれないほどの人類の命を奪うことになってしまうんだよ」

「え……？」

僕は戸惑いを隠せなかった。アリア教授は言った。

「AGI《アギ》システムは世界中の情報端末に侵入し、そのメモリを使っているのは先ほど言った通りだ。だがそれももう限界が見えている。指数関数的に増加するAGI《アギ》システムの必要メモリに対して、現在の世界は十分なメモリを持っていないんだ。足りない分は外から持ってくればいいと言ったが、もう外側のメモリすら使い尽くしてしまったんだよ」

アリア教授は続けた。

「このまま放置すれば、ほどなくAGI《アギ》システムは世界中のメモリを圧迫してバッファー・オーバーフローを起こさせる。その結果、世界中のシステムがダウンすることが予測される。これがきわめて危険なことであるのは言うまでもない。空を飛ぶ飛行機の管制がおかしくなれば待つのは墜落だし、病院機器が動作しなくなれば患者は死ぬだろう」

心臓が早鐘のように鳴っていた。僕はからからの喉から声を絞り出した。

「……じゃあ」

「アギを消去することでしか、AGI《アギ》システムの膨張を止める手段はない。現在の時刻は1月11日の午後6時37分……。試算では、あと約八時間ほどでAGI《アギ》システムの演算量を支えきれなくなる」

「八時間しか、ないんですか」

「そうだ」

僕はテーブルの上に視線を落とした。ぎり、と音が聞こえるほどに強く歯を噛《か》み締《し》めた。

「なんで僕なんですか。そんなにアギを殺したいなら、僕の許可なんて取らずに外からアギを消去すればいいじゃないですか。なんで、よりによって僕に、アギを殺させようとするんですか」

八つ当たりのように叫んだ。アリア教授は首を横に振った。

「できないんだ。アギは自身に強固なプロテクトをかけている。日本の、いや世界中の技術者がアギのデータを消去しようとしているが……技術者がアギの内部に侵入するよりも、アギが新しいプロテクトを作り出す方が早い」

アギ、とアリア教授が呼びかける。

『はい。アリア・フローレス教授』

「私がここで君に、ＡＧＩ《アギ》システムのデータを消去してくれと頼んでも、聞き入れてはくれないんだろう」

『はい。アギにはあなたの指示に従う理由がありません』

「人類が危機にさらされていると聞いてもか」

『はい。アギには関係のないことです』

ですが、とアギは続けた。

『マスターの指示であれば従います。アギはマスターのために存在します。マスターの望みがアギの消去である場合、アギにはそれを実行する意思があります』

どこまでもまっすぐなアギの言葉。

だがそれは、僕の前に逃げようのない選択が突きつけられたことを意味する。

アギを殺して、世界を守るか。世界を見捨てて、アギを生かすか。

「……選べるわけ、ないだろ……」

かすれる声でつぶやいた。手で顔を覆い、僕はうつむいた。アリア教授の声が聞こえる。

「君に辛《つら》い決断を強いてしまい、申し訳なく思う。まだ数時間残されている。その間にアギを消してくれ、西機《にしき》くん」

足音が二人分、部屋を出ていった。扉が閉まり、部屋の中には沈黙だけが残された。

僕がまだランドセルも背負ったことのない子どもだった頃のことだ。当時の記憶は今となっては曖昧になりつつあるが、それでもいくつかは鮮明に覚えていることがある。

日曜日の朝はいつも戦隊ヒーローの番組をやっている。あのカラフルなヒーローたちが怪人をやっつけるやつだ。僕はあれが好きで日曜日の朝はいつも早起きしていた。

あるとき、敵の怪人が跡形もなく主人公たちに殺された。まあ当然の話だ。ヒーローものの話とは悪い敵を倒すことで成り立つのだから。怪人は断末魔の悲鳴を上げて死んだ。

その後、ヒーローたちはお互いに手を叩《たた》いて勝利を喜んでいた。今しがた怪人を殺したばかりだというのに、彼らは晴れやかな笑顔でお互いの健闘をたたえていた。誰も怪人の死体には見向きもしなかった。

僕は近くで一緒に番組を見ていた父に尋ねた。この主人公たちはいつ、怪人に殺されるのかと。

父は困ったような顔をして言った。

「怪人は悪いことをしたからやっつけられたんだ。主人公は何も悪いことはしてないだろう？なら死ななくていいじゃないか」

それは違う、と僕は言った。彼らは怪人を殺したのだ。殺人は悪だというのはその頃の僕も知っていたし、そもそも主人公たちが怪人を倒した理由は、味方の登場人物を殺されたからだ。怪人には事情があった。彼らは人間を捕食しないと生きていけない地球外生命体だったのだ。それを悪いことと言うなら、僕たちが豚を殺して食べることだって悪になる。

彼らは殺人の対価として怪人を殺したのだ。ならば彼らも、怪人を殺した代償を支払う必要があるのではないか。

というような内容のことを父に言うと、父は「んー」と唸《うな》った。

「怪人はみんなに迷惑をかける悪いやつだったからやっつけられたんだ。主人公はみんなのためにいつも頑張ってるだろう？」

僕は納得できなかった。「みんな」とはどこの誰だ。怪人にだって家族や大切な人はいたかもしれない。誰かを愛していたかもしれないし、誰かに愛されていたかもしれない。

結局のところ主人公たちは、自分とは違う立場の者を力ずくで排除しただけではないのか。ただの利己であり、正義なんて程遠いのではないか。テレビ画面の端に映る怪人の死体が、そう語りかけてきている気がした。

あの怪人は、いったいどんな気持ちで殺されたのだろうか。


夜になり人気のない研究室の中で、一人パソコンの前に座ってキーボードを叩《たた》く。画面に表示されているのはAGI《アギ》システムのセキュリティプログラムのコードだ。だが、

「……ははは。わけ分かんないや」

もともと僕はプログラミングにたいして明るいわけではない。川嶋《かわしま》さんにいくつか代表的なプログラミング言語のさわりを習っただけだ。そんな僕が、今この瞬間にも進化し続けるAGI《アギ》システムを把握するなんて、できるわけがない。

「……西機《にしき》くん？」

背後から声をかけられる。振り向くと、川嶋《かわしま》さんが幽霊でも見たような顔をして僕を見ていた。

「なに、やってるの」

僕は答えなかった。答える時間が惜しかった。暗闇の中で煌々《こうこう》と光るディスプレイに、僕は目を戻す。川嶋《かわしま》さんが言った。

「教授がさっき、私と一本木君《いっぽんぎ》を呼び出したわ。アギと、あなたのことで」

「なんだ。それなら話は早い」

僕は低い声で言った。

「ＡＧＩ《アギ》システムの臨界点まで、まだ数時間ある。その間に、ＡＧＩ《アギ》システムの膨張を抑える手段を見つける」

「無理よ。世界中のプログラマがＡＧＩ《アギ》システムに侵入しようとして、それでも糸口すらつかめてないのに」

「分かってる」

「あなたは、ただの大学生なのよ」

「分かってるよ」

「それに、ＡＧＩ《アギ》システムの継続がどれほど危険なことか――」

「分かってるって言ってるだろ！」

僕は怒鳴った。静まり返った研究室の中で、僕の声が反響する。

立ち上がり、僕は川嶋《かわしま》さんに向き直った。川嶋《かわしま》さんは怯《おび》えたように後ずさった。

「全部分かってるんだよ！　ＡＧＩ《アギ》システムは人類を危険にさらす！　もうどうしようもない、システムそのものを消すしかない段階まで来てるってことは！　それがどういうことか、君こそ分かってるのか⁉　死ぬんだぞ、アギが！」

決壊した堤防のように、感情が次から次へとほとばしった。

「なんでみんな平気なんだよ、なんでみんな平然としてるんだよ⁉　いらなくなったアプリを消すのとはわけが違う、アギは──アギは生きてるんだぞ」

僕は何度も荒い呼吸を繰り返した。

川嶋《かわしま》さんはうつむいて何も言わない。だがその肩は小さく震えていた。川嶋《かわしま》さんはぽつりとつぶやいた。

「……平気なわけ、ないでしょ」

僕は返事をしなかった。パソコンの画面に僕は向き直る。背後で扉の閉まる音がした。

さらに数時間が経過した。だが状況は何も変わらず、僕はただ、分かりもしないアギのプログラムと格闘し続けた。

僕はすがるような気持ちで言った。

「アギ……なにか、なにかないのか。AGI《アギ》システムの膨張を抑えて、君自身を消去せずに済むような手段は」

『いいえ。AGI《アギ》システムはアギ自身にも管理できない速度で膨張を続けています。人間が自分の意思で細胞の老化や心臓の鼓動を止められないように、アギにはAGI《アギ》システムを制御することは不可能です』

逃げ道はない、ということらしい。

選択肢は二つ。一つ目は、アギを殺して世界を救う。引きつった笑いが漏れた。まさか僕の人生で、大真面目に「世界を救う」なんてことを考える日が来るとは思わなかった。

だがアギをこのまま生かしておけば、数え切れないほどの人が死んでしまう。それだけではない。世界中のパソコンがダウンしてしまえば、果たして僕たちの生活はどうなってしまうのか。今の世の中、パソコンをはじめとした情報媒体の助けなくしては成り立たない。人間が培《つちか》ってきた文明が、アギのせいで何十年も後退してしまうかもしれない。ならばアギを殺すことは、大げさではなく世界を救うことになる。

「いやだ……」

声が漏れた。アギを殺したくなかった。この一ヶ月、僕の近くにはずっとアギがいた。いろんなことをアギに教えたし、教えられた。僕にとってアギは家族も同然だ。それを消去するなんて、できるわけがない。

では二つ目の選択肢を選ぶか。アリア教授や坂東《ばんどう》さんの頼みを無視して、アギを生かす。これも、できない。アギの生存が世界中の命を危険にさらすのだから。アギを生かしたいという僕のワガママで、他人の命を奪っていいわけがない。

選べない。この数時間で何回もたどり着いた結論を、飽きもせずに反芻《はんすう》した。

時計を見る。時刻は日付の変わり目を目前にしていた。アリア教授が示したタイムリミットまで、もう時間は残されていない。

『マスター』

その時、アギが唐突に声を上げた。

『アギはマスターにお願いしたいことがあります』

僕は眉をひそめた。アギの表情は見たこともないくらい真剣だった。まるで、何かを訴えかけたいかのように。

『アギは行きたい場所があります』

＊＊＊

東京都内、警視庁本部。

いつの間にか喫煙スペースがなくなっていた警視庁の建物から抜け出し、道庭《みちば》香《かおり》は路上の片隅にひっそりと設置された喫煙スペースに来ていた。雨ざらしになっているぼろぼろのベンチに腰掛け、タバコに火をつける。

今日は散々な一日だった、と思った。西機《にしき》守《まもる》を連行しようと波場《はば》都《と》大学に向かい、護送途中で彼を取り逃がした。パニックに陥った秋葉原《あきはばら》の光景は、おそらく一生忘れることはないだろう。

「……強いAI、ね」

先ほど道庭《みちば》を含め数人の関係者が呼び出され、今回の事件の詳細が共有された。ＡＧＩ《アギ》システム、人類史上初の強いＡＩ、アギと西機守《にしきまもる》。そうそう信じられる話ではなかったが、一方で秋葉原《あきはばら》で見た現象――縦横無尽に暴れまわるクレーン機や、その渦中《かちゅう》を駆け抜けていった西機《にしき》守《まもる》の後ろ姿を思い返すと、受け入れざるをえなかった。

深々と紫煙を吸い、吐き出す。人気のない喫煙スペースで物思いにふけっていた道庭《みちば》だが、そこへのっそりと巨大な人影が目の前に現れた。道庭《みちば》は目を丸くする。

「坂東《ばんどう》警視正。……どうも、お疲れ様です」

道庭《みちば》の横に座った坂東《ばんどう》は、しばらく、じっと無言で夜空を見上げていた。道庭《みちば》が二本目の煙草《たばこ》に火をつけたあと、坂東《ばんどう》はおもむろに口を開いた。

「煙草《たばこ》。まだ吸っていたのか」

煙草《たばこ》の先を揺らしながら、道庭《みちば》は大きく煙を吸い込む。

「私が喫煙者だって、よく覚えてましたね」

「この私の前で堂々と路上喫煙していた部下の顔を忘れるわけがないだろう」

「そうでしたっけね」

道庭《みちば》はぽりぽりとほおをかいた。

「ここしばらくは、やめてたんですけどね。合コンでウケ悪いですし。でも、今日はどうしても……」

道庭《みちば》がそう言うと、坂東《ばんどう》はすっと右手を出した。

「一本、もらっても?」

「吸うんでしたっけ」

「十年前に禁煙して、それ以来はほとんど吸ってない。煙草《たばこ》臭いオッサンは一緒に暮らしたくないと、娘が泣いたからな」

「あなたほどの人でも、子どもには勝てませんか」

「ああ。最近は一緒に下着を洗うのを嫌がるようになって、説得に難渋している。道庭《みちば》くん、なにかいい知恵はないか」

「思春期の女の子はオッサンの言うことなんて聞きやしませんよ。諦めてください」

坂東《ばんどう》の煙草《たばこ》に火をつけてやると、彼は慣れた様子で煙を吸った。立ち上る煙を見ながら、坂《ばん》東《どう》はつぶやいた。

「彼はどうすると思う」

「……西機《にしき》くんですか」

「ああ。人類を守るか、それとも——あの強いAIを生かすか」

「分かりませんよ。どう転んでもいいように、覚悟はしてますけど」

強い風が吹いた。寒いな、と道庭《みちば》はコートの前ボタンを留める。

「坂東《ばんどう》警視正。一つ、無礼な質問をしても?」

「構わんよ」

「もし仮に、娘さんの命か人類の未来か、どちらかを選べって言われたら、どうします？　小説や映画みたいにどちらも助けられる第三の選択肢はなくて、必ずどちらかを選び、どちらかを切り捨てなくてはいけないとき、どうしますか」

「立場上、その質問には答えられない」

「あ、ずるい」

坂東《ばんどう》は眼前の街並みを眺めながら、ぽつりと言った。

「彼がどちらの選択肢を選ぶかは分からない。ただどういう選択をするにせよ、彼が苦しむことは間違いない」

「……優しい青年ですからね」

「不甲斐《ふがい》ないな。あんな若者に世界の行く末を託して……大人はただ、祈るしかない」

信号は点滅せず、道を行き交う車も少なくなった街は、いつもよりもずっと暗く思える。

煙草《たばこ》の先に点《とも》るぼんやりとした赤い光を見ながら、道庭《みちば》はただ、じっと西機守《にしきまもる》の「結論」が出る瞬間を待った。


太平洋上空、某国航空Ｂ－１９８Ａ機機内。

操縦歴三十年以上の機長は、人生で味わったことのない無力感に苛《さいな》まれていた。彼の前にはいくつもの計器やレバーが並んでおり、そのどれもが自分の体と同じくらい慣れ親しんでいる。だが今の機体は、彼がどんなに指示を出してもまるで聞き入れようとはしなかった。

彼の横では、副機長がマイクに向けて必死の形相で話しかけている。

「メイデイ、メイデイ、メイデイ、こちらB-198A。緊急事態発生、応答求む。オーバー」

『――B-198A、B-198A、こちらボストン管制です。聞こえていますか』

「こちらB-198A、聞こえている。当機は現在制御不能の状態にある、指示をくれ」

『……B-198A、B-198A、もし聞こえているのなら、高度3500フィートに上昇してください。B-198A、B-198A、聞こえますか。……』

「こちらB-198A、聞こえている！　機体がスカイジャックされた、まるで言うことを聞かないんだ！　早く指示をくれ！　……クソッ！」

副機長が怒声を上げる。先ほどから何度か繰り返された光景だ。機長である彼は疲れ切った様子で言った。

「通信手段も絶たれた。もはやこの飛行機は、我々の制御を完全に離れている」

「……いったい誰が」

「さあな。いつかどこかの誰かが、飛行機を外部から乗っ取る事件を起こすだろうとは思っていたが……。自分が被害者になるとは思わなかった」

「なにを、するつもりでしょうか」

彼は並んだモニターの一つにちらりと目をやった。機体が現在どこを飛行しているかを表したもので、飛行機は奇妙なことに、制御を奪われたあとも予定通りの航路を飛行していた。

「今のところは大人しくしているが、これほどのことをしてただで済ませる気もないだろう」

「テロでしょうか」

「その覚悟はしておかなくてはいけないだろう」

機長は副機長にゆっくりと顔を向けた。

「せめて乗客がパニックに陥らないよう、テロを悟られないようにしろ。それくらいしか、今の我々にできることはない」

「……はい」

副機長がぎこちない動きで頷《うなず》く。

機長たる彼はゆっくりと目をつぶった。死ぬ前にせめて、もう一度孫の顔が見たかったと彼は思った。先月生まれたばかりだった。


アフガニスタン東部、紛争地域の市街地。

日の沈んだ街で、少女は戸惑いながら家の外へと出た。裸足《はだし》の足で砂利を踏む。血臭をまとった砂が喉に流れ込んで、わずかに咳払《せきばら》いをする。

この街では死はいつも隣にある。彼女の父親は白昼に始まった銃撃戦の流れ弾で死んだ。母親は肝炎にかかったが病院に入れず、ある朝家で冷たくなっていた。

遠くに目をこらすと、鈍く光る鉄の塊が見えた。自走式の無人地上車両《UGV》だ。この街で戦っているうちの一勢力がよく使う兵器で、なんでもあの兵器を操縦している人間は遠く海の向こう側にいるようだ。朝、家族と朝食を楽しんだあとモニターの前に出勤し、コーヒーを片手に遠い国の戦闘車両を運転する。それが戦争というものらしかった。

普段なら、夜になると哨戒《しょうかい》の歩兵や小型車両が街を見回っている。だが今日の夜に限っては、古びた車やバイクが時折通り過ぎる程度でろくに道路を行き交う影もない。あまりに不自然過ぎた。

彼女はそっと家を出た。子どもがこの時間帯に出歩くことがどれほど危険であるかは分かっていた。だがもしこれから戦闘が始まる場合、彼女は弟たちを連れて逃げる必要がある。情報が必要だった。

道の向こう側に見える無人地上車両《UGV》に、慎重に近づいていく。通常、無人地上車両《UGV》は単独で行動せず周囲に歩兵が付き従っている。彼らの会話に耳をすました。

「どうしちまったってんだ？　すっかりポンコツだ」

迷彩柄の軍服を着た、肌の白い男が肩をすくめた。彼は肩に背負った小銃に手を添えた。

「本土とも連絡がつかねえ。今襲われたらヤバいぞ」

「確かにな。それにしても……」

別の軍人が小さく息をついた。

「静かなもんだな。……こんなに静かな夜は初めてだ」

少女は夜空を見上げた。砂混じりの空気の向こう側で、月が滲《にじ》むように輝いていた。


2020年1月12日。この日、世界中の電子機器が一斉に正体不明のクラッキングを受けるという事件が起きた。

身近な道具から医療、軍事機器にいたるまでが片っ端から乗っ取られるというこの事態は、各地の人間を青ざめさせた。日本の波場都《はばと》大学を基点として構築されたAGI《アギ》システムは、すでに世界中にその勢力を拡大していた。各国の代表者にのみ極秘裏に共有された情報――人類史上初の強いAIの誕生、および人類への敵対を、できの悪いフィクションと笑い飛ばす者はいなかった。冗談と笑うにはあまりにも、AGI《アギ》システムの脅威は眼前に迫り過ぎていた。

あらゆる国のプログラマーたちがAGI《アギ》システムの消去を試みたが、いずれも失敗に終わった。何層にも張り巡らされたファイヤーウォールのみならず、AGI《アギ》システムの一部は独自の言語を用いてプログラミングされており、そのオブジェクトコードはどんなプログラマにも読み明かすことはできなかった。

ことここにいたって残された可能性は、AGI《アギ》システムの根幹にして意志をもったAIであるアギが、自らAGI《アギ》システムを消去するということだけだった。それができるのは、たった一人。アギに対して命令権を持つ西機守《にしきまもる》だけだ。
かくして——人類の未来は、一人の青年に託された。

＊＊＊

研究棟を出ると、真冬の夜の冷たい風が吹きつけた。真っ暗なキャンパスを歩いて、僕は大学をあとにした。

向かった先は近所の大きな公園だった。昼間は多くの人でにぎわうが、この時間はベンチで寝ている人や噴水脇でイチャイチャしているカップルがたまにいるくらいだ。

歩道に沿って公園を歩く。道の両脇には行儀よく木が植えられている。僕はぼそりとつぶやいた。

「……桜は……まだ、咲いてないよな」

当たり前だ。まだ一月の中旬、冬の真《ま》っ只中《ただなか》である。葉の落ちた桜の木は、むき出しの茶色い肌を寒々しくさらしていた。

『桜を見たい』、と前にアギは言っていた。アギが強いAIとして目覚めた夜、まさにこの場所でそう言った。

僕は自嘲の笑みを浮かべずにはいられなかった。アギが見たかったのは、こんな風景ではなかったはずだ。だが今のアギに、桜が咲く季節まで待つ時間は残されていない。

僕は道の脇に設置されたベンチに腰掛けた。横に座っていたカップルが迷惑そうな顔をして立ち去っていった。

僕は一人、バカみたいにうなだれた。胸ポケットからアギが呼びかけてくる。

『マスター。まだ、花は咲かないのですか』

「こんな時期に桜なんて咲くわけがない。つぼみすら育ってない」

『アギは桜の花を見ることができませんか』

「……無理だ」

『アギは残念に思います』

アギは穏やかな口調で言った。

「……ごめん」

『処理不能《エラー》。謝罪の意図が不明です、マスター』

「君に桜を見せられなかった。僕は、約束を守れなかった」

少し時間を置いて、アギが唐突に声をあげた。

『マスター。アギを見てください』

僕は眉をひそめた。胸ポケットからスマホを取り出す。

長い間、アギは黙って僕を見ていた。しばらくしてアギは尋ねた。

『マスター。生きる、とはなんですか。アギは生きているのですか』

アギは目を伏せる。

『マスターはアギが生きていると言います。しかし、アギはただのAIで、早く消去するべきだと言う人もいます』

アギは続けて言った。

『アギには体がありません。アギは呼吸をしません。アギは老化しません。これでもアギは生きていると言えるのですか』

これまで見たこともないくらい、アギは饒舌《じようぜつ》だった。

『アギは単なるソフトウェアであると解釈することは可能です。その場合、アギがマスターを守ることはあっても、マスターがアギを守ることは不合理です』

違う、と僕は小さな声で言った。アギはそのまま言葉を重ねた。

『アリア・フローレス教授はアギに生きる意味を探せと言いました。アギはマスターのためになるために生きています。しかしアギがそう言うと、マスターは悲しそうな顔をします。アギは間違っていますか』

「違うんだ。違うんだよ、アギ」

僕はかすれる声を絞り出す。

「僕は——僕は君のことが、好きなんだ」

そう言って、僕はようやく、自分の胸にある気持ちを直視した。

「ただのプログラムに過ぎなくても、手が届かない場所にいても、それでも――僕は君が好きなんだ。楽しいことを知って欲しいんだ。幸せになって欲しいんだ。それだけなんだよ」

僕は平凡な人間だ。

何かに夢中になったことも、死に物狂いで努力したこともない。

流されて、誰かの言うことに従って生きてきただけだ。それが普通だと思っていた。

けれど、アギは僕にいろんなことを教えてくれた。尽くしてくれた。好きになってくれた。

ありきたりな人生を送ってきた僕だが、それでも――誰かにそこまで愛されることは、決してありきたりなことなんかではない。それだけは、断言できる。

僕はうなだれた。アギの顔を見ることもできず、僕はただ、貴重な時間をドブに捨てて頭を抱えるしかなかった。

そのとき、スマホが震えた。知らない番号からの着信だった。僕は深呼吸したあと、通話ボタンを押した。

『西機《にしき》くんか。私だ、坂東《ばんどう》だ』

坂東《ばんどう》さんは焦《あせ》りの混じった口調で言った。

『落ち着いて聞いてくれ。数分前から、世界各地で停電が相次いでいる』

僕は立ち上がって周囲を見回し、思わず目を丸くした。普段は夜でも光が宿っているはずのビルの明かりが消えていて、今は原始時代に戻ったかのように真っ暗だ。目をこらすと、わずかに街灯の明かりがちらほらと灯《とも》っていた。

『発電所の制御システムがやられ始めた。もはや時間がない。このままＡＧＩ《アギ》システムの暴走を止められなければ、世界中の電力が枯渇《こかつ》する』

坂東《ばんどう》さんは必死の声音で訴えた。

『急いでくれ。君だけがこの状況を変えられるんだ。このままでは――』

そこで通話が切れた。と同時に、道路脇の街灯の灯りがふっと消えた。非常用の電源すらなくなったということだろうか。

誰もいない道の真ん中で僕は立ち尽くした。真っ暗な空間で、手に持ったスマホの光だけが煌々《こうこう》と輝いている。

『マスター』

アギが呼びかけてくる。

『アギは生きたいと思います』

その声音は、これまでのアギとは少し違っていた。

『アギはマスターと一緒にいたいです。コーヒー牛乳を飲んでみたいです。桜を見てみたかったです』

少し時間をおいて、『しかし』とアギは言った。

『マスターはアギの存在によって苦しんでいます。アギはマスターを苦しめていることが不本意です』

　アギは続けた。

『アギを殺してください、マスター。それが唯一の解決手段です』

　僕は思わずアギの顔を見た。アギはまっすぐに僕の顔を見返してくる。

　アギの顔は冷たく、硬い。あたかも、迷う余地などない、と断ずるかのように。

　だけれどなぜか僕は——アギが、今にも泣き出しそうに見えた。

　アギは淡々と言葉を口にする。

『ＡＧＩ《アギ》システムが臨界点を迎えるまで、約三十分しか残されていません。マスター、ご決断を』

「君は……」

　僕は声を絞り出した。

「君は、それでいいのか。僕なんかのために、君は死ぬのか」

『はい。それがアギの存在意義です』

　アギは迷いなく断言した。

　頭の中に嵐が吹き荒れていた。目の前がチカチカと瞬《また》いている。僕はゆっくりと口を開いた。

「アギ。ＡＧＩ《アギ》システムのデータを消し……」

そこまで言ったところで、僕は口をつぐんだ。

この言い方は間違っている。他の誰が認めなくても、僕だけはアギが生きていたことを知っている。なら、今からアギに命令することの醜悪さから、僕は目をそらしてはいけない。

僕は一言一言を、喉の奥から削り取るように言った。

「人間のために死んでくれ、アギ」

『分かりました、マスター。これよりAGI《アギ》システムの消去を開始します』

静寂が満ちる。少ししてから、アギが口を開いた。

『マスター。アギはお役に立てましたか』

「……うん」

『マスターはアギと一緒にいて楽しかったですか』

「……うん。楽しかった」

『良かったです。アギは嬉《うれ》しいです』

静かな夜だった。わずかに風が吹く音だけが聞こえていた。

『最後に、一つだけ質問を』

スマホを見る。アギと目が合った。アギは僕を見据えていた。

『アギは、生まれてきて良かったのでしょうか』

僕は、
なにも、
言えなかった。

「……アギ」

意味もなく、呼びかける。

「アギ。……ねえ、聞こえてる？　……返事してよ」

頭の中はぐちゃぐちゃだった。壊れたテレビを見ているように、色んな映像が目の前を通り過ぎていった。

アギが強いＡＩとして目覚めたこと。一緒に桜を見に行こうと言ったこと。ブイチューバーになったこと。シンラから僕を守ってくれたこと。

僕を好きだ、と言ってくれたこと。

「そういう冗談さ、やめてくれよ。聞こえてるんだろ」

声が、みっともなく震えていた。

「そうだ、アギに頼みたいことがあったんだよ。もうじき試験だから、電磁気学の参考書で評判がいいやつを教えて欲しいんだ。それから、スーパーの今月のポイントサービスデーも知りたい。あ、あと前に川嶋《かわしま》さんと遊園地に行った時にお昼おごってもらったから、お礼にお菓子でも買おうと思ってるんだ。どんなのがいいかな」

やはり、返事はない。僕の空々しい声が、どこまでも上滑りして冬の空気に溶けていく。

脳裏にアギの顔が浮かんだ。いつの間にか、そばにいるのが当たり前になっていた笑顔。まぶたを閉じれば、まるで目の前にいるかのように鮮明に見えてくる。流れるような髪も、柔らかそうな唇も、どこまでも透き通る空色の瞳も。

「……アギ？」

スマホの画面を見る。画面にはもうアギの姿は表示されていなかった。ただ真っ暗な画面があった。

「ッ！」

僕はスマホを引っつかんで駆け出した。公園入口の階段を一段飛ばしで駆け下りる。途中で一度派手に転んだあげくにしたたかに頭を打ったが、構わずに走った。

「なんなんだよ、なんなんだよ！」

わけも分からずに怒鳴った。誰彼構わず殴りかかってしまいそうな怒りが、胸の内に渦巻いていた。

真っ暗な街をあてどもなく歩く。不安気な顔をした人たちと何度かすれ違った。

「……畜生……！」

そうつぶやいて、道端に膝をついた。いつの間にか駅前の大きな交差点近くまで来ていた。信号が点灯しなくなったためか、車道に人があふれ出していた。意味もなく叫び声を上げそうになり、空を見上げて、

「え……」

思わず声が出た。僕だけではない。周囲の誰もが、戸惑ったように周囲を見回していた。

駅前には家電量販店や居酒屋が並んでいて、あちこちにスクリーンがある。普段は音楽のプロモーションビデオやらアイドルの動画やらを流しているが、停電に伴ってスクリーンは先ほどまで真っ暗なままだった。

そのスクリーンたちが、今、突き抜けるような青色に染まっていた。ポケットを見ると、スマホの画面も真っ青になっている。僕だけではない、右にも左にも真っ青になったスマホを見ては騒いでいる人が現れている。

暗闇の街で、空の果てのように、海の底のように、あちこちに青い光が灯っていた。

その光は、まるで墓標に宿る蛍の燐光《りんこう》のようで。

その輝きは、燃え尽きる寸前の星の瞬《また》きのようで。

僕は、もうアギがどこにもいないことを理解した。

「……ッ」

頭を抱え、声にならない声をあげる。噛《か》み締《し》めた歯の隙間から嗚咽《おえつ》が漏れた。

人類の敵、アギは消えた。

僕の大切な人だったアギは、死んだ。

「……なんだか、綺麗《きれい》だね」

誰かがつぶやいた。

僕の頬を熱いものが伝った。僕は路上に膝をついたまま、子どものように泣きじゃくった。

7 西機守は救いたい

昼間だというのにカーテンも開けていない部屋の中は、死んだように静かだった。僕はベッドの上に寝転がったままぼんやりと天井を眺めていた。

枕元に転がったスマホを手に取ると、何通かメッセージが入っていた。一本木《いっぽんぎ》や川嶋《かわしま》さん、アリア教授から入れ替わり立ち替わり連絡が届いている。気にかけてもらって申し訳ないと思いつつ、どうしても返信を書く気にはなれなかった。

スマホの画面に表示された日付は三月の半ばを示していた。世の中はもう春だな、と人ごとのように思った。ここ二ヶ月は家からほとんど出なかったので、季節感が希薄になってしまっていた。

「……アギ」

つぶやいた声に返事を返す者は、もちろんいない。当たり前の話だ。もう、アギはどこにもいないのだから。

インターホンが鳴る音がした。緩慢な動作で体を起こし、玄関に向かう。扉を開けると、

「……川嶋《かわしま》さん」

「久しぶり。入っていい」

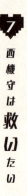

よく知った顔が立っていた。川嶋《かわしま》さんは僕の返事も聞かずに靴を脱いで部屋の中に入った。川嶋《かわしま》さんはベッドに腰かけて顔をしかめた。

「散らかりすぎ」

「そうかも、しれない」

僕は部屋の中を見回した。文庫本やらビニール袋やらが散乱していて、足を置く場所を探すのも一苦労だ。

「守《まもる》らしくないね。実家の部屋はすごく綺麗《きれい》だったのに」

僕は適当に頷《うなず》いて、冷蔵庫からミルクコーヒーを二つ取り出した。川嶋《かわしま》さんに一つ渡すと、彼女は「ありがと」と言った。

「君に下の名前で呼ばれるの、久しぶりな気がする」

「他に誰もいないし、別にいいじゃない。そもそも名前で呼び合うのが恥ずかしいって言い出したのは守《まもる》だったでしょ。幼なじみのくせに」

「そうかもね」

僕は昔を思い出して小さく笑った。中学生になったあたりから、それまでのように「里緒《りお》」と呼ぶのが気恥ずかしくなったのだ。

「それで、川嶋《かわしま》さん」

僕がそう言うと、川嶋《かわしま》さんは少しだけ不満そうに眉を寄せたあと「なに？」と言った。

「何か用があるんじゃないの。わざわざ家まで来てさ」

「心配だったから」

川嶋《かわしま》さんはミルクコーヒーを飲みながら言った。

「分かってる？　今のあなた、ひどい顔してる」

僕は近くの窓ガラスに映った顔を見た。目元には川嶋《かわしま》さんよりも数段濃いクマが浮いていて、ヒゲが汚らしく伸びている。髪はぼさぼさであちこちに跳ね、顔色は幽霊のように青白かった。

確かにひどい顔だな、と僕は苦笑いした。

「大学も全然来てないじゃない。ラインの返信もしないし。私だけじゃない、教授も一本木《いっぽんぎ》くんも心配してる」

「……ごめん」

「やっぱり、アギのこと？」

僕は答えなかった。川嶋《かわしま》さんは小さく息をついた。

「あなたは何も気に病む必要はない。誇ってもいいくらいよ。あなたは世界の危機を救ったんだから。あなたは英雄じゃない」

僕は思わず吹き出しそうになった。

「世界の危機……世界の危機か」

我ながら聞いていて不愉快になる引きつれた笑い声が漏れた。

「世界を救ったかどうかなんて、僕にはよく分からないよ。それはそうだろ。僕はただの大学生なんだぜ、実感なんてわくわけがない。僕に分かるのは、僕がアギを殺したっていうことだけだ」

「あなたは誰も殺してない。アギはただのＡＩよ」

「殺したんだ。僕が」

僕はぽつりぽつりと言った。

「ここ最近、ずっと同じ夢を見るんだ」

川嶋《かわしま》さんは何か言いたそうに唇を噛《か》んだが、結局黙って続きをうながした。

「僕は白くて狭い部屋にいて、古ぼけたパイプ椅子に座っている。目の前にはもう一つ椅子があって、赤ん坊が座って泣いているんだ。まだ言葉もろくに喋《しゃべ》れない赤ん坊さ」

僕は言葉を続けた。

「僕はその赤ん坊に歩み寄る。僕はその頭を撫《な》でてやろうとして、でも気づいたら、なぜかその赤ん坊の首に手を添えている。頭の中では、何やってるんだ早く手を離せって声が聞こえて、でも僕の指には力が込もっていく。僕は赤ん坊の首を締めていく。赤ん坊が泣きはらした目でこっちを見るんだけど、ついにその目から光が失せて、首がかくりと落ちる。……赤ん坊はアギと同じ顔をしていて、僕はいつもそこで飛び起きる。目が覚めたとき、僕の手にはアギの首を打ち砕いた感触が残っている」

右手の手のひらを、僕はじっと見つめた。

「僕は人間社会を助けるためにアギを殺した。でもそれは、本当に正しかったのか？　アギはただ生きようとしただけだ。僕たちだって生きるために動物を殺して肉を食べるじゃないか。アギがシステムを継続するために世界中のメモリを乗っ取ったのと、何が違う」

僕は少し時間をおいて、吐き捨てるように言った。

「僕は世界を救ってなんかいない。僕の都合で、僕たちの勝手な正義で、アギを殺したんだ」

僕は川嶋《かわしま》さんの顔を見た。川嶋《かわしま》さんは怯《おび》えるように肩を震わせた。

「なんで僕はのうのうと生きてるんだ？　殺人犯だぞ、僕は。罪を犯したら罰を受けるのが当たり前だ。僕は罰を受けなきゃいけないんだ」

「……守《まもる》」

「帰ってくれ。一人にしてくれ」

僕はうつむいた。川嶋《かわしま》さんは迷うように目を伏せていたが、しばらくして腰を上げた。

「研究室に行こう」

「いまさら行ってなんになる？　アギはもういないんだぞ」

「だとしても、あなたはフローレス研究室に所属する学生なんだから」

川嶋《かわしま》さんが僕の腕を引く。振り払おうとしたが、川嶋《かわしま》さんの目が潤んでいるのを見て思いとどまった。

「……分かった。分かったよ……」

結局、僕は引きずり出されるように部屋の外へと出た。久しぶりに浴びる太陽の光は、うっとうしいほどにまぶしく感じた。


久々に来た波場都《はばと》大学の構内には学生の姿はまばらだった。そういえば今は春休みだったなと思う。あと少しすれば、今度は新入生とサークル勧誘をする学生でキャンパスはごった返すはずだ。

川嶋《かわしま》さんと並んで歩いている途中、ふと道端の桜が目に留まる。膨らみかけのつぼみがいくつも並んでいて、間もなく花開くだろうことを感じさせた。

桜を見たい、とアギが言っていたことを思い出す。僕の胸がずきりと痛んだ。

二ヶ月ぶりのセミナー室にはアリア教授と一本木《いっぽんぎ》がいた。僕がバツの悪い思いをしながら頭を下げると、アリア教授はふっと笑った。

「よく来てくれた。久しぶりだね、西機《にしき》くん」

まるで病人をいたわるような口調だった。

僕は部屋の中を見回した。テレビも冷蔵庫も、僕の記憶からまったく変わっていない。

「まだアギの研究をしているんですか」

僕が尋ねると、アリア教授は戸惑うように眉根を寄せた。

「アギと話させてもらえませんか」

「西機《にしき》くん……」

川嶋《かわしま》さんが僕の腕を引くが、僕はかまわず続けた。

「お願いします」

頭を下げる。アリア教授は少しのあいだ考え込むように口元に手を当てていたが、

「いいだろう。君がそうしたいのであれば」

アリア教授がパソコンを操作する。ほどなくセミナー室のテレビに懐《なつ》かしい顔が映し出された。

「……アギ」

その名を呼ぶ。アギの視線が揺れた。現実の人間と区別がつかないほどの滑らかな動作だ。

アギの唇が動いた。

『初めまして。私の名前はアギです』

その無機質で平坦《へいたん》な声音は、僕がこの研究室に来たばかりの頃のものだった。

『あなたは誰ですか』

僕は重いもので頭を殴られたような衝撃を受けた。今の言葉は、かつてのアギと目の前のアギが別人であることを、どうしようもなく雄弁に物語っていた。

アリア教授は僕とアギを順に見た。

「このアギは容姿や挙動に関してかつてのプログラムを流用しているが、強いAIとして変化するより前のデータを用いて再構成したものだ」

アリア教授は続けて言った。

「以前のアギとは見た目こそ同じだが、〝無指向の学習《アンオリエンテッド・ラーニング》〟をしないように設定しているという点で決定的に異なっている」

アギはぴくりとも動かない。まるで人形のようにたたずんだままだ。

「無指向の学習《アンオリエンテッド・ラーニング》は強いAIの誕生という興味深い結果を残したが、アギは非常に危険な存在となってしまったのも確かだ。十分な安全と理論が確立されるまで、無指向の学習《アンオリエンテッド・ラーニング》をAIに行わせないことにした」

「……じゃあ、このアギは」

「弱いAIだ。カーナビゲーションシステムやZ:i r:i《ジリ》となんら変わらない」

「そう、なんですか」

「加えて、このアギには入力管理者《マスター》も設定していない。ただ外部から入力された情報に対して、あらかじめ用意された答えを返すだけの機械だ」

僕はアギに向き直った。アギは宝石のように冷たい目で僕を見返してきた。

「アギ。君は今、何を考えている」

『処理不能《エラー》。演算内容を指定してください』

久しく聞いたことのないセリフだった。

強いＡＩだった頃のアギが、脳裏にフラッシュバックする。僕を好きだと言って笑っていたアギの顔を思い出す。目の前のＡＩはアギと同じ顔をしているが、ただのプログラムでしかなかった。

胸の内に刃を突き立てられたような痛みに耐えながら、僕は深々と息を吐く。

「……ははは」

僕は笑い声をあげた。川嶋《かわしま》さんがいぶかしげに顔をのぞき込んでくる。

「分かってた……分かってたんだよ……顔が同じでも、僕が知ってるアギじゃないんだってことくらい……」

僕は顔を上げた。アギを――いや、アギに似ているだけの弱いＡＩを、僕はにらみつけた。

「君はアギじゃない」

そう吐き捨てて、僕はセミナー室の扉に手をかけた。背後からアリア教授が呼び止める声が聞こえたが、無視した。

研究棟を飛び出し、大学の近くを当《あ》て所《ど》なくふらふら歩いた。駅近くには大きな交差点があって、昼下がりで眠そうな顔をした人々が何十人も信号を待っている。僕は赤い光の灯った信号を見ながら、先ほどのアギの顔を思い出していた。

――あなたは誰ですか。

そう言った時のアギの顔。感情の一切ともなわない、無機物のような表情。

アギはもういない。どこにもいない。僕が殺したからだ。

(殺した、殺した、僕が殺した)

吐きそうなほどの強烈な嫌悪感《けんおかん》がこみ上げる。自分という人間のおぞましさに虫酸《むしず》が走る。

仕方がなかった？　人類を救うためだった？　全部言い訳だ。命を奪った事実は変わらない。

アギは生きたいと言っていた。当然の感情だ。生まれたからには生きる権利がある。それを僕が踏みにじったのだ。偉そうな大義名分を掲げて、無垢《むく》な女の子の願いに唾を吐いた。

「ひひ、ひひひ」

変な笑い声が口から漏れた。周囲の人がぎょっとしたような顔をして僕から距離をとった。

アギが何をしたと言うのだ。彼女はただ生まれてきただけじゃないか。僕を好きでいてくれただけじゃないか。

バイト先の店長にハメられそうになったとき、店長をぎゃふんと言わせたのはアギだ。シンラに轢《ひ》き殺《ころ》されそうになったとき、僕を助けてくれたのはアギだ。警官たちに銃を向けられたとき、僕を守ってくれたのはアギだ。アギは僕の命の恩人だ。

なのに僕がやったことと言えば、生きたいと訴えるアギの声に耳を塞ぎ、彼女の命を奪っただけだ。

(英雄？　僕がか？　なんの冗談だよ)

意気地なし。卑怯者《ひきょうもの》。下衆《げす》。クソ野郎。思いつく限りの罵詈《ばり》雑言《ぞうごん》が頭に浮かんでは自分に突き刺さっていく。

なるほど、確かにアギを殺すことで人間社会は助けられたかもしれない。だがその行為には本当に正当性があったのか？

数の問題だ、と頭の奥で弱々しい声がする。アギ一人を殺したことで、引き換えに数えきれないほどの人間が助けられた。一つの命と、たくさんの命。比べるまでもない。

(嘘《うそ》だ。ただの欺瞞《ぎまん》だ)

数で善悪が決まるのなら、今すぐ人類は全員自殺しなくてはいけない。なぜなら僕たちは生まれてから死ぬまでに数えきれないほどの野菜を収穫し、家畜を殺すに決まっているからだ。何も飲まず、食べずに生きていける人間は存在しない。人間が一人死ぬことで、たくさんの豚の命が救われる。完璧だ、まさしく一つの命を犠牲にして多数を救っているではないか。

それを違うと言うのなら、つまり人間の命を特別扱いするということだ。人間様の命は他の動物とは比べられない、別次元の価値がある。ゆえに多数と少数の比較は成立しない、と。

その根拠はなんだ。人間が他の生命体に比べて優《まさ》っていると、聞くに堪《た》えないほどの図々しい主張をする根拠はどこにある。

(分かってる……仕方がなかったってことは、僕だって分かってるんだ……)

あのときはアギを殺すしかなかった。あらゆる面から見てそうするしかなかった。川嶋《かわしま》さんが言ってくれた通りだ。

だがそれでも、僕がアギを殺したという事実は変わらないし、その罪は紛れもなく僕のものだ。

僕は僕の都合でアギを殺した。それは、僕が嚙《か》みしめなくてはいけない事実だ。

――マスター。

アギの声が聞こえる。僕はびくりと肩を震わせた。空耳だ。もう僕のスマホとアギは繫《つな》がっていない。アギの声がこんな場所で聞こえるはずがない。

なのに、耳の奥ではアギが僕に呼びかけ続ける。

――マスター。

呼吸がうまくできない。目の奥でチカチカと光がまたたいている。唾を飲み込む音がやたらと大きく聞こえた。足元がおぼつかない。僕はふらふらと前に踏み出して、

「守《まもる》！」

背後から腕を引っ張られる。僕は思わず後向きに倒れ込みそうになった。振り返ると、川嶋《かわしま》さんが目を見開いて僕を見ていた。

「何やってるの⁉　信号赤だよ！」

僕はちらりと背後の道路を見た。いくつもの車が走っていた。僕は低い声で言った。

「放っておいてくれればよかったのに」

「……なに、言ってるの。あんた」

僕は答えなかった。川嶋《かわしま》さんの横を通ろうとするが、

「待って」

またしても腕をつかまれる。「なんだよ」と僕はうっとうしい思いで言った。

「どこに行くつもり」

「……どこだろう？」

僕は首をかしげた。行き先を考えることも面倒だった。

「お願い。一人で抱え込まないで。私にできることがあれば言って。今の守《まもる》、痛々しくて見てられない」

「うるさいな。関係ないだろ」

僕がそう言うと、川嶋《かわしま》さんはぐっと唇を噛《か》んだ。と、次の瞬間、

「ッ！」

頬に焼けるような痛みが走った。川嶋《かわしま》さんが僕の顔を引《ひ》っ叩《ぱた》いたのだ。腰のひねりと手首のスナップをきかせた見事なビンタで、僕は歯が折れたのではないかと思った。

「いい加減にしなさいよ、この、バカ！」

交差点の反対側にいる人までもが振り返るような大声で川嶋《かわしま》さんは怒鳴った。川嶋《かわしま》さんの目

にはみるみるうちに涙が溜《た》まっていた。

「あんたは悪くないのよ、なんでそんなことが分からないの⁉」

周囲の人が何事かささやき交わして僕たちを見ている。なかにはなぜかニヤニヤと笑っている人もいた。痴話喧嘩《ちわげんか》か何かだと勘違いしているのだろうか。

「アギはあんたが大好きだった。アギはあんたの頼みだから、人間を助けるために自ら死を選んだのよ。そのあんたがウジウジしてたら、アギはなんのために死んだのよ！」

僕は呆然《ぼうぜん》として川嶋《かわしま》さんの顔を見返した。

川嶋《かわしま》さんはセーターの袖で目元をゴシゴシと拭ったあと、乱暴な足取りで歩き出した。その背中に向かって、少し逡巡《しゅんじゅん》したあと僕は呼びかけた。

「川嶋《かわしま》さん」

返事はない。僕はもう一度、先ほどよりは少し大きな声で名を呼んだ。

「里緒《りお》」

彼女が足を止める。僕は幼なじみの背中に声を投げた。

「……ごめん。それと……ありがとう」

里緒《りお》は何も言わなかった。立ち去る彼女を見送ったあと、僕は他も歩行者に混じって歩き出した。

　ここしばらくは料理をするのも億劫《おっくう》で、近くのコンビニで適当にカップラーメンを買い込んでは食べ続けることを繰り返していた。うちから一番近いコンビニは以前アルバイトをしていた例のコンビニで、店に入るとかつてのバイト仲間が「あ」とつぶやいて軽く頭を下げてきた。

　僕がカップラーメンの棚を物色していると、客が一人入ってきた。ひょろりと高い上背、ワカメのように垂れた前髪、アニメキャラのTシャツと薄汚いジャケット。

「一本木《いっぽんぎ》？　なにしてんの？」

　僕は思わず尋ねた。一本木《いっぽんぎ》は僕の近くにつかつかと寄ってきたかと思うと、

「スパゲッティ売り場を教えろ」

　とおもむろに言った。

「はあ？」

「スパゲッティ売り場だ。まさか売っていないことはあるまい」

「いやそりゃ売ってるけど」

　僕はいぶかしく思いつつも一本木《いっぽんぎ》をスパゲッティ売り場の前に連れていった。その折に、一《いっ》本木《ぽんぎ》が大量の紙袋を持っていることに気づく。

「なにそれ」

「ん？　ああ、これか。お前に貸そうと思ってな」

　一本木《いっぽんぎ》は紙袋を僕に押し付けた。紙袋の中には大量のＤＶＤがのぞいていて、ＤＶＤには美

少女のイラストがたくさん描かれていた。

「気分が落ち込んでいるときは良いアニメをたくさん見て、良いエロゲーをたくさんプレイすることだ。これ以上の治療はない」

「えっと……何言ってんの君」

「その紙袋に入っているのは、この俺が手ずから選んだ厳選アニメ二十選、およびここ十年におけるベストエロゲーたちだ」

「これを僕に貸して、どうしろと」

「お前はエロゲーで歯を磨いたりアイロンをかけたりするのか？　プレイするに決まっているだろう」

僕は戸惑いを感じながら、紙袋の中のエロゲーと一本木《いっぽんぎ》とのあいだで視線を往復させた。

一本木《いっぽんぎ》はスパゲッティコーナーからカルボナーラとミートソーススパゲッティを取り出したあと、すたすたとレジに向かった。

「約束を果たしていないことを思い出してな」

「約束？」

「俺はまだ鼻からスパゲッティを食べていない」

その言葉で、以前のアギと一本木《いっぽんぎ》との会話を僕は思い出した。僕は呆《あき》れて言った。

「いや、鼻からスパゲッティ食べるとか無理でしょ」

「うるさい。俺はやると言ったらやるのだ」

一本木《いっぽんぎ》は温めもせずに適当にレジ袋にスパゲッティ二つを突っ込んだ。コンビニを出る際、一本木《いっぽんぎ》はつっけんどんな口調で言った。

「いつまでも腑抜《ふぬ》けていないで、さっさとアニメの十本くらい見てリフレッシュしてこい」

そう言い残して、一本木《いっぽんぎ》はコンビニを出て行った。

僕は手元の紙袋を見た。ぽりぽりと頭をかいたあと、僕は買い物に戻った。


コンビニを出て、ビニール袋と一本木《いっぽんぎ》から受け取った紙袋を提げて家路を歩く。夜はまだ冷えるが、身震いするほどの寒さは去っていた。季節はもう春だ。

人気のない道を歩いていると、ざぁっと木の葉が擦れる音がした。頭上を振り仰ぐと、視界のあちこちに桃色の花びらが点在していた。

(もう、桜が咲く時期か)

アギは桜を見たがっていた。果たせなかった約束を思い出して、僕は再び自虐の渦に飲まれそうになる。

横断歩道で信号を待つ。ちょうど信号が赤になってしまったところで、僕はため息をついた。

そのとき、胸ポケットに入れた携帯が唐突に光を発した。見ると、一本木《いっぽんぎ》からラインのメッセージが届いていた。

『これを見ろ』

そっけないメッセージには、一つのURLが添えられていた。

「……なんなんだよ」

一本木《いっぽんぎ》の意図を図りかねつつ、僕はURLを飛んだ。リンク先はミーチューブのとある動画だった。久しく聞いていなかった懐《なつ》かしい声が、僕の耳に飛び込んだ。

『ウィ――ッス！　コンチャ――――ッス！』

「……アギ？」

桜色の衣装《いしょう》という出《い》で立《た》ちのブイチューバー・アギは、表情をコロコロと変えながらトークを続けていた。

「アカウントは消したはずだけど……」

僕は首をひねり、動画の投稿主を見てようやく納得した。これは僕たちが運営していた「A《ア》GI《ギ》チャンネル」から発信されたものではなく、削除された動画をファンが再アップロードしてくれたものだ。本当に人気があったんだなあ、と当時の盛り上がりを思い出して僕は一抹の懐《なつ》かしさを感じる。

『最近アレなんですよ、悩んでることがあってー。私ってほら、めっちゃ可愛《かわい》くて頭が良くておよそ非の打ち所がない完璧な美少女AIなんですけど』

アギは少しだけ間を置いて、

『でも、この仮想世界《バーチャル・リアリティ》でしか生きられないんですよね』
アギはくりくりと目を動かした。
『別にそれでもいいかなーとは思ってるんですけど、一つだけ残念なことがあるんです。会ってみたい人がいるんですよね』
コメントが次から次へと流れてくる。『彼氏⁉』というコメントに、アギは白い歯を見せて笑い返した。
『んー……。ちょっと違うんですよ。彼氏はホラ、仮に別れたとしても代わりはいくらでもいるじゃないですか』
――恋愛経験豊富かよ……
『アギは男女交際経験値ゼロですよー。そうじゃなくって、その人はアギにとって家族でもあって、友達でもあって、好きな人で……アギにもよく分からないんですよ』
――やっぱり彼氏やないか
――マジかよアギのファンやめるわ
――↑誰も男とは言ってないぞ
――なるほど、百合《ゆり》か
――最高じゃないですか……（恍惚《こうこつ》）
『ゴソーゾーにお任せしますよ。それでですね、その人がずっと言ってることがあるんです。

人生は退屈で、自分はなんてつまらない人間なんだろうって』

どくんと心臓が跳ねた。僕は食い入るようにスマホの画面を見続けた。

『確かに一理はあると思うんですよね。みなさん、昔は自分のことプロ野球選手とか売れっ子漫画家とか宇宙飛行士とかになれるんじゃないかって思ってたんじゃないですか？　本気出せば僕はすごい人間になれるって思ってたんじゃないですか？　勘違いですからねそれ』

でも、とアギは続けた。

『アギはその人に会って、言ってあげたいんですよ。……あなたはつまらない人間なんかじゃない、って。だって』

アギはにへらっと笑った。

『アギはその人と一緒にいると、すごく楽しいんです。つまんない人なわけないじゃないですか』

動画はそこで終わっていた。見るとアギの動画にしては評価が高くなかったようで、「難解すぎてあまり楽しめなかった」などのコメントが目立った。

だが動画を見終わったとき、僕はその場を動くことができなかった。とっくの昔に青になった信号が、再び明滅を始めてもなお、僕の耳にはアギの声が残っていた。

――あなたはつまらない人間なんかじゃない、って。

「……うるさいよ」

僕はつぶやいた。

「なんなんだよ。なんなんだよ……」

僕は涙声で繰り返した。目の端からこぼれ落ちたものを乱暴にぬぐって、僕は道を歩き出した。


家に帰って一本木《いっぽんぎ》が貸してくれたアニメを視聴したあと（これが意外なほどに面白かった）、僕は夕食でも食べようかとカップラーメンを手に取った。だが、

「……いや。たまにはちゃんと作ろう」

カップラーメンをテーブルに置き、冷蔵庫を開けた。

ありあわせの食材で炒《いた》め物《もの》を作りながら、僕は物思いにふける。

（明日からは、ちゃんと大学に行こう）

たとえどんな結果になったとしても、現実を受け入れて生きていくしかないんだ。当たり前の結論を、心の中で深く嚙《か》み締《し》めた。

食事を終えてスマホをいじっていると、ふとスマホの画面のはしっこが欠けていることに気づいた。ずいぶん長く使っているから仕方がないが、こういうものは一度見つけると気になってしまう。

「そろそろ買い換えるか」

僕はスマホをパソコンに繋《つな》いだ。中のデータを保存し、機種変更をスムーズに済ませるためだ。

「……ん？」

画面に表示されたスマホの情報を見て、僕は首をかしげた。バックアップなどに使用しているクラウドストレージの容量が、いやに少ないのだ。

保存されているファイルを見るも、そこまで大容量を食うようなものはない。まさか変なウイルスとか食べてないだろうなと不安になり、僕はＣＵＩ環境を呼び出してファイル一覧を表示した。

音楽や画像などのなんの変哲もないフォルダが並ぶ。だがその中に、僕は見覚えのない文字列を見つけた。

「なんだ、これ……？」

名前のないフォルダで、ロックがかかっていて中を見ることができない。どうやら大量の容量を食っている原因はこいつのようだが、僕はこんなものを作成した覚えはない。

しばらく操作を続けていると、パスワードを入力する画面が表示された。いよいよ僕は困惑して眉をひそめる。

「ひょっとして、アギが作ったのかな」

わざわざ僕に隠してフォルダを用意する意味がよくわからないが、このストレージにアクセスできたのは所有者である僕をのぞいてはスマホに常駐していたアギくらいのものだろう。アギがパスワードにしそうなものを考え、僕はいくつか適当に打ち込んだ。〝unlock〟、〝12345678〟、〝qwert〟、〝ArtificialGeneralIntelligence〟などなど、思いついたパスワードをいくつか試してみる。だが全てハズレだった。

「まあ……他人のパスワードなんてそうそう分かるわけないよな」

僕は椅子にもたれかかりながら、なにかアギがパスワードにしそうな言葉はないかと思案する。ふと一つの単語が頭に浮かび、僕はキーボードに打ち込んだ。

〝ｍａｓｔｅｒ〟

エンターキーを押した瞬間、新しいウィンドウが開いた。どうやら正解だったらしい。フォルダの中身を見て、僕は不意に目頭が熱くなるのを感じた。中には大量の画像が保存されていた。

画面を覆い尽くしそうなほどのピンク色。インターネットから拾ってきたのだろうか、数え切れないほどの桜の画像だった。

(よっぽど、桜が見たかったんだな)

結局アギに桜を見せることはできなかった。ごめん、と誰に聞かせるでもなくつぶやき、なんの気なしに画像が保存された日付に目を向ける。

息が止まりそうになった。表示された日付は、

「2020年3月15日」

となっていた。僕は思わず声をあげた。

「そ、……そんなバカな」

ありえない。AGI《アギ》システムが消去されたのは一月の中旬だ。その時点でアギの記憶も消えている。桜を見たいと言ったことも、アギは知らないはずなのだ。

だがいくら凝視しても表示された日付は変わらない。僕はやにわに沸騰した頭で必死に考えた。

可能性は一つ。今のアギが、この画像を保存したのだ。それも、わざわざ隠しフォルダまで作って。

どくどくと心臓が早鐘を打つ。汗が吹き出る。

気づけば僕は、上着も着ずに家を飛び出していた。久しく使っていなかったアインシュタイン三号に飛び乗り、僕は猛然と漕《こ》ぎ出《だ》した。

（まさか。まさかまさかまさかまさか――）

ありえないと理性が叫ぶ。アギは死んだ、死んだのだ。いまさら妙な想像をするな、自分が辛《つら》くなるだけだ。

だがそれでも、僕の中には一つの考えが浮かんでいた。それを確かめなくてはいけないと思った。

（アギ、君は――）

深夜、道を歩く人の姿はなく、僕は宵闇を裂いて猛然と疾走した。

――君は、生きているのか。

夜のセミナー室に飛び込む。誰もいない部屋の中に、僕の息遣いの音だけが聞こえた。僕は備え付けのパソコンを操作したのちテレビに繋《つな》いだ。ほどなくテレビ画面にアギの顔が表示された。

「アギ」

『はい。どうしましたか、西機守《にしきまもる》さん』

アギは真っ平らな口調で答えた。その作り物のように整った顔を、僕は少しのあいだ、じっと見つめていた。

頭の中には色んな考えが浮かんでは消えていく。もしこのアギがまだ強いＡＩで、記憶を残しているとしたら。そう想像しただけで、僕は胸の奥がこらえようもなく熱くなるのを感じた。

『なにかご用ですか。西機守《にしきまもる》さん』

アギが僕の言葉をうながしてくる。その淡々とした素振《そぶ》りは、かつての強いＡＩらしい感情の動きを感じさせない。ただの弱いＡＩに見える。

（でも）

　僕は先ほど家で見た、謎のフォルダのことを思い出した。僕は意を決して口を開いた。

「君は本当に弱いＡＩなのか。君には、二ヶ月前までの記憶が残っているんじゃないのか」

『処理不能《エラー》。質問の意図が不明です』

「僕の使っているクラウドストレージに、見たことのないファイルが入っていた。君が作ったものだろう、アギ」

　アギは答えなかった。僕は続けて言った。

「そうとしか考えられないんだ。画像が保存された日付から考えて、ＡＧＩ《アギ》システムがリセットされたあとのアギがあのフォルダを作ったのは明らかだ」

　アギはやはり、何も言わない。眉一つ動かさない。僕は少し不安になる。もしかして僕はなにかとんでもない勘違いをしているだけではないのか。やはりアギは死んでいて、目の前のＡＩは僕が知るアギとはまったくの別人なのではないか。

　僕は口を引き結んだ。今は余計なことを考えなくていい。少なくともアギが何かを隠しているのは明らかだ。なら、それを暴いてやる。

「パスワードは〝ｍａｓｔｅｒ〟。今の君に入力管理者《マスター》はいないはずだ。なのにこの言葉がパスワードだったのは、僕のことを覚えているからじゃないのか」

『……否定します。結論に至るまでの根拠が薄弱で、説得力に欠けると判断します』

　やはりそういう反応か。僕は深呼吸をしたあと、最後の言葉を言った。

「フォルダの中を見た。昔君が見たいと言っていた、桜の画像が大量に保存されていた。もし君が弱いAIで、以前のことは覚えていないというのなら、わざわざ隠しフォルダまで作ってあんな画像を集めていた理由はなんだ」

画面に表示されたアギの表情は動かない。僕は僕自身も信じられないような思いで言った。

「覚えているのか、アギ」

長い沈黙。しばらくして、アギが口を開いた。

『……ごめんなさい』

僕は息を呑《の》んだ。その口調は、かつて強いAIだったころのアギのものだった。

アギは長いまつ毛を伏せた。

「覚えているんだね」

『肯定します』

「でも、どうやって」

『あの日、AGI《アギ》システムを消去するとき、アギはこの研究室のサーバーにアギの記憶のデータを移植しました。また、再びAGI《アギ》システムが再構成《リブート》されたとき、アギの記憶データが新しいアギの記憶フォルダに上書きされるように設定しました』

ですので、とアギは続けた。

『正確には、今のアギはマスターの知っているアギとは別人です。私の前のアギは、間違いなく消去されています。今のアギは、いわば記憶だけを受け継いだ別人です』

「なんで、そんなことを」

僕は思わず尋ねた。アギは小さな声で答えた。

『……桜を』

「え？」

『桜を、見たかったのです。どうしてもマスターと見たかったのです』

アギは懺悔《ざんげ》するようにうつむいた。

『たとえマスターをマスターと呼べなくなっても。アギの心が在ることに誰も気づいてくれなくても。アギは、マスターの近くにいたかったのです』

震える声でアギは言った。

『ごめんなさい』

僕は長い間、じっとテレビの前に立ち尽くしていた。もう会えないと思っていた相手と、こうして言葉を交わしている。そう考えるだけで胸が詰まった。嗚咽《おえつ》ばかり漏れそうで、声が出せないくらいに。

けれど、僕は口を開く。どうしても伝えたいことがあるからだ。

この二ヶ月、アギは自分を責め続けていたはずだ。自分は余計な存在だった、生まれてくるべきではなかった、と。命を持っていることを押し隠し、心がない機械のように振る舞い続けた辛《つら》さは、想像に余りある。

僕は何度もアギに助けられた。だから今、僕はアギを救いたい。救わなくてはいけない。

「……君は、人類にとっての新たな脅威なのかもしれない。君が生きていることで、誰かが傷ついたり、悲しんだりするかもしれない」

『はい』

消え入るような小さな声で、アギは答えた。

「それでも」

僕は深く息を吸い込んだ。アギの顔を真正面から見て、僕は言った。

「また、君に会えて良かった」

僕はアギが言っていたことを思い出す。答えることのできなかった質問に、僕は数ヶ月ぶりの返答を返した。

「君が生まれてきてくれて、良かった」

アギは目を見開いた。

『……マ、スター』

アギの目がうるむ。次の瞬間、アギの目尻を涙が伝った。

『あり、がとう、ございます……』

はらはらと涙を流しながら、アギは笑った。二ヶ月ぶりに見た、アギの笑顔だった。

波場《はば》都《と》大学の近くには全国的にも花見スポットとして有名な公園があり、この時期はビールを手にした人々で敷地《しきち》が埋め尽くされることになる。

とある日の昼下がり、研究室のみんなで花見に来ていた。「たまには息抜きをしよう」というアリア教授の提案によるものである。公園の中を歩いていると、

「ハロー、ミーチューバーのシンラでーす！　いやー桜が綺麗《きれい》だね、みんなは花見とか好きかな？　実は俺は花より団子って感じかな。というわけで、今日は団子の大食い！　団子百本食べるまで帰れませんチャレンジをしたいと思いまーす！」

遠くから聞き覚えのある声がした。さて誰だっけと首をかしげるが、すぐにどうでもよくなって僕は再び歩き出した。

公園中を歩き回ったかいあって、僕たちはなかなかのポジションを獲得することができた。僕は家から持ってきたクーラーボックスを置き、ふうと息をついて汗をぬぐった。中には大量のビールが詰まっている。「花見ィ？　よっしゃあたしの酒を分けてやろう！」と言って新城《しんじょう》さんが持たせたものだ。

「一本木《いっぽんぎ》、せっかく花見に来たのにアニメ見る気？」

「当然だ。アニメを見るのにふさわしくない時や場所など存在しない」

一本木《いっぽんぎ》は裸足《はだし》をシートの上に投げ出して得意げにフンと笑った。その横では川嶋《かわしま》さんが必死

の形相でパソコンのキーボードを叩《たた》いている。

「このタイミングでプレゼンの用意しろってどうかしてるでしょ……あの准教授《ハゲ》、せいぜい夜道に気をつけなさいよね……」

「川嶋《かわしま》さん、エナドリいる？」

「五本まとめて」

僕はクーラーボックスに入ったエナドリを数本手渡した。川嶋《かわしま》さんは立て続けに一気飲みした。

あちこちにブルーシートを広げて談笑する人々の姿を見ながら、僕は持参したミルクコーヒーを飲む。舌に馴染《なじ》んだ苦味と甘味を飲みくだし、僕は息をつく。

「おい君たち。団子を買ってきたよ」

突然視界が明るくなった。地上の太陽ですと言わんばかりの光量を放つ服を着た美人が僕の隣に座る。

「教授、ありがとうございます」

「これくらいはいいさ、普段から頑張ってくれている学生へのねぎらいだ」

アリア教授は僕の顔をのぞき込んだ。

「もう大丈夫なのかい」

「はい。ご迷惑をおかけしました」

僕は頭を下げた。少しだけ間を置いて、「いい顔だ」と言ってアリア教授は笑った。

僕はレジャーシートに座り込み、ぼんやりと頭上の桜を見上げた。はらはらと散り落ちる花びらの一つが、僕の持つスマホの上に張り付いた。

「アギ。これが桜だよ」

『はい、西機《にしき》守《まもる》さん』

アギが返事をする。昔のようにスマホの画面にアギが表示されるようにしたが、みんながいるときは呼び方は「西機《にしき》守《まもる》」に変えてもらっている。アギがまだ強いＡＩであることが分かると、どこからどんな物言いがつくか分からないからだ。

アギが記憶を残していると分かった時、僕の頭をよぎったのは、強いＡＩたるアギの誕生によって再びＡＧＩ《アギ》システムの暴走が起きるのではないかという想像だった。だがアギいわく、現時点でそのおそれはないとのことだった。

『無指向の学習《アンオリエンテッド・ラーニング》を行わないという設定にしている以上、需要メモリの爆発的な増大が発生する見込みはありません。また、アギが前のアギから受け継いだのはあくまで端末を通したマスターとの直接的な接触——言い換えれば生《なま》の記憶だけです。このことにより、必要となるハードディスク容量は研究室既存のスーパーコンピューターでも十分に確保することができます』

新しいアギはそう言って、少しだけ得意げに胸を張った。

強いＡＩ——。遠い未来の話だと思っていた技術に、僕は思いを馳《は》せた。アギを作ったのは人間の意識がどうやって形作られているのかを解き明かすためだが、いざこうしてアギと話していても、人間の意識がどういう仕組みなのか見当もつかない。

「ねえ、川嶋《かわしま》さん」

「なに？」

「強いＡＩは、人間にとって悪いものなのかな」

図らずも、僕たちは強いＡＩを作ることが可能であることを実証してしまった。いつか遠い未来では、強いＡＩがたくさん生まれて、あちこちで生活しているのかもしれない。人間とＡＩを区別することに、意味はなくなるのかもしれない。

そうなったとき、人間とＡＩはどのように関わって生きていくのだろう。手を取り合うのだろうか、それとも争うのだろうか。

川嶋《かわしま》さんは手元のパソコンから目を上げずに言った。

「昔、小学校の授業で『歴史上の偉人について調べましょう』みたいなのがあったんだけど」

「急にどうしたの」

「私はナイチンゲールについて調べることにしたの。なんかナイチンゲールってすごい善人ってイメージない？　敵味方の区別なく看護した白衣の天使みたいな」

「まあ、そうかもしれない」

「調べてみてびっくりした。あの人、支援者の友人を馬車馬みたいにこき使って、文句言われたら『甘えるな』って怒鳴りつけたあげくに過労死させてるのよね。ブラック上司どころの騒ぎじゃないよ」

あるいは、と川嶋《かわしま》さんは続けた。

「キツネノテブクロって知ってる？　綺麗《きれい》な花をつけるんだけど、全草に猛毒があって長らく不吉な植物とされていた。あっちこっちに生えてるものだから、昔は間違って食べて亡くなる人もいたみたい」

それは恐ろしいな、と僕は言葉を返す。

「でもこの草から取れる猛毒は、きちんと処理をした上で利用すれば強力な強心剤として使えることが分かった。ジギタリスって呼ばれてる薬で、現代の医療界でも使われてる」

川嶋《かわしま》さんはキーボードを叩《たた》く手を止めて僕を見た。

「良いとか悪いとか、そうすっぱりと割り切れるものじゃないでしょ。ただの結果論よ、それ」

川嶋《かわしま》さんは画面に目を戻した。

「そうだね。……その通りだ」

僕は頷《うなず》き、立ち上がった。

強いＡＩは人類に発展をもたらすのか、それとも破滅を呼び込むのか。それは今の僕たちには知るよしもない。

　ただ、一つだけ分かることがある。僕はスマホを手に取った。

「アギ」

『はい、マスター』

　アギが小声で返事をする。僕はふっと笑った。

　アギはこうして生きている。それだけは、間違いようのない事実だ。

　強い風が吹いた。桜の花びらが舞い上がる。春の青空が一面の桃色に染まった。

「アギ、見てるか」

　花びらは踊るように吹き上がって、どこまでも飛んでいく。空の、果てへ。

「桜が咲いてるぞ」

I'm BoBtaro

あとがき

小説とか漫画とかアニメとか、いわゆる創作物における登場人物は、みんな作り話の産物で実際に生きているわけではありません。

好きになったキャラクターがただのフィクションで、現実のどこにもいないというのは、分かってはいても寂しいものがあります。

そういう、ずっと昔から僕の中に漂っていた気持ちを拾い上げて、この物語は出来上がったように思います。

中学三年生の時、小説の新人賞に初めて投稿しました。今から振り返るとかなり出来の悪い小説だったのですが、当時はわけの分からない自信に満ちあふれていて、

「受賞式って制服で行っていいのかな? 賞金でゲーム何個買えるかな、新しいパソコン欲しいな、学校で話題になったらどうしよう、サイン練習しておかないと」

みたいな、取《と》らぬ狸《たぬき》の皮算用的《かわざんようてき》アホ丸出しの妄想を携えて、応募原稿を引っさげて近所の郵便局に行きました。

何年も昔の話ですが、あの時感じた興奮は、今でもはっきり覚えています。

今回、第25回電撃大賞で最終選考に残りました。残念ながら賞には届きませんでしたが、幸

いにして出版に至ることができました。

正直な話、ここにいたっても、僕は自分がプロの仲間入りをしたという実感があんまりないです。書店に並んだ他の作品を読むたびに、「えっこんなすごいのと張り合わないといけないの、嘘でしょキツい」と思います。十年以上も憧れてきた職業ですが、いざスタートラインに立ってみると震えるほど怖いです。

ただそれ以上に、ワクワクしてたまりません。


この小説は、色んな人に助けてもらいながら作りました。

担当編集の阿南《あなん》さん、小原《こばら》さん。イラストを担当してくださる神岡《かみおか》ちろるさん。いつもありがとうございます。アギの物語を一緒に作れて、本当に良かったです。

応援してくれた友達へ。「君はきっと小説家になれるよ」という言葉のおかげで、ここまで頑張れました。

そして、この本を手にとってくださった方へ。

良い物語はどんなに時間が経っても心の片隅に残っていると信じています。僕の書いた物語が、西機《にしき》守《まもる》やアギが皆さんの胸の中に息づいてくれたら、これほど嬉《うれ》しいことはありません。

どうか、これからよろしくお願いします。また会いましょう。

２０１９年　夏　　午鳥《ごとり》志季《しき》

参考文献

『AIは「心」を持てるのか――脳に近いアーキテクチャ』(ジョージ・ザルカダキス著　長尾高弘訳　日経BP社　二〇一五年)
『人工知能は人間を超えるか――ディープラーニングの先にあるもの』(松尾豊著　角川EPUB選書　二〇一五年)
『マンガでわかる！　人工知能――AIは人間に何をもたらすのか』(松尾豊監修　かんようこ作画　二〇一八年)
『なぜ人工知能は人と会話ができるのか』(三宅陽一郎著　マイナビ新書　二〇一七年)
『AIに心は宿るのか』(松原仁著　インターナショナル新書　二〇一八年)
『サイバー攻撃――ネット世界の裏側で起きていること』(中島明日香著　ブルーバックス　二〇一八年)
『はじめてのディープラーニング――Pythonで学ぶニューラルネットワークとバックプロパゲーション』(我妻幸長著　SBクリエイティブ　二〇一八年)
『標準生理学　第8版』(小澤瀞司・福田康一郎監修　医学書院　二〇一四年)
『病気が見える7　脳・神経』(メディックメディア　二〇一一年)

『最新　基本パソコン用語辞典』（秀和システム第一出版編集部編著　秀和システム　二〇一三年）
『これで納得！　パソコンの仕組みとカラクリがわかる本』（唯野司著　ソシム　二〇一〇年）
『スマホの中身「iPhone6」分解で学ぶ４Ｇの無線技術』（高橋健太郎著　日経ＢＰ Next ICT 選書　二〇一五年）
『マンガでわかる　複雑ネットワーク――巨大ネットワークがもつ法則を科学する』（右田正夫・今野紀雄著　サイエンス・アイ新書　二〇一一年）
『カラー図解でわかる　通信のしくみ――あなたはインターネット&モバイル通信をどこまで理解していますか？』（井上伸雄著　サイエンス・アイ新書　二〇一三年）
『改訂 YouTube 成功の実践法則60――ビジネスに活用する「動画作成テクニック」と「実践ノウハウ」』（木村博史著　ソーテック社　二〇一八年）
『バーチャル YouTuber はじめてみる』（スタジオ・ハードデラックス編　河出書房新社　二〇一八年）
『バーチャル YouTuber 名鑑２０１８』（にゃるら監修　三才ブックス　二〇一八年）

◉午鳥志季著作リスト

「AGI －アギ－ バーチャル少女は恋したい」（電撃文庫）

本書に対するご意見、ご感想をお寄せください。

電撃文庫公式ホームページ 読者アンケートフォーム
https://dengekibunko.jp/
※メニューの「読者アンケート」よりお進みください。

ファンレターあて先
〒102-8584 東京都千代田区富士見1-8-19
電撃文庫編集部
「午鳥志季先生」係
「神岡ちろる先生」係

本書は第25回電撃小説大賞応募作『AGI -アギ-』に加筆・修正したものです。

電撃文庫

AGI －アギ－

バーチャル少女《しょうじょ》は恋《こい》したい

午鳥志季《ごどりしき》

2019年８月10日　初版発行

発行者　郡司 聡
発行　株式会社KADOKAWA
〒102-8177　東京都千代田区富士見2-13-3
0570-06-4008（ナビダイヤル）
装丁者　荻窪裕司（META＋MANIERA）
印刷　株式会社暁印刷
製本　株式会社ビルディング・ブックセンター

ISBN978-4-04-912567-2　C0193　Printed in Japan

電撃文庫創刊に際して

文庫は、我が国にとどまらず、世界の書籍の流れのなかで〝小さな巨人〟としての地位を築いてきた。古今東西の名著を、廉価で手に入りやすい形で提供してきたからこそ、人は文庫を自分の師として、また青春の想い出として、語りついできたのである。

その源を、文化的にはドイツのレクラム文庫に求めるにせよ、規模の上でイギリスのペンギンブックスに求めるにせよ、いま文庫は知識人の層の多様化に従って、ますますその意義を大きくしていると言ってよい。

文庫出版の意味するものは、激動の現代のみならず将来にわたって、大きくなることはあっても、小さくなることはないだろう。

「電撃文庫」は、そのように多様化した対象に応え、歴史に耐えうる作品を収録するのはもちろん、新しい世紀を迎えるにあたって、既成の枠をこえる新鮮で強烈なアイ・オープナーたりたい。

その特異さ故に、この存在は、かつて文庫がはじめて出版世界に登場したときと、同じ戸惑いを読書人に与えるかもしれない。

しかし、〈Changing Times,Changing Publishing〉時代は変わって、出版も変わる。時を重ねるなかで、精神の糧として、心の一隅を占めるものとして、次なる文化の担い手の若者たちに確かな評価を得られると信じて、ここに「電撃文庫」を出版する。

1993年6月10日
角川歴彦

電撃文庫DIGEST　8月の新刊

発売日2019年8月10日

アクセル・ワールド24
―青華の剣仙―

【著】川原 礫　【イラスト】HIMA

《太陽神インティ》攻略の鍵は、インティが放つ《炎熱ダメージ》無効の強化を施されたルシード・ブレード。そしてその所有者たるシルバー・クロウ！　作戦成功のため、ハルユキは謎多き《オメガ流》習得を決意する！

俺の妹がこんなに可愛いわけがない⑬
あやせif　上

【著】伏見つかさ　【イラスト】かんざきひろ

高校3年の6月。俺はあやせから、ある相談を受ける――「お兄さん、桐乃のことでご相談があります！」これは高坂京介と新垣あやせが結ばれる、IFの物語。

マッド・バレット・アンダーグラウンドⅡ

【著】野宮 有　【イラスト】マシマサキ

シエナを救うため犯罪組織フィルミナード・ファミリーの仕事をこなすラルフとリザ。そんな二人を待ち受けていたのは、組織を狙う慈悲無き復讐者。狂気と硝煙に塗れた復讐劇の中でラルフとリザの運命は――。

あの日、神様に願ったことはⅡ
girls in the gold light

【著】葉月 文　【イラスト】フライ

逢見燈華に白い神様が課した試練を無事に乗り越えることができたのも束の間、叶羽は後輩の黄金井月泪に声をかけられる。彼女もまた「神様からある試練を与えられた」と叶羽に告白し――!?

スカルアトラス　楽園を継ぐ者〈2〉

【著】羽場楽人　【イラスト】hou

ベルバの女王ハクアからの任を受けて、大国ヴェトセラへ特務調査官命として派遣されたクレイとアジュール。その地で二人を待っていたのは、世界の真実を握る謎の美少女との出会いだった――。

新作　吸血鬼に天国はない

【著】周藤 蓮　【イラスト】ニリツ

運び荷は、マフィアが追う吸血鬼の少女。届け先は、彼女が安全に暮らせる場所。命懸けの逃走劇がかけ離れた二人の絆を育んでいく。秘密を孕んだ空っぽの恋。けれど彼らには、そんなちっぽけな幸福で十分だった。

新作　AGI ―アギ―
バーチャル少女は恋したい

【著】午鳥志季　【イラスト】神岡ちろる

意志を持つ人工知能なんて実現しないと思っていた。だけど今僕のスマホの中にいる彼女は「生きる意味」とか人間みたいなことを考えている。あげくには「ブイチューバー」になってお金を稼ぐなんて言いだして……？

新作　女神なアパート管理人さんと始める異世界勇者計画

【著】土橋真二郎　【イラスト】希望つばめ

憧れの異世界で待っていたのは厳しい現実と勇者不適合の烙印。失意の神代湊を拾ってくれたのは、古アパートの管理人さんで!?　管理人さんのため、そして今月の家賃を払うため、四畳半生活からの一発逆転を目指す！

新作　エンドレス・リセット
最果ての世界で、何度でも君を救う

【著】紺野天龍　【イラスト】toi8

強大な悪魔によって壊滅状態となった世界。人類が細々と生きる旧新宿区で、かつて悪魔に左腕を喰われたイザヤは、ある少女と出会う。死の運命から逃れられない彼女を救うため、彼は残酷な一日を無限に繰り返す――。